U0543282

My Journey
Through
ITALY
走 读 意 大 利

冬日西西里
Winter Sicily

张志雄·著

上海社会科学院出版社

序

20年来，我去了四次意大利。

第一次比较简略地走了罗马、佛罗伦萨和威尼斯。接下来的三次，我每次花大约一个月的时间，去意大利看画，看古迹，看风景，体验当地的风土人情。

第二次去的是罗马与托斯卡纳地区，后者包括佛罗伦萨、锡耶纳、基安蒂、皮恩扎、科尔托纳、圣吉米亚诺、阿雷佐、比萨、利沃诺和蒙特普齐亚诺。

第三次从意大利中部到北部，去了博洛尼亚、帕尔马、拉文纳、费拉拉、威尼斯、维罗纳、维琴察、曼托瓦、帕多瓦和米兰。

第四次先到了意大利最南面的西西里岛，环岛游历巴勒莫、切法卢、赛杰斯塔、埃里切、阿格里真托、皮亚扎、锡拉库萨、诺托和陶尔米纳，然后渡过墨西拿海峡，来到那不勒斯与庞贝古城，接着北上去中部的圣城阿西西，最后在罗马附近的蒂沃利完成这次旅程。

为什么我要多次深度游历意大利？

西方文化的源头是古希腊罗马文明。古罗马与意大利的渊源不言而喻。其实，古希腊城市的发达，意大利南部与西西里岛的城市繁荣要早于希腊本土的雅典。正如罗素的《西方哲学史》所言，希腊大陆是多山地区，大部分是荒蛮之地，因此靠海的小亚细亚、西西里和意大利的希腊人，在最早的历史时期，要比大陆上的希腊人富有得多。

以西方哲学史为例，开创者泰勒斯是小亚细亚的米利都人（米利都是一个繁荣的商业都市），毕达哥拉斯是萨摩岛人。意大利南部的各希腊城市与米利都和萨摩岛一样，都很富有，其中最大的两个城市是西巴瑞斯和克罗顿，据说西巴瑞斯的人口在全盛时期曾达30万之多（有些夸张）。据柏拉图记载，苏格拉底年轻时曾与已经是老哲学家的巴门尼德会过一次面，并从他那里学到好些东西。巴门尼德就是意大利南部爱利亚地方的人，他的鼎盛期约在公元前5世纪上半叶。

西西里岛阿格里真托的恩培多克勒是巴门尼德的同时代人，但他年纪较轻。阿格里真托现在还以拥有希腊时期的神庙谷闻名，其中的谐和神庙是联合国教科文组织的标志。我在阿格里真托时常常想到恩培多克勒这个好玩的家伙。他与毕达哥拉斯类似，是"哲学家、预言者、科学家和江湖术士的混合体"（罗素，《西方哲学史》）。传说恩培多克勒能控制风，他最后跳进了西西里的一个火山口。

随后，希腊哲学才转到雅典，出现了苏格拉底、柏拉图和亚里士多德。

经历了漫长的中世纪，在12世纪的末期，意大利（这次是北部）出现了"近代"欧洲最早的商业城邦。其中，米兰已经是自由旗帜的代表，而威尼斯地位较为复杂，它成了欧洲贸易的枢纽。威尼斯与意大利的其他地方不同，它崛起于11世纪第一次十字军东征，持续繁荣了700年，直到1797年被拿破仑所灭（威廉·麦克尼尔，《世界史：从史前到21世纪全球文明的互动》）。

15世纪，意大利出现了"文艺复兴"，当时最著名的五个城邦是米兰、威尼斯、佛罗伦萨、教皇领地和那不勒斯。19世纪的历史学家阿克顿勋爵认为："意大利文艺复兴的各个方面有一个共同的特征，即对美的崇拜。这是用美学反对禁欲。在对艺术的专门研究中，意大利人迅速达到了人类所能达到的最高境界。"

骁勇善战的教皇尤利乌斯二世曾经邀请米开朗基罗建造一座陵寝，据法国作家罗曼·罗兰的描述，尤利乌斯的专横让米开朗基罗很挫败。但在阿克顿勋爵眼里，"尤利乌斯凭着对身后名声的渴望成了真正的文艺复兴之子"。尤利乌斯命令建筑师布拉曼特拆掉千年来见证教会史上一幕幕戏剧性场面的君士坦丁大教堂，在今天的梵蒂冈建立了一座全新的圣彼得大教堂，"它的规模，它的美，它那匪夷所思的力量超过世界上所有教堂。这鲁莽的拆除预示着新时代的基调"。"梵蒂冈的绘画大都以政治为主题，它们纪念的多是掌权者而非牧师，直到圣彼得大教堂的出现，它的设计旨在展现普世教会的崇高与伟大，以及教皇在尘世的权威。它是文艺复兴事业辉煌的巅峰。临死前，尤利乌斯说能让平民大众留下印象的不是他们所知之事，而是所见之物。他将这种观念传给了继任者，即教堂应当成为人类宗教与艺术的辐射中心，而我们将看到，这最终是个招来灾难的遗产。"（阿克顿勋爵，《近代史讲稿》）

所谓招来灾难的遗产，就是世俗力量（主要是国王与权贵）通过宗教改革，将教堂的财富据为己有。这一趋势在法国大革命与拿破仑帝国时期达到了高潮，如卢浮宫博物馆成了欧洲各地教堂艺术品的汇集之地。

但意大利的教堂比较特别，今天我们仍然能在罗马、托斯卡纳与威尼斯等地的教堂看到不少大家的杰作。也就是说，忽略意大利的教堂，仅在意大利的博物馆欣赏艺术品，是远远不够的。而这在英国和荷兰等国家就没必要。

　　我自觉跑遍了意大利的山山水水，认为南部有些地方值得一去。不过，我若故地重游，首选还是中部的托斯卡纳——像锡耶纳就值得住几个晚上。它与佛罗伦萨不同，虽没有那么绚烂，可沉静中有古意，有中世纪的味道。它的乡村也是至美，值得在路上驻足停留。

　　作为个人来说，"志雄走读"是我思索世界与历史的一个中间站，也希望它能成为我与读者共同探讨世界与历史的一个伊甸园。

张志雄

2021年11月26日于浦东花木

目录

序　　　　1

第一章　　001　　西西里印象

第二章　　021　　蒙雷阿莱大教堂和修道院

第三章　　039　　艺术巴勒莫

第四章　　059　　邂逅切法卢

第五章　　071　　赛杰斯塔剧场和神庙

第六章　　095　　塞利农特神庙（上）

第七章　　115　　塞利农特神庙（下）

第八章　　133　　神庙谷

第九章　　157　　阿格里真托地区考古博物馆

第十章　　189　　卡萨莱古罗马别墅

第十一章　237　　锡拉库萨（叙拉古）

第十二章　275　　诺托和拉古萨

第十三章　299　　陶尔米纳

参考书目　314

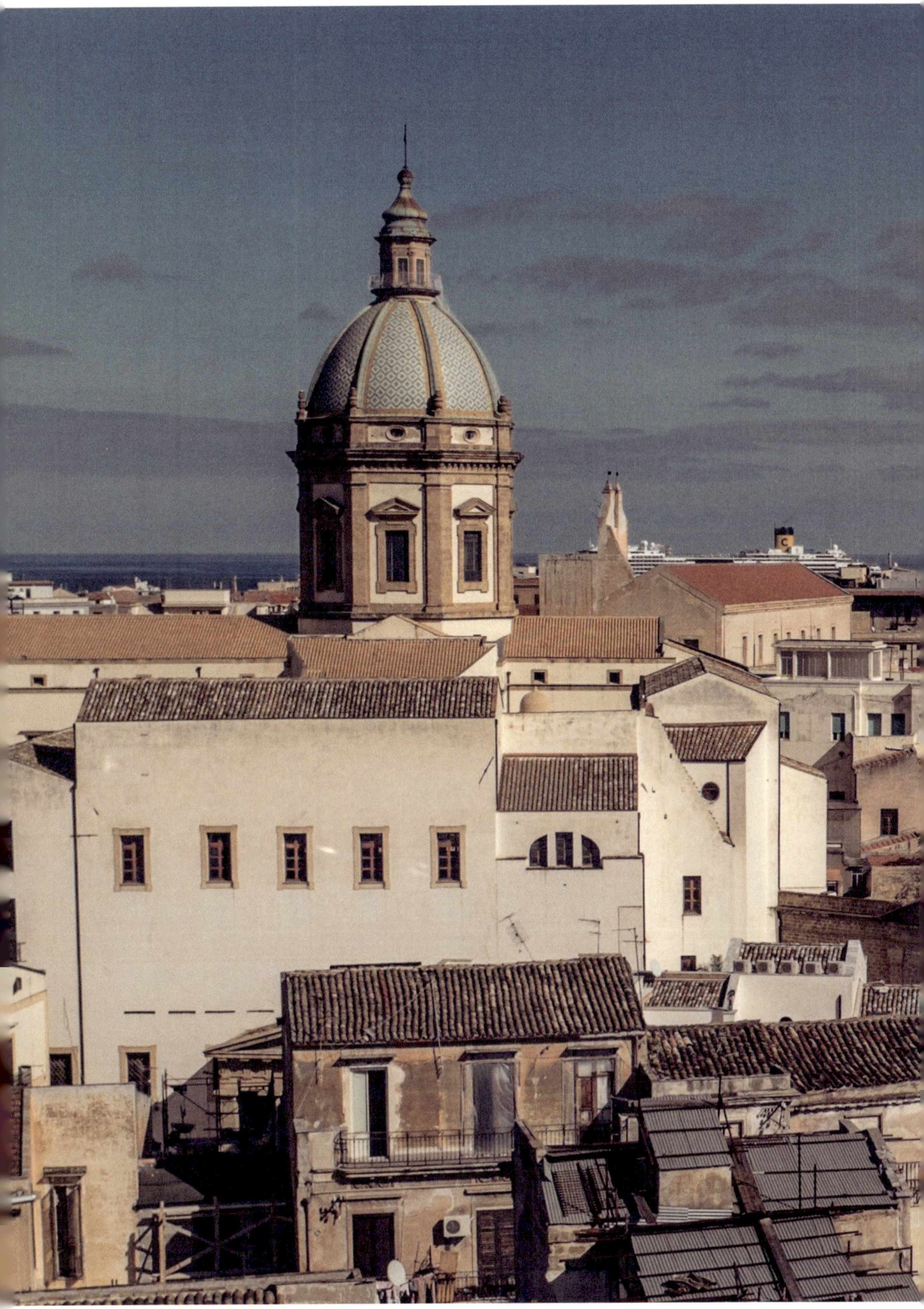

第 一 章

西西里印象

长期以来，西西里被周边更强大的邻国轮流占领，其唯一的重要性就是给遥远的首都提供相应的资源。如今，它有史以来第一次有了自己的国王。

2015年夏天游玩佛罗伦萨时，通过微信认识了一位在当地学习珠宝技艺的中国朋友。后来，我在其微信朋友圈发现了西西里岛的照片，深受吸引，觉得必须去那里看看。

2017年1月，我们终于从上海经罗马转飞西西里岛首府巴勒莫。来这里玩，最好的季节是春秋季，可儿子只有寒暑假，只能想办法应付了。相对夏天，冬天欧洲大部分地方都够呛，天暗得早，又冷，我们2015年冬天去的是西班牙，而且主要是南部的巴塞罗那；2016年冬天，冒了一次险，总算完成了意大利北部的走读；这次去的是意大利半岛南部和西西里岛，气温不会太冷，但天气就难说了。

有朋友受我们的启发，在之前的2016年圣诞节去西西里岛度假，看他们发回来的照片，天色晴好，很是高兴。可是在我们去那里的前一周，西西里岛开始阴雨绵绵。

二

从意大利半岛去西西里岛，通常的路径是从罗马到那不勒斯，然后经过美丽的阿马尔菲海岸（Amalfi Coast），渡海到达西西里岛有名的港口城市墨西拿（Messina），再从墨西拿开始顺时针方向环岛游。

西西里岛有三个国际机场，分别在巴勒莫、特拉帕尼（Trapani）和卡塔尼亚（Catania）。如果仅仅玩西西里岛，可以在前两个机场降落，特拉帕尼机场与巴勒莫机场的区别是前者是欧洲境内的廉价航空到达地，逆时针方向环岛游，最后到卡塔尼亚坐飞机离开。

三

巴勒莫机场的全名是法尔科内－博尔塞利诺机场，西西里曾是黑手党的天下，巴勒莫又是他们的老巢，巴勒莫机场却是以两位惨死于黑手党之手的政治家命名的。

法尔科内和博尔塞利诺都是与黑手党抗争的法官，1992年5月和7月相继在黑手党炸弹事件中丧生。

1992年5月23日黄昏，55岁的大法官法尔科内和他46岁的妻子在3辆车、6名警卫人员的护卫下，从巴勒莫机场出发，行驶在高速公路上。一个大转弯处，前方停着一辆大型工具车，当大法官的车队行驶到此处时，装有2吨炸药的工具车突然爆炸，3辆车全部报废，大法官夫妻在医院里死亡。

紧接着，7月19日中午，法尔科内的好友、巴勒莫市总检察官博尔塞利诺在几位保镖的陪同下去看望母亲。他走到母亲家门口，正要按门铃，停放在楼道口的一辆小汽车爆炸，法官与他的3名保镖当场身亡。

给我印象最深的黑手党杀害高官事件发生在1982年。62岁的基耶萨将军是国家宪兵队副司令，1982年3月被任命为巴勒莫省省督，负责剿灭黑手党。在同年9月3日傍晚去吃晚餐的路上，将军与他年轻的妻子及警卫被黑手党乱枪打死。当时我还是高中生，觉得毛骨悚然。

当然，作为游客，在巴勒莫与西西里其他地方都是安全的。黑手党不是单纯的恐怖分子，他们需要维持经济畅旺，从中渔利。

更何况近年来黑手党已经式微，我们已经很少听到黑手党的故事了。

四

我们去欧洲城市，一般会把住宿的酒店订在市中心的大教堂广场附近，这样到各个景点和体验市容都很方便。但我得知巴勒莫的市容比较差，就计划住在稍稍偏离市中心港口边上的伊格伊阿别墅大酒店（Grand Hotel Villa Igiea Palermo）。

19世纪末，巴勒莫掀起了一股国际旅游的热潮，弗洛里奥家族也因此大大受益。今天酒店的原址是英国海军上将多姆维尔爵士的官邸和别墅，周围有一个一直延伸到海边的花园。伊格纳齐奥·弗洛里奥（Ignazio Fiorio）打算在这个宁静的地方开一家温泉疗养会馆，让病人在冬季也能得到调理。他在该项目中投入了很多资金，但很快意识到它不会给自己带来很大的利润，于是，弗洛里奥决定把温泉会馆改成一家带有赌场的豪华酒店，这成了当地一个非常有名的景点。

与此同时，西西里岛出现了几家具有国际水准的酒店，这迫使弗洛里奥再次提高酒店的水准，他以女儿的名字将酒店取名为"Igiea"（伊格伊阿），1908年，他请来著名的建筑设计师埃内斯托·巴西莱（Ernesto Basile）将这里重新整修了一番。

在别墅的结构没有做出大的改变的情况下，巴西莱通过使用装饰物、壁画和建造长廊以及在延伸到海边的花园里铺设阶梯，成功地为这栋新哥特风格的别墅打造了小清新风格的外观。

我们在酒店里待了6晚。第一天上午到达酒店时，大海和酒店花园让我们眼睛一亮。酒店建筑说是新哥特式的，给我的感觉则是有阿拉伯情调。酒店的房间直通一个大阳台，如果天气晴好，惬意极了。可惜6天中只有一天放晴，大海总是阴沉沉的。无论如何，我每天起来，总会在大海边转悠半个小时，只要不是暴风骤雨，大海总是漂亮的，我记得海的一边有雪山，有点意思。

酒店餐厅晚餐的水准在我们这次意大利之行中排名第三，逊于阿格里真托和阿西西，还算不错，尤其是海鲈鱼的做法与柏林丽晶酒店是一样的，鱼包在一层壳中烘烤，打开壳后，鱼肉很鲜嫩。当然，其总体水平没法与柏林丽晶酒店相比。

它的晚餐厅和酒吧属于新艺术风格，最近由壁画艺术家莫里奇（Morici）重新翻修了一遍，炫目。

远离市中心的酒店必须有上佳的晚餐厅，否则很麻烦。离酒店几百米处有家据说不错的餐厅，可黑夜中走过去，觉得菜肴一般。

好在酒店对面有家不错的超市，能买到久违的帕尔马火腿和奶酪，还有不错的西西里葡萄酒，这样每天晚上都可以喝得很舒服。

我离开酒店前，觉得它很有来历，就索要了一份简介。回上海后，细看才知一楼有个当作会场和文化工作会议室的巴西莱大厅（Sala Basile），画家贝格勒（Bergler）在墙上绘制了新艺术风格的壁画，表现一天中四个不同的时刻：日出、白天、日落和夜晚。大厅西面矗立着一根高大的廊柱，贝格勒在上面画了三幅不同的孔雀图：一只开屏的孔雀，代表黎明；另一只半开屏的孔雀，代表傍晚；第三只似在睡觉，低着头，尾巴也闭合着，代表深夜。

酒店的简介继续介绍道：

现在，这个华丽的大厅在一盏穆拉诺岛（威尼斯）生产的精美吊灯的映照下显得更加光彩夺目，游客们在大厅里踱来踱去，尽情欣赏这些美丽的图画，他们可能会觉得画上的年轻姑娘也在慢慢地走动，她们把鲜花和橘子分给游客，好像在欢迎他们的到来。被花香和果香深深吸引，游客们也想在岛上多停留一会。

很遗憾，没有人向我们介绍酒店有此大厅和壁画。酒店很特别，我没看到门口有什么保安，前台坐在里面，你要招呼，他们才会出来。我只能相信巴勒莫的治安状况很好。

五

西西里人口有500万，巴勒莫占了70万。我们住的港口比较萧瑟，1943年7月10日，英国第八集团军和美国第七集团军共计18万人在西西里岛东部海滩登陆，第一次在轴心国的土地上发起进攻。盟军对西西里岛狂轰滥炸，等到他们推进到巴勒莫，敌军已经失去了抵抗的能力。港口地区遭到的轰炸最猛烈，市内有60多座教堂和宫殿被毁，还涉及了不少居民区。巴勒莫对盟军来说毫无意义，德国作家费斯特在其《在逆光中：意大利文化散步》中感叹："也许希特勒希望摧毁一切的狂热让对手也受到了感染。"

我的"瑰丽中欧"系列中也讨论过德累斯顿在"二战"中彻底被毁是否

巴勒莫港口

有必要：“由此可见，要感受到失去美好事物的悲伤，必须有历史意识，'二战'初期华沙被毁，'二战'全面开始，时代后退了一大步。空军元帅哈里斯的贝德克尔空袭发生在战争末期，一切早已成定局，但仍旧摧毁了柏林宫殿，后来又破坏了波茨坦的驻军教堂。”

六

虽然我们看到巴勒莫港口停泊着巨大的游轮，可今天人们主要是乘坐飞机、火车和汽车而不是轮船来到这里，所以待上一个星期却没看过大海就离开巴勒莫的游客不在少数。巴勒莫这个名字得名于古希腊人，它是由Pan和Hormus两个词组成，意思是"全部（是）港口"。

公元前10世纪，当喜欢航海和经商且能征善战的腓尼基人到达西西里岛的西岸时，岛上已有人居住。腓尼基人在此建立了巴勒莫等城市，自公元前8世纪起，希腊人也来到这个岛的东部定居。

接下来，希腊人与腓尼基人为了西西里岛这个重要的贸易据点争执不休，其间还发生了希腊本土人士与西西里岛殖民者的战斗。紧接着是古罗马帝国对西西里岛的征服，西罗马帝国灭亡（公元476年）后，西西里岛又成了拜占庭帝国的一部分。

公元8世纪，阿拉伯人崛起。公元830年，以突尼斯为中心的北非阿拉伯人集结了300艘舰船和2万人以上的军队围攻巴勒莫。当时巴勒莫不是西西里岛最重要的城市，自古以来，东部的锡拉库萨才是最为显赫的。中世纪时期，拜占庭的西西里总督也驻在锡拉库萨。

阿拉伯人比"二战"时的盟军更早地意识到巴勒莫才是北望意大利及欧洲的前沿据点。

当时的巴勒莫已有7万人，在中世纪前期的欧洲算人口众多的，这也意味着比意大利半岛更为富裕。攻防战打了一年后，公元831年9月，巴勒莫有6万多人战死，剩余的3000人衰弱之极，少数能走动的人被装上船，其他人就地处死。

巴勒莫成了空城。后来北非的阿拉伯人在此定居，加上各种移民，让巴勒莫再度繁荣。

公元878年，阿拉伯人终于攻克西西里岛的最后一个据点锡拉库萨，然后进行屠城，锡拉库萨遭到彻底的破坏，它没有巴勒莫幸运，阿拉伯人感兴趣的是巴勒莫。

七

虽然阿拉伯人攻打西西里岛时非常残忍，可一旦得手，会以比较宽容的姿态对待其他教派，这与他们在伊比利亚半岛的行为很相似，后者我在《安达卢西亚的雨巷》中已有所介绍。

西西里岛的宗教宽容，盐野七生在《罗马灭亡后的地中海世界》中有详细的分析。

首先，西西里岛的阿拉伯人受到伊比利亚同胞的启发，首先与老巢的突尼斯人脱钩。在古罗马时代，西西里虽是著名的粮仓，可突尼斯毕竟拥有以迦太基为中心的农业和商业，地位特殊，古罗马帝国末期被北方汪达尔人征服，后又遭受拜占庭帝国的"连连恶政"，到了公元7世纪，突尼斯已经衰退成海盗的老家。

反观西西里岛，基本上逃过了这些劫难，国泰民安。当时岛上的大部分居民是保留古希腊罗马古风的基督徒，这与北非改信伊斯兰教的柏柏尔人和摩尔人不同，自然要采取区别对待的宗教政策。

为了与北非独立，就要安抚基督徒，不要使岛上生乱，避免给北非以派兵的口实。

其次，伊斯兰教教规让政府无法向信徒征税，他们唯一的税种来自包括动产与不动产在内的私人财产，名为"扎卡特"。但此税也非希腊罗马的税，按盐野七生的解释，扎卡特直译为"富人为净化见穷人饿死而不救助所感到的悔恨之情"而解囊，这与基督教的慈善事业十分类似。

为了避免税收困难，西西里的阿拉伯统治者设计了一个看似离奇的政策，鼓励基督徒继续维持信仰不变。基督徒的财产也受到保护。

尽管如此，基督徒在一些方面还是感到不自由，终究只是"二等公民"，比如禁止建造新教堂和在路上遇到伊斯兰教徒时必须避让等。

无论如何，异教徒不受主流宗教的迫害，彼此相安无事，这在当代世界都未必能做到，算是很宽容的"白银时代"了吧。

八

阿拉伯人统治了西西里200年，公元1072年，西西里又被诺曼人征服。

11世纪下半叶，祖先是斯堪的纳维亚的维京人的诺曼人突然崛起，仅经历了一代人的努力，他们就在北海到北非海岸建立了一系列的王国，彻底改变了欧洲的历史。

我们现在比较熟悉的事件是1066年，诺曼人"征服者"威廉攻占英格兰的盎格鲁-撒克逊王国，成为英国历史上唯一成功的入侵者。我在《寻路英国》中对此也有叙述。

可很多人没有注意到在威廉公爵侵略战争6年前，"一群诺曼人兄弟向南进军，建立了新的王国，其领土从意大利南部延伸到突尼斯海岸，而他们的父亲不过是一位潦倒的诺曼骑士。他们继承了维京先辈永不满足的野心，主导了一个多世纪的商业扩张，将巴勒莫变成了地中海西部的经济文化之都"。

说这话的是《诺曼风云：从蛮族到王族的三个世纪》的作者布朗沃思。

我们讨论西西里最好从罗杰一世谈起，他是一群诺曼兄弟中最小的，主要是靠他征服了西西里。

罗杰一世原来一直留在家中，而他的11个哥哥早已南下寻求财富。24岁那年，他遇到了美丽的朱迪斯，后者是"征服者"威廉的亲属。朱迪斯的父亲拒绝了罗杰一世的求婚，除非他有合适的彩礼。

罗杰一世只能南下去抢土地，他与哥哥吉斯卡尔合作进攻西西里，但并不顺利。5年后，朱迪斯终于投入罗杰的怀抱，但他还是必须获得土地才行，于是罗杰一世再度去西西里拼搏。

罗杰开始的时候对西西里采取的是掠夺策略，导致当地人揭竿而起，他和朱迪斯差点被抓。从此，他善待当地人，慢慢赢得了战略主动。

诺曼人极其擅长以少胜多，在一次决战中，居高临下的罗杰一世只有130名骑士和300名步兵，竟与35000名阿拉伯战士对阵。双方先是对峙了三天，第四天阿拉伯军队攻山，战斗持续了一整天，长时间的上坡让阿拉伯军队精疲力竭，只得撤退。罗杰率领精兵下山追击，70倍于他的阿拉伯军队竟然被击溃。

这种只有小说中才会出现的情节，让敌人闻风丧胆，罗杰所向披靡。虽然这样，罗杰还是花了几十年的时间，到1087年才彻底统一了西西里岛。

其后罗杰一世又活了13年，他致力于地区的和平安康，尊重占西西里人口八成的穆斯林的信仰，采取了宽容的态度，与北非的贸易因此正常化。到了世纪之交，"西西里已是前所未有地稳定、繁荣、安全，贸易兴旺，艺术蓬勃发展。由于十字军运动，欧洲和黎凡特的贸易商涌向巴勒莫和墨西拿市场，带

动它们发达致富"。(拉尔斯·布朗沃思,《诺曼风云》)

罗杰一世的挚爱朱迪斯早已去世,老罗杰与第三个妻子生下了最小的儿子罗杰二世,当他去世时,这个继承人只有5岁。

老罗杰作为骑士,26岁时开始闯荡西西里,44年后去世时已是地中海地区伟大的政治家,他留下的政治遗产是一个安定稳定的西西里。

九

罗杰二世与自己彻头彻尾的诺曼人父亲和伯父不一样,他成长在西欧最为国际化的城市,是个完完全全的西西里人。他的文治武功十分了得,32岁时战胜了强硬古板的教皇和敌方叛乱势力,统一了意大利南部所有的诺曼领地。

罗杰二世的创举是1130年,让教皇在巴勒莫加冕他为西西里王国的国王。

布朗沃思的评论是:

西西里见证过许多伟大的地中海帝国,迦太基人、罗马人、拜占庭人和阿拉伯人曾先后统治过这座岛屿,但对这些统治者而言,西西里不过是一个被占领的地方省,他们需要的只是它生产的粮食。长期以来,西西里被周边更强大的邻国轮流占领,其唯一的重要性就是给遥远的首都提供相应的资源。如今,它有史以来第一次有了自己的国王,公元1130年圣诞节那天,巴勒莫市民第一次看见了这位耀眼的君主。

罗杰二世用专制的拜占庭模式打造自己的王国,确保君权至高无上,永远保持绝对权威。他还仿效拜占庭,统一货币。钱币的一面是身着皇袍的罗杰二世,另一面则是全能的基督。旧版的诺曼银币的图案是圣彼得,表明他们忠于教皇，但罗杰二世更加直接地与神联系起来。

罗杰二世还在国内倡导艺术、建筑和科学研究。据《诺曼风云》介绍，罗杰二世在巴勒莫港口成立了一个研究地理的专门机构：

十多年来，他们登上每一艘进入这里的船只，询问船上人员的所见所闻。他们将收集的地理信息记录在两个地方：一个纯银打造的地球仪，上面刻着世界上已知的大陆和国家；一本厚重的大部头《罗杰之书》。

他们的成果出人意料地精确。根据《罗杰之书》的描述，冬季的斯堪的纳维亚几乎没什么阳光，诺曼人治下的英王国同样阴冷潮湿。这本书甚至准确地指出地球是圆的，比哥伦布早了大约350年。一场"小文艺复兴"运动蓬勃发展，巴勒莫就是这场运动的中心。尽管地处西班牙或君士坦丁堡之外，但这里的学者可以接触到希腊、阿拉伯世界和西方的学问。

十

罗杰二世还出资建造了诺曼西西里王冠上的两颗明珠：帕拉提纳礼拜堂（Palatina Chapel）和马尔托拉纳教堂（La Martorana）。

马尔托拉纳教堂在巴勒莫市中心，集阿拉伯风格和诺曼风格于一体的贝里尼广场（Piazza Bellini）上。

严格地说，马尔托拉纳教堂的修建者是罗杰二世手下最得力的海军上将安条克的乔治，所以它也叫圣玛利亚海军上将教堂。

年轻的拜占庭人乔治十几岁便离开小亚细亚，前往北非，为马赫迪耶的阿拉伯统治者效力。公元1127年，罗杰二世重整海军，准备一举消除西西里周边阿拉伯统治区的威胁。这时，乔治失宠于阿拉伯统治者（埃米尔）之子，趁

马尔托拉纳教堂

周五穆斯林都去做礼拜,乔治伪装成水手,悄悄搭上一艘商船,来到巴勒莫。他奔赴王宫,要求罗杰二世为自己安排职位。罗杰二世正愁没有人能指挥部队入侵北非,乔治精通当地的语言和政治形势,马上得到重用。乔治也不负众望,多年战争后,为诺曼人赢得北非帝国。

当时的马尔托拉纳教堂融合了西西里的阿拉伯、拜占庭和诺曼三大文明。布朗沃思评论道:

教堂内部按照希腊十字架的传统形式建造,布满黄金,墙面铺上拜占庭式的马赛克砖,描绘了耶稣的生活场景。在希腊式圣像和诺曼式拱门的下方,来自北非法蒂玛王朝的工匠雕刻了两扇巨大的木门,并在教堂穹顶的基座用阿拉伯文写下致圣母玛利亚的赞美诗。最有魅力的是一幅马赛克艺术品,镶嵌在教堂中殿不起眼的内墙上。

《圣母升天图》，16世纪，马尔托拉纳教堂藏

那是唯一现存的罗杰二世本人的画像《基督为罗杰二世加冕》，由见过他本人的画师绘制，完全把握住了诺曼西西里的精神。这位基督教国王身着拜占庭皇帝的礼服和圣衣，身体微微前倾，让耶稣为他加冕。他头顶上写着一行希腊字母，意为"罗杰国王"。

教堂内几乎所有的诺曼风格的马赛克图案都保存了下来，它们分布在穹顶、小礼拜堂和半圆后殿等地方，如《基督坐在宝座上》、《大天使》（四幅）、《先知》、《列王》、《天使报喜图》、《基督诞生》和《圣母永眠》。还有一幅马赛克图很特别，是《海军上将乔治朝拜圣母》，匍匐在地的乔治的形态很像一只金甲虫。

马尔托拉纳教堂后来经过了多次修缮，但我们今天仍能辨认出建筑的整体布局与法蒂玛王朝时期的伊斯兰马格里布式的清真寺十分相似，且很多建筑的细节和建筑方案都是依照伊斯兰传统设计的。

教堂内部的装饰混合了诺曼和后起的巴洛克风格，其实是很不和谐的。

《基督为罗杰二世加冕》，马尔托拉纳教堂藏

《海军上将乔治朝拜圣母》，马尔托拉纳教堂藏

贝里尼广场上还有一座圣卡塔尔多教堂（Church of San Cataldo），也建于12世纪。马尔托拉纳教堂的正面是巴洛克风格，圣卡塔尔多教堂却属于阿拉伯诺曼风格，尤其是屋顶上并列的三个褚红色的圆顶透露出伊斯兰的气息。

教堂是长方形的，外墙坚固，只有一个巨大的图案作装饰，这种设计似乎增加了建筑的紧凑感。建筑上面雕刻着一条精美的饰带。教堂内包括三个穹顶的房间，每个房间都由内角拱和石柱支撑。石柱的柱头很古老，雕刻工艺极其精湛。这栋建筑的风格遵循的是非洲法蒂玛王朝的传统。

圣卡塔尔多教堂

十一

帕拉提纳礼拜堂位于诺曼王宫（Palazzo Reale）三层结构的凉廊的中间一层。

诺曼王宫坐落于巴勒莫城市的最高处，无论从历史还是从艺术价值看，它都非常重要。

公元9世纪，阿拉伯的埃米尔们在这里建了一座堡垒（也是辉煌的宫殿），1072年诺曼征服之后，这座宫殿成了新统治者的住所。诺曼人将原有的建筑扩大，增加了新的建筑物，他们在宫殿中央建造了帕拉提纳礼拜堂，四座塔在宫殿的四角严阵以待。

现在这里成了西西里议会的会场。

诺曼王宫里有罗杰二世的房间，从这个房间可以看见巴勒莫湾的全貌。房间装饰华丽，有很多漂亮的彩色马赛克图案，这是波斯地区世俗艺术的代表，该艺术在阿拉伯人统治西西里时期广泛传播开来。

其他建筑则有马克达总督庭院、大力士厅、总督大厅、比萨塔（最上面是天文观测台）、喷泉庭院和阿拉伯-诺曼堡垒的地下遗址，等等。

但这一切全被帕拉提纳礼拜堂给盖过了。我们先走进礼拜堂，看了一会儿，就去诺曼王宫的其他地方，很快觉得没法比，再一次回到礼拜堂，仔仔细细地观赏。

十二

一般来说，礼拜堂是教堂或某个建筑的一个大房间。帕拉提纳礼拜堂的面积也不大，但雕梁画栋，上面的装饰浓得化不开。

礼拜堂从1130年开始兴建，1143年基本完成。它比例合适，尺度适中

（32米×124米，穹顶高18米）。圣堂内部分三个殿，古老的立柱撑起尖拱，最突出的是后殿以及圣堂穹顶。

礼拜堂的精彩之处是它的装饰，一个是伊斯兰式的法蒂玛木制屋顶，装饰华丽，工艺水平达到了伊斯兰技艺的最高水准。阿拉伯工匠把人物形象、象征符号、动物和花朵造型融为一体，鸟儿、狮子、孔雀、跳舞和打猎的人共同呈现了贵族的安逸生活。此外，这里还有很多伊斯兰风格的挂毯和象牙制品，蓝、白和红色都是典型的伊斯兰颜色。

另一个更为鲜明的特色是马赛克装饰图案。从时间上看，礼拜堂的装饰分两个阶段完成，唱经坛和正厅的装修工作是12世纪40年代早期进行的，过道的装修则是在威廉一世统治时期，装修工程由国外的拜占庭大师和当地的工匠共同完成。

整个设计主题是从拜占庭教堂那里借鉴来的：装饰图案中包含了很多东方的元素，且每个部分的装饰都与建筑结构相一致。

还有一些图案是按照皇室赞助人的意愿安排的，他们想在宗教装饰里突出自己特殊的政治地位。

十三

马赛克图案的寓意是强调教堂的重要性，突出基督的神圣地位（明显指的是罗杰二世国王），规定中世纪人们必须遵循的政治和宗教制度。圆顶上的装饰寓指天堂，基督为至高无上的神；耳楼和唱经台展示的是人世的教堂，有圣徒、先知和福音传道者。另一些画表现的是耶稣在人间的生活场景。礼拜堂正厅里还有一些描绘《旧约》故事的画，从"创世纪"到"雅各与天使搏斗"等都有体现。

最具代表性的是穹顶上的《全能者基督与大天使和天使们》，但后殿的基督赐福的形象庄严气派，是最传统的拜占庭风格。

如果我们来不及去看巴勒莫郊外的蒙雷阿莱大教堂，细心体会这幅马赛克，也能补偿一下吧。

十四

罗杰二世于1154年去世，据说丧葬典礼时他的胸前放着自己的佩剑，上面刻着一行拉丁文："阿普利亚、卡拉布里亚、西西里和非洲都唯我是从。"

他把文化多元、信仰不同、部落林立的小地方打造成一个统一的王国，取得了看似不可能的成就。意大利半岛其他地区之后700年仍是四分五裂、争斗不休，罗杰二世的国家却充满希望和无限可能。西西里王国持续的时间之长出乎意料，尽管曾遭到攻击，耗费国力，被欧洲各国领袖玩弄于股掌之上，但西西里王国始终保持国家的完整，直至19世纪被现代意大利所统一。（拉尔斯·布朗沃思，《诺曼风云》）

西西里再也没有出现过这样的领袖。

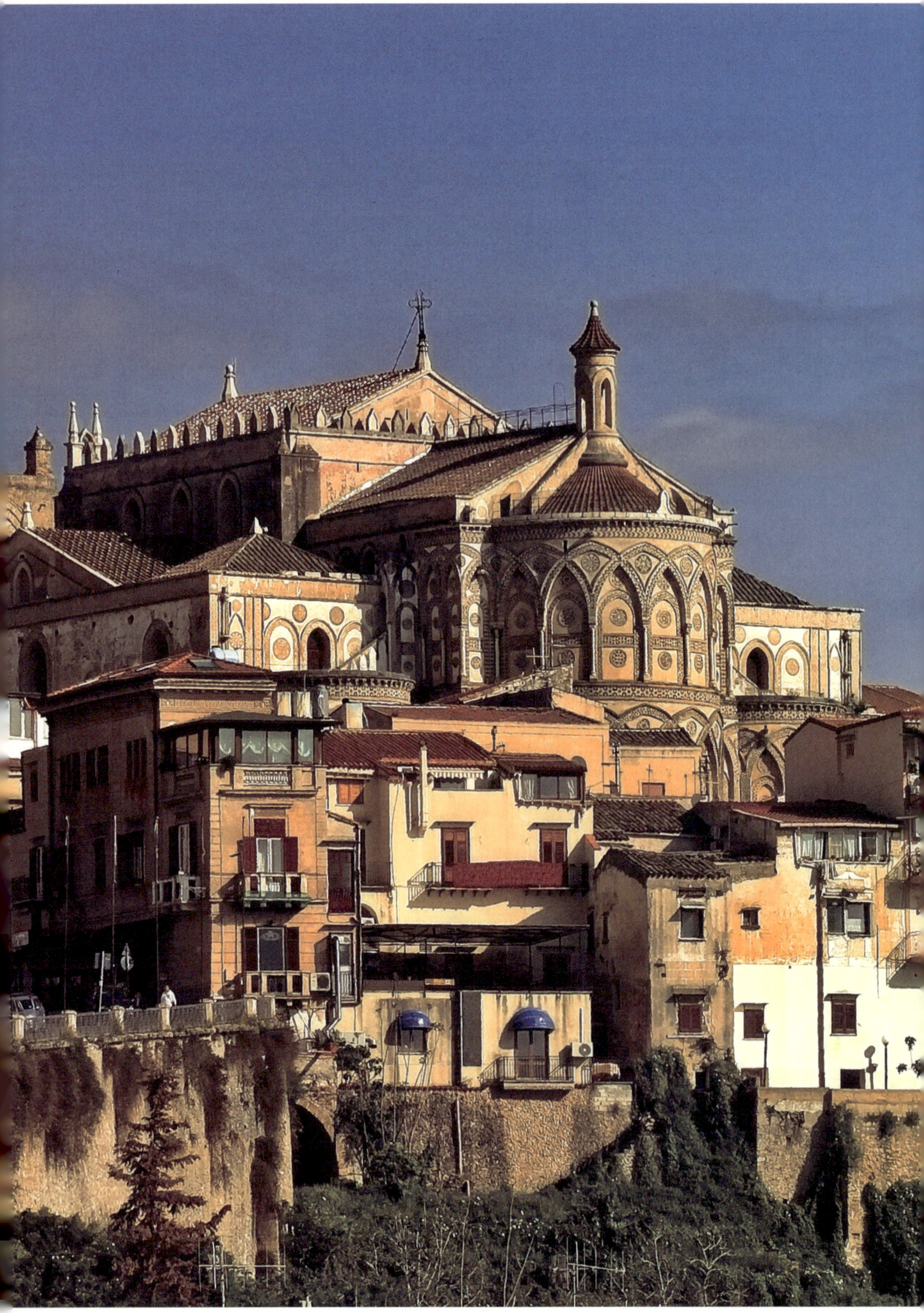

第 二 章

蒙雷阿莱大教堂和修道院

从一根柱头走到下一根柱头,我们就会发现弥漫在其中的圣洁的灵性。

一

　　1154年，罗杰二世的幼子威廉一世继承王位。威廉一世前面有三个哥哥，所以罗杰二世对这个幼子疏于培养，没想到兄长们相继意外离世，威廉一世在没有丝毫准备的情况下仓促继承王位。

　　威廉一世算不上一个好国王，布朗沃思在《诺曼风云》中对他的评价是："他在位期间叛乱不断，失去北非，他逃避作为国王的责任，这些都足以玷污他的名誉。他继承的是传奇父亲的事业，无人指导、没有准备，这本来就是一个不可能完成的任务。在这样的环境下，他保卫了诺曼西西里，成功地抵挡住志在必得的教皇和两位伟大的皇帝。"

　　1166年，威廉一世去世。儿子威廉二世还未成年，先由其母摄政，然后权力转移到威廉的导师英格兰人沃尔特的手中。沃尔特野心勃勃，不择手段，设法当上了主教。

　　公元1171年，威廉二世年满18岁，正式掌握政权。1174年开始在巴勒莫的近郊建造蒙雷阿莱大教堂（Cattedrale di Monreale），"表面上旨在纪念祖父罗杰二世的荣耀，真正的目的却在于削弱沃尔特的权力。教堂竣工后，威廉二世亲自任命大主教，当即扶植了一位与权臣沃尔特平起平坐的对手。沃尔特愤怒地表示抗议，但无能为力。"（拉尔斯·布朗沃思，《诺曼风云》）

二

　　到巴勒莫，必须要去的地方是离市中心8公里的加蓬特山腰上的蒙雷阿莱大教堂。大教堂从1174年开始修建，仅用2年时间就建成完工。

　　我对大教堂的兴趣源自看到的一幅图像，即后殿的镶嵌画——巨大的"全能者"、作为天堂和人间的统治者与审判者的耶稣。耶稣的雄姿要比先前的帕拉提纳礼拜堂的那位全能者给人的观感更为强烈。

我去过拉文纳的多座教堂以及威尼斯的圣马可大教堂，那里的拜占庭镶嵌画艺术世界一流，可我从没有见过将耶稣的形象如此处理的。

说句可能不敬的话，耶稣庞大威武的形象处理让我想起了古希腊的宇宙之王宙斯，毕竟拜占庭的艺术土壤来自希腊。

例如现今希腊雅典附近的达夫尼修道院沉睡教堂的天顶镶嵌画也有一幅"万物的统治者"，耶稣从高处向下凝视。

区别在于，蒙雷阿莱大教堂是皇家教堂，它是为颂扬君王统治而建，镶嵌画的巨大尺寸暗示着威廉二世的权威。

威廉二世的肖像在大教堂中出现了两次：一幅镶嵌画中，威廉二世身旁标示有他的名字，站在基督的旁边，坐在宝座上的基督把他的手放在威廉的皇冠上。在另一幅画中，威廉跪在圣母玛利亚的面前，献给她蒙雷阿莱大教堂的模型。对这个传统我们应该不陌生，拉文纳的圣维塔莱教堂的镶嵌画中也出现了赞助人拜占庭皇帝查士丁尼和皇后狄奥多拉的形象。

《加德纳艺术通史》对此的描述是：

蒙雷阿莱教堂是一座按照西罗马帝国传统、以横向设计为主的巴西利卡皇家教堂。其后殿中的半月形拱顶是整座建筑中唯一的拱顶，也是整座建筑的核心，这幅带有政治暗示意味的巨大圣像就安置在这里。按照身份和地位，"全能者"的下方是坐在宝座上的圣母；在她的两侧，对称地安排着被分成两组的大天使和十二使徒；再下一层是教皇、主教和其他圣徒。在这个远离君士坦丁堡的地方仍然保留着拜占庭修道院教堂使用的那种拘谨风格——它向我们证实了拜占庭帝国和它的艺术在中世纪意大利的崇高地位。

威廉二世将蒙雷阿莱大教堂的模型献给圣母玛利亚

坐在宝座上的基督把手放在威廉二世的皇冠上

有学者估计,大教堂的镶嵌画差不多使用了一亿块玻璃和石块,但除了后殿被灯光照明外,大教堂里黑漆漆的。我们进去的时候,外面大雨如注,我怀疑即便在阳光灿烂的日子,也不一定能看清这些镶嵌画。我只能观看画册中的图片,从图片看,大教堂的镶嵌画不及帕拉提纳礼拜堂的精湛。当然,它们的空间差别也大,要按礼拜堂的标准装饰大教堂,不知猴年马月才能完工。

三

尽管下着暴雨,我还是坚持去大教堂旁附属的修道院中带回廊的庭院（cloister）看看。

我一直对修道院很感兴趣,相比大教堂,它显得安静优雅。

我拿着一本官方介绍,对着威廉二世授命的阿拉伯艺术家建造的回廊建筑逐字解读。

回廊造型优美，它以方形的结构（每边47米）、228对石柱和精美的柱头撑起了那些尖顶的拱门。

成对的石柱上间或绘有不同形状的马赛克图案，柱头上也装饰着不同样式的阿拉伯纹饰，有些柱头上还刻着大量的《圣经》故事和基督教符号。

这个回廊成了13世纪西西里阿拉伯－诺曼建筑的杰作，也成为欧洲回廊艺术的重要代表。

与西西里岛的许多经典建筑类似，回廊的最初布局与现在并不一样，其间经过了不同文明的冲突和相融，出现了许多奇怪的元素构成的建筑。也因为这些变故，回廊里众多的石柱和柱头都换了模样，吸收了不少清新、明快和丰富的元素，成为世上一座极漂亮的回廊建筑。

四

修道院里的树木也很有来历，它们中间有一棵生于爪哇岛的苏铁树。苏铁树也许是地球上出现最早的植物之一，作为常青树它成了"信仰的象征"。

第二种是棕榈树，它是富饶和胜利的传统象征。据曾是弗洛伊德的大弟子、瑞士心理学家荣格的说法，它也是灵魂的象征。《旧约》中也有不少关于棕榈树的记载。在犹太传统住棚节期间，人们会把棕榈树的枝条绑起来庆祝节日。

第三种是石榴树，人们将它看作这片福地的产物，因为它象征着神圣的天堂。佛罗伦萨洗礼堂的天堂之门上就雕刻着石榴的图案。受洗是通往永恒的救赎之路的途径，神父们认为它象征着伟大的主及其殉道者的热情而闪耀着鲜红的光泽。

第四种是无花果树，这是从小亚细亚半岛地区来到地中海地区的。它的果实在古代是最重要的营养来源，也是原始居民最初的食物来源。

蒙雷阿莱修道院的庭院

第五种是橄榄树，继麦子和葡萄树之后，橄榄树为圣餐提供了重要的食材。橄榄是一种圣物，也被视为地球上最重要的植物，它可以用来榨油。它也是一种长寿的植物。

我过去从没有细心观察过修道院的树种，更不会思考它对修道院的象征意义。

五

一般景点官方指南都比较枯燥乏味，可卡梅罗·帕奇（Carmelo Paci）写的这本介绍笔端常带有感情色彩：

我认为所有的修道院都很美，因为你可以在这里呼吸到平静祥和的气息。

这座修道院是方形的（边长47米），方形的建筑让它变成了一个"封闭的庭院"，在地中海湿润的空气和明媚的蓝天下，这里种了很多神圣的植物。

从西南角的回廊那里，我们可以听到哗哗的流水声，水是从过去用作礼拜仪式的喷泉里涌出的。长长的走廊也成了遮风挡雨的地方。

院里的小径映着石柱和柱头斑驳的影子，它们身上刻画的是《圣经》和俗世的场景，还有中世纪的动物寓言图案。

我甚至看到几位本笃会的会士在安静地散着步，在沉思，在祈祷，以追求灵魂的升华。

对灵魂的升华和灵感的追求，在这里的柱头上有深刻的体现，这些雕刻精美的柱头把这座修道院变成了信仰与艺术的圣地。修道院有228对石柱，石柱上都镶嵌着马赛克图案，最初的石柱一定是光彩靓丽的，再加上罗马式的柱头，这才成就了这座辉煌的建筑。

从一根柱头走到下一根柱头，我们就会发现弥漫在其中的圣洁的灵性。

我建议游客先从北边的走廊开始，然后向右转，就这么一直走下去。

（Paci. *Monreale. The Benedictine Cloister*）

六

罗尔夫·托曼在《神圣艺术》中写道：

垫块状柱头的描绘源自凯尔特人与日耳曼人的异教与魔法图像，后者经过基督教的诠释后产生了最奇特的装饰品、植物形态装饰与可怕的人物。地中海人像柱头上经常出现相当神秘的图像，其源头可以追溯到古代，源自小亚细亚与北非国家。当然，《圣经》故事——幸亏其图像志系统让后人能够辨认及解读——也是柱头与丰富图像叙事的主题，就像大门的半月楣一样。柱头尤其是神圣空间内的独特场域，它们的特殊位置不仅可以扩大图像呈现的空间，其神秘丰富的象征体系更是让今日的观者难以一窥堂奥。

回廊的柱头形式与内容众多，有的虽然有趣，却过于复杂，不容易辨识，如"力士参孙的故事"。由于柱头艺术在基督教建筑中是非常重要的因素，我借此找一些比较简单明了的柱头做些探索。

我们先来看一个完整的柱头图像，也就是东、南、西、北四个面叙述的"财主和拉撒路"的故事。

这个故事来自《路加福音》（16:19-31）。耶稣讲道，先是说："一个仆人不能事奉两个主，不是恶这个爱那个，就是重这个轻那个。你们不能又事奉神，又事奉玛门。"

玛门是"财神"的意思。

接着耶稣讲了财主和拉撒路的故事。

柱头的北面并列的两个人已经模糊不清，就算是"有一个财主，穿着紫色袍和细麻布衣服，天天（和他妻子）奢华宴乐"吧。

东面柱头说的是："又有一个讨饭的，名叫拉撒路，浑身生疮，被人放在财主门口，要得财主桌子上掉下来的零碎充饥，并且让狗来舔他的疮。"

南面和西面的柱头图像叙述的是："后来那讨饭的死了，被天使带去放在亚伯拉罕的怀里。财主也死了，并且埋葬了，他在阴间受痛苦，举目远远地望见亚伯拉罕，又望见拉撒路在他怀里，就喊着说：'我祖亚伯拉罕哪，可怜

蒙雷阿莱大教堂修道院回廊庭院里的石柱

我吧！打发拉撒路来，用指头尖蘸点水，凉凉我的舌头，因为我在这火焰里，极其痛苦。'"

亚伯拉罕说："儿啊，你该回想你生前享过福，拉撒路也受过苦；如今他在这里得安慰，你倒受痛苦。不但这样，并且在你我之间，有深渊限定，以致人要从这边过到你们那边是不能的；要从那边过到我们这边也是不能的。"

财主要求亚伯拉罕让拉撒路到他父亲家，因为财主还有五个兄弟，希望他们不要自私自利，免得他们也来到痛苦的阴间。

以色列的始主亚伯拉罕说："他们有摩西和先知的话可以听从。"

财主说："若有一个从死里复活的，到他们那里去，他们必要悔改。"

亚伯拉罕再次否定财主的看法："如果他们不听摩西和先知的话，就是有一个从死里复活的，他们也是不听劝。"

这是基督对自己将死里复活的预言，也预言了即便他复活了，大多数宗教领袖仍不会接受他。

七

在中世纪世界，两股力量针锋相对，以二元对立的形式彼此征战，不愿放弃他们对人类灵魂的争夺，因此人类灵魂无处无时不处在这种争夺的威胁之中。《圣经》人物、圣徒与殉道者所体现的神圣救恩受到恶魔力量的抵抗；天主造化无形地渗透一切，可是撒旦和他那无形却力量强大的部属亦总是与之为敌。神的存在无处不能彰显，无论是在一棵树或一座山上，同样，恶魔也隐藏在人类四周的一切事物中，罗马时期的雕刻家必须防止恶魔进入教堂，摧毁人们的灵魂。《圣经》本身便包含了工具，如同福音书作者马太反复记录基督以邪恶对抗邪恶（《马太福音》9:34；12:27-34），以图像描绘恶魔是为了吓走恶魔，根据古老的神话，从被描绘者的眼睛能射出眼神的魔力，这种驱邪的图像魔法能让雕刻家发挥出他们惊人的想象力。（罗尔夫·托曼，《神圣艺术》）

托曼在《神圣艺术》中所举"基督以邪恶对抗邪恶"大错特错，因为作者引用的《马太福音》两处经文都是基督的敌人对他的污蔑，算不得数。

以邪恶对抗邪恶，只可能存在一般人的概念和想象中。

蒙雷阿莱大教堂修道院的柱头确实有类似的例子。

我们看看一个柱头的三面：

西面是"女怪"：人身鱼尾的女怪与和恶龙在一起的塞壬女妖很像，传说这种女怪会吃小孩，身边的猎犬和士兵代表信仰的守护者。

南面是"手持盾牌和利剑的士兵"：他们代表了邪恶势力的毁灭、和平与正义的重建，他们是信仰的捍卫者。在《圣经》里，长剑是上帝赋予的保护正义的武器，"信仰的盾牌要一直握在手中"。

女怪　　　　　　　　　　　　　　手持盾牌和利剑的士兵

第二章　蒙雷阿莱大教堂和修道院

东面是"龙":这里的龙具有蛇的外形。其实,龙与蛇具有相同的象征意义,在《启示录》中,龙是上帝的敌人。15世纪时,人们根据《启示录》,把龙描绘成罪恶的代表。

中国龙与西方龙不是一回事,可中国龙图腾更多的是皇权象征,它的张牙舞爪是别有用意的,说句大白话,是吓唬人的。就像黄袍,龙也不是一般人可以代表的。

龙

八

最后再看几件有《圣经》场景的柱头装饰。

第十七个柱头的北面是"雅各的第十一个儿子,约瑟的故事"。

约瑟很受父亲的宠爱,兄弟们就嫉妒他。然后约瑟做了两个梦,他告诉兄弟梦的内容是将凌驾于其上。兄弟们决定伺机加害于他,然后就谎称野兽把他给吃了。这时,哥哥吕便劝住了他们,但最后在犹大的建议下,把约瑟卖给了奴隶贩子。约瑟随商队去了埃及,被转卖给了法老的内臣波提乏,约瑟很快成了主人的管家,但主人的妻子想诱惑他同寝,约瑟不从,于是他受女主人的诬陷下狱。又因会解梦,被法老重用。

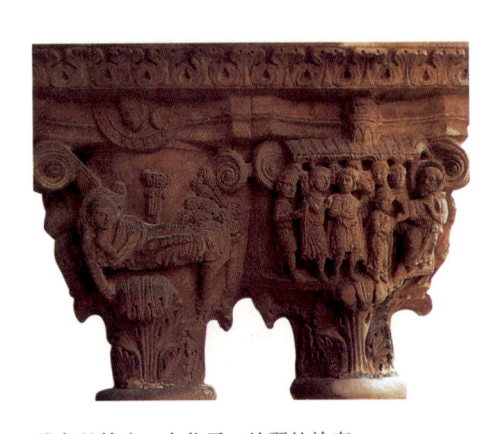

雅各的第十一个儿子,约瑟的故事

后来以色列遍地饥荒，约瑟的11个兄弟来埃及讨粮。这时身为埃及宰相的约瑟与他们相遇，知道他们为早年伤害约瑟的事情真心忏悔，于是兄弟相认。雅各的家族迁往埃及，一直要到摩西时代，才带领他们的后代出埃及。

柱头北面的图像是"犹大提议把约瑟卖给商人"。

第八个柱头的北面是"诱惑"，南面则是"先知但以理"。

公元前605年，先知但以理被掳至巴比伦，其后在诸王的手下任职60年。

有一次，两位与但以理共列最高长官的臣子因嫉妒他，就设计陷害，他们提议国王做30天自封的神，在此期间，如果谁向其他神祷告，就把他扔进狮子坑里。这道法令颁布后，坚持自己信仰的但以理仍然一日三次向耶和华祷告。

这被嫉妒他的同僚抓住了把柄。国王有心放过但以理，可巴比

犹大提议把约瑟卖给商人

诱惑

先知但以理

第二章 蒙雷阿莱大教堂和修道院 033

伦有规矩，只要法令颁布，国王也无法变通。

国王只能下令把但以理扔进狮子坑。国王对但以理说："你所常事奉的神，他必救你。"

有人搬石头放在坑口，国王用自己的玺和大臣的印封闭那坑，使惩办但以理的事毫无更改。国王回宫，终夜禁食，无人拿乐器到他面前，并且睡不着觉。"次日黎明，王就起来，急忙往狮子坑那里去。临近坑边，哀声呼叫但以理，对但以理说：永生神的仆人但以理啊！你所常事奉的神能救你脱离狮子吗？"

但以理对王说："愿王万岁！我的神差遣使者封住狮子的口，叫狮子不伤我；因我在神面前无辜，我在王面前也没有行过亏损的事。"

而那些坑害但以理的人被扔进狮子坑中，他们还没到坑底，狮子就抓住他们，咬碎他们的骨头。

我以前在其他教堂和修道院注意过柱头装饰，可比较系统琢磨它们这还是第一次。这些柱头反映的中世纪世界实在丰富。

九

威廉二世在36岁时突然死去，死因不明。布朗沃思在《诺曼征服》中对他的评价是：

威廉二世统治期间国内和平繁荣，被后人视为黄金时代。人们对他的悼念胜过西西里其他任何一位君主，数百年后但丁甚至将他放入代表作《神曲》中的《天堂》部分，把他描绘为理想的国王。然而，他根本配不上这样的荣誉。与其说威廉二世是个好国王，倒不如说他运气好，他的时代正好是西西里非常稳定的时期，因此他的统治看上去更加理想。他的父亲不断遭受叛乱侵袭，死后国家又陷入内战。如果说他在位期间国家和平繁荣，也不是因为他治理有方。相反，他是非常不负责任的君主，他不仅把西西里的资源大量投入到考虑不周、损失惨重的对外战争中，而且为了一时和平，将国家的未来轻易地交给头号劲敌。他的前辈们不惜一切地阻止德意志帝国对西西里的图谋，就连他的父亲也不例外，他却自愿将其拱手让出。然后，像所有不负责任的领袖一样，让自己的继承人承担后果。

所谓把西西里未来拱手相让给头号劲敌是这么回事：罗杰二世有个遗腹女康斯坦丝，比威廉二世小一岁，由于威廉二世没有子嗣，他的姑母康斯坦丝就是西西里王位的继承人。这是所有西西里贵族都认账的。

一直与西西里为敌的德意志皇帝腓特烈一世最终放弃了完全征服意大利半岛的愿望，他提出外交手段，要求自己的继承人亨利与康斯坦丝结婚。

威廉二世竟然答应了。

威廉二世去世后，西西里贵族与罗马教皇联手反对康斯坦丝即位，1190年，支持罗杰二世的私生孙坦克雷德加冕为西西里国王。

坦克雷德精力充沛，聪明过人，被称为"猴子国王"。

坦克雷德率领西西里人民顽强抵抗亨利六世的侵略，一直坚守着。1193年，他年仅18岁的儿子突然去世。几天后，正在发高烧的坦克雷德悲痛欲绝，也离开了人世。

虽然他三岁的儿子威廉三世匆忙加冕，但西西里人痛失主帅，只能向亨利六世投降。奥特维尔家族在西西里仅60年的统治成为历史。

威廉三世被关押在德意志监狱内，不到4年便惨死，据说亨利六世下令将他阉割并挖去眼睛。

康斯坦丝40岁的时候，才在1194年圣诞节的第二天生下了腓特烈二世。为了粉碎各种怀疑，在16个红衣主教的见证下，她在杰斯广场的帐篷里生下儿子，"并且为了证明，还向所有的民众展示自己饱满的胸部"。（约阿希姆·费斯特，《在逆光中：意大利文化散步》）

这位西西里的腓特烈二世幼年失去父母，可他最终成为伟大的国王，他在艺术与科学上的好奇与投入很像外祖罗杰二世，他的学问与艺术造诣要高出罗杰二世许多，是那个时代最为博学的人。但因为他与教皇的激烈斗争与进行各种战争，引起了不少人的愤怒。但丁在《神曲》里安排他进入地狱最底层城市狄斯，与异教徒同处一个墓室。

在当时的欧洲人眼里，德意志皇帝腓特烈二世看上去像个东方君主，《在逆光中：意大利文化散步》的作者费斯特在游玩巴勒莫时看了腓特烈的各种传记后，勾勒出他的侧面：

处于最高级别的是萨拉森卫兵，三百人的装备闪闪发光，鞍垫上镶嵌着宝石。后面是一队配备丰富、装饰有银器和钟的骆驼，由威风十足的宦官率领，骆驼背上的豪华座椅中坐着阿拉伯女仆，国王'罪恶的妻妾'，教皇对此颇有微辞。带着宝藏的马车装满金器和银器、贝足丝和紫袍，后面跟着行吟诗人和杂耍演员、音乐家，再后面隔着一段距离的是整个宫廷：腓特烈在马上，装饰着权力的象征物，周围都是达官贵人。然后是身着短袖束腰上衣的侍从。跟在他们后面的是学者乘坐的红色马车，养鹰者带着各种狩猎禽类，白色和彩色的孔雀、非洲花束、鹦鹉和罕见的鸽子。然后是养狗人牵着犬类，驯兽师用闪光的链条牵着狮子、猎豹、猴子、狗熊和美洲豹。队伍的末尾是苏丹送给国王的大象，大象驮着一座明亮的塔，里面有摩尔人身着华服吹着银色的喇叭。最后是负重马匹，带着各种资料和图书。

但对西西里而言，腓特烈二世的辉煌只是回光返照，他去世16年后，安茹的查理入侵西西里岛，杀死了腓特烈二世的儿子和孙子，终结了霍亨斯陶芬家族的统治。

RINNOVA I POPOLI E NE RIVELA LA VITA
È IL DILETTO OVE NON MIRI A PREPARAR L'AVVENIRE

第 三 章

艺术巴勒莫

马奈当然不知道这事,可我知道,会有一种莫名的惆怅。

一

来巴勒莫的第一天黄昏就去了大剧院。巴勒莫大剧院号称是欧洲第三大剧院，仅次于巴黎歌剧院和维也纳国家歌剧院。

有意思的是，对于非歌剧爱好者而言，它的知名度来自《教父3》，在《教父3》的尾声，阿尔·帕西诺在高高的台阶上遇刺。我早年看过《教父》，第三集看没看忘了，对此没什么印象。

为了体会西西里，我特意买了本《教父》，翻了翻，很失望。

19世纪下半叶，频繁的贸易来往使巴勒莫变成了一个欧洲大都市，当地的中产阶级为拥有美丽的西西里岛首府而自豪，他们大兴土木。也就在这时，他们渐渐意识到在这里建造一座无与伦比的大剧院是如此迫切：人们将它视为这座闻名的国际性都市的文化标志。

1862年，巴勒莫市长牵头的委员会计划建造占地6000平方米的歌剧院；1864年，巴勒莫市政府号召意大利和国外建筑师共同投标；1868年，委员会确定了由老巴西莱负责模型和图纸的确定；1874年10月30日，市政府任命老巴西莱任总工长。经过了22年的建造，剧院于1897年5月16日向公众开放。

但老巴西莱1891年就去世了，经过公众的投票，儿子小巴西莱代替父亲监督工程的实施。

我是回上海后才研究这段资料的，突然发现这个小巴西莱就是我们所住的伊格伊阿别墅大酒店的建筑师。资料称：小巴西莱是国际现代主义和意大利自由风格（新风格）的重要创导者，修建了许多私人住宅、府邸和私人别墅，为多场展会设计了展览大厅，还制作了很多时尚前卫的家具。据称，罗马的国会大厦也是他设计的。

我读剧院资料时发现，伊格伊阿别墅大酒店的创始人伊格纳齐奥·弗洛里奥当时在巴勒莫是个极为重要的人物。大剧院1897年5月16日的首映式上演的是威尔第的《福斯塔夫》，那晚是如此成功，导致所有的季票都"卖完了"。剧院的导览册进一步写道："另一方面，伊格纳齐奥·弗洛里奥这位特殊客人的到来，使这次庆典具有了国际性。多亏了这个家族在各种商业活动中的参与，才使得巴勒莫在那些年一跃为欧洲的大都市，各国的王室要员也经常会访问这个城市，他们促进了这座城市的国际化进程，也使之成为众多名流贵族游玩的目的地。"

难怪小巴西莱对伊格伊阿别墅大酒店这么用心。

这些关联，对巴勒莫人来说，可能是耳熟能详。但像我这样的游客，没有当地人介绍，也没有详尽的书籍可看，能通过原始资料弄清若干脉络，不免有些成就感。

顺便一提，当年建造大剧院同样面临拆迁问题，经过多番讨论，人们最终选择靠近正在扩建的新城城墙和两城交界处的古城中心，即圣维托的城堡（St. Vito's Bastion）和马达门大门（Maqueda Gate）之间的地块，一些历史建筑和巴洛克风格的建筑因此被拆掉，包括几座教堂和修道院。还有一个古老的传说，其中一座修道院院长的圣灵还在剧院的房间里游荡。传言还说，不信的人只要踏进这座剧院，就会看到所谓的"修女步"。

二

我们黄昏时分来到巴勒莫大剧院，确实感到"这座孤独地矗立在威尔第广场上的高大建筑经过上世纪80年代的一次修复，仍然保持着它原来的豪华壮丽之姿"。剧院长129米，宽89米，总面积7730平方米，其中4965平方米为大厅和附属的建筑，另外2765平方米为后台和附属建筑。

俯瞰巴勒莫大剧院

剧院的导览册描述道："围绕入口中轴线的对称设计、经常重复的原始（石柱、窗户、拱门）和严格整洁的装饰都是剧院的特色。剧院所有元素的平面分布和屋顶的盖法不仅在古代剧院，就是在罗马的神庙、民间教堂和温泉浴场等宗教和公共建筑中也会出现。"

剧院古典风格的外部与它富丽堂皇的主题极为契合。宽阔的前门是一个六柱式的门廊，高高地耸立在大理石阶梯上。"这些柱石以滚轴式的柱身和特殊的意大利西西里柯林斯式柱头为其特色，这是受到（罗马附近）的蒂沃利的灶神星神庙的石柱样式的启发设计的。"

石柱上方托举着三角楣，它的下面，沿着额枋刻着两行文字："艺术改变了人们的思维方式，也揭示了生活的真谛；如果艺术不是为规划未来而存在，欢乐的场景就不会出现。"

台阶两旁有两座青铜石狮，象征悲剧和抒情诗的两尊塑像坐在狮子的身上。在威尔第广场的花圃左边，我们还可以一览朱塞佩·威尔第胸像的风姿。花圃前的街道上是由小巴西莱设计的现代自由风格的优雅的铁铸枝形路灯、永久性的标识牌和漂亮的铁制纹饰栏杆。

在剧院的内部装饰上，老巴西莱觉得要"排除各种类型的风格而选择16世纪的装饰元素"。小巴西莱完成了室内设计，装饰全部为寓言式的、具有象征意义的人物和图案，有"果篮和花篮、植物盆栽、彩线、圆形壁画、人物胸像、有纹饰和没有纹饰的小型建筑、小天使图案、鸟儿的

台阶旁的青铜石狮

第三章 艺术巴勒莫　043

造型……"

剧院内部有大厅（或前厅）、明镜屋、休息室（或"庞贝屋"）、俱乐部大厅、徽章大厅、皇室大厅和演出大厅。

三

庞贝屋的装饰十分精彩，是剧院的一颗明珠，但如果不亲身经历，语言很难描述。我尤其欣赏墙壁上穿着飘逸长衫舞动着身体的酒神祭司，他们被画在一块很大的白色画布上，画布的边缘钉着金色的钉子。图画出自埃

巴勒莫大剧院演出大厅的穹顶

托·德·玛丽亚·贝格勒（Ettore De Maria Bergler）之手，一位"技艺精良的、优雅的、著名的、受人追捧的画家"。

俱乐部大厅最初是男士社交的专用场所，像其他大剧院一样，这里有导游可以带你参观。由于这个大厅的构造不是那么对称，我们可以体验到一种特别的音响效果——导游会让你站在大厅中央，你可以清晰地感受到自己发出的声音明显被放大了，外面的人却完全听不到你在说什么。

演出大厅（总面积450平方米，长26.5米，宽19.75米）以完美的音响效果著称，它最多可容纳3200人，但按照规定只能坐1300名观众。马蹄形风格的看台有5层包厢和观众席。主观众席下面铺设的是高贵华丽的地板，这层观众席有个漂亮的露台，观众从这里可以俯瞰外面的景物。包厢（每层31个）前面都有一个小的休息厅。演出大厅素净精致，装饰着金色的木制品和拉毛装饰画。宽敞的穹顶看起来就像个大轮子，被分成11个小的区域，每个区域的外面都由金色的饰带环绕，刻着植物、花卉、乐器（在外圈的饰带里）和悲伤的人物面具（在两头尖尖的画框里）。穹顶的中央和各个花瓣形的镶板（它们可以打开，保持大厅的空气流通）里都画着不同的人物，他们表现的是音乐的狂欢：清新明朗的天空中飘着几朵白云，一群优雅的仙女和挥着翅膀的小天使在弹奏着各式各样的乐器，有曼陀林琴、鲁特琴、铙钹、中提琴、鼓和管乐器，等等。

四

西西里曾是腓尼基和古希腊等强国的重要殖民地，古迹不少。发掘出来的古建筑还在原地，但里面的古文物一般都被搬进了博物馆，所以在参观古迹前后，都应该去一次博物馆，把里面的展品与露天的古建筑互相印证，也许还能想象一下当年的社会生活。

我马上要去古城塞利农特，所以先去巴勒莫的地区考古博物馆转转，里面有一些塞利农特神殿的雕刻品。遗憾的是，原址是三层楼建筑，现在在整修，博物馆只是把一些不错的展品放在一个院子里，不须半小时就可以很认真地看完了。还好，我们仍可以看到来自塞利农特神庙的一系列装饰性雕带，精致的浅浮雕描绘了神话的场景。还有公元前3世纪的锡拉库萨著名的公羊青铜雕塑，生动可爱。古希腊的青铜雕塑流存于世的很少，主要原因是青铜材料挪作他用，古罗马的大理石雕塑倒是很容易看到。

五

巴勒莫虽说是西西里的大城，它的地区美术馆却没法与罗马、米兰、佛罗伦萨和那不勒斯相比，但有两件宝贝不得不看。

第一幅是《死神的胜利》。死神是一具恶魔的骨架，骑着骷髅马，主宰了死亡场景。右上角是青春之泉（哥特式晚期形式的喷泉），在死神的屠杀下也失去了功效。

《死神的胜利》原来是巴勒莫斯科拉法尼宫内庭南墙上的壁画，以讲究细节和装饰的宫廷绘画为原型，描绘无情的现实。艺术评论家认为它创作于15世纪40年代，由一位画家独立创作而成，这位画家还把自己的形象画在壁画的左侧（人群上方两个人中的一个）。意大利艺术史家祖菲认为，这位画家极有可能是勃艮第大师纪尧姆·斯皮克里。勃艮第主要在今天荷兰比利时和卢森堡，距离巴勒莫很遥远，祖菲由此感叹斯皮克里"在巴勒莫现身，再一次说明在15世纪的欧洲，思想传播得有多远，艺术家游历得就有多远"。（斯特凡诺·祖菲，《图解欧洲艺术史：15世纪》）

15世纪初期，那不勒斯国王阿方索一世将斯科拉法尼宫改建成一座"伟大的医院"，《死神的胜利》也因此融合了这位国王偏爱的加泰罗尼亚画派和法国弗兰德画派的风格。

20世纪40年代，为了躲避轰炸，人们不得不将壁画连带着砌石一道拆下来，放在轮车上运往安全区域。

1954年，建筑师的设计重现了今天美术馆所在地15世纪的阿贝特里斯宫，他将《死神的胜利》安排成为美术馆的焦点所在。如今的壁画不仅可以从下面往上看，在上面也可以往下一窥壁画的全貌，正因为如此，人们可以欣赏以往看不到的壁画细节之处。尤其是从上往下看，人们可以看见整幅画的主题是骑在骷髅马上的可怕死神，因此可以感受到画面极具戏剧张力。

巴勒莫地区美术馆

《死神的胜利》,纪尧姆·斯皮克里,15世纪40年代,巴勒莫地区美术馆藏

比萨斜塔旁的墓园有一幅著名的壁画《死亡的胜利》，它创作于14世纪，主题与巴勒莫美术馆的这幅很相似，但保存得差些。那幅画中的死神将自己装扮成一个裹着长长的面纱、头发蓬乱的女人，在世界各地的上空盘旋，用她的镰刀收割年轻人的生命。巴勒莫美术馆的骷髅马上的死神的工具也是镰刀。

比萨墓园的那幅壁画的构图要复杂得多，令人应接不暇。而巴勒莫的这幅让人看得比较从容。意大利艺术史家桑德拉·巴拉利指出，它们和同时代的《十日谈》传达了一种对死亡的恐惧，这种恐惧在当时由于人们对世俗生活和享乐的强烈依恋而被放大。

六

巴勒莫地区美术馆的第二件镇馆之宝是墨西拿的安东内洛（Antonello da Messina）的《天使报喜》。

墨西拿的安东内洛1450年在那不勒斯完成学徒生涯，在那里得以观摩尼德兰和普罗旺斯艺术中重要的王宫藏品。15世纪的那不勒斯文化富于国际化，安东内洛得益于此。

巴勒莫地区美术馆的《天使报喜》创作于1475年，是墨西拿的安东内洛曝光率最高的代表作。罗尔夫·托曼主编的《意大利文艺复兴时期的艺

《天使报喜》，墨西拿的安东内洛，1475年，巴勒莫地区美术馆藏

术：建筑、雕塑、绘画、素描》对这幅画的评论是"圣母所穿的长袍虽然看起来褶皱不够多，但带有一种不加修饰的庄重感，这别指望能在文艺复兴盛期之前的其他作品中看到。背景完全为黑色，因而画中的照明方案使人物脸部有了立体感，并带上了一丝神秘的意味。安东内洛非常清楚如何将仪态高贵的画中人脸上体现出的心理表情与圣母那难以接近、超凡脱俗的美丽区分开来"。

《天使报喜》的尺幅只有45cm×34.5cm，与画册的图片尺寸区别不大。在巴勒莫地区美术馆，它的位置很显豁，可如果你事先没做过功课，还是会与它失之交臂。那天我们去巴勒莫地区美术馆，人很少，室内也就我们三人在看这幅画。我这时看到有两位穿着入时、像日本人的男女走了过来，以为他们会来看这幅杰作，没想到他们径直走了过去，没瞥过一眼。

<h2 style="text-align:center">七</h2>

与《死神的胜利》相对的是两尊木雕，一尊是15世纪末的意大利木雕艺人创作的木质彩绘、镀金眼珠的圣乔瓦尼·伊万杰利斯塔，最近的修复工作证实它确为文艺复兴时期的作品：符合一般比例的人物外形；宽大的斗篷装饰着百合花的蚀刻镀金，这些都源自中世纪的审美传统。有假设说这尊雕塑原本是已经遗失的耶稣受难群雕作品之一，除此之外，应该还有圣约翰和圣母等人。令人惋惜的是，制作这件作品所用的珍贵矿物随着时间的流逝消失了，人们只能用云母重新制作雕像的眼睛。

另一尊是17世纪初西西里木雕艺人创作的圣方济会修女。方济会的惯例是衣服上有三个结（目前只剩下两个）以及象征贞洁的白纱。这尊雕像看起来安静而简洁，是反宗教改革期间的圣像代表作之一，它原产于卡尔塔武罗这个以艺术品闻名的小镇，这个小镇出产了很多16世纪的宗教艺术品。

圣乔瓦尼·伊万杰利斯塔,意大利木雕艺人,15世纪末,巴勒莫地区美术馆藏

圣方济会修女,西西里木雕艺人,17世纪,巴勒莫地区美术馆藏

八

巴勒莫地区美术馆的第三展厅陈列的是西西里文艺复兴时期的人物雕塑,其中展出了两位曾在西西里工作过的外国艺术家的作品,他们对当地的雕塑艺术影响巨大,而且为文艺复兴时期的雕塑艺术提供了两种不同的创作理念。他们是多米尼克·加吉尼(Domenico Gagini)和出生于克罗地亚的弗朗西斯科·劳拉纳(Francesco Laurana,1430—1502年)。加吉尼创作的人物栩栩如生,风格偏活泼,装饰和细节却显得过犹不及。劳拉纳的作品更为纯粹,线条构造也符合几何学原理,在蓝、绿等冷色系的背景衬托下显得格外精致细腻。

下面两件雕像,前一件是劳拉纳亲手制作,后一件来自劳拉纳工作室。

西班牙公主埃莉奥诺拉·德阿拉戈娜半身像，弗朗西斯科·劳拉纳，1489—1491年，巴勒莫地区美术馆藏

少年半身像（大理石附彩绘），劳拉纳工作室，巴勒莫地区美术馆藏

第一件应该是西班牙公主埃莉奥诺拉·德阿拉戈娜的半身像，她是夏卡领主、卡尔塔贝洛塔伯爵、阿拉贡王国牧师威廉·佩拉尔塔德的妻子。1405年，公主去世，人们将她安葬在本笃会教堂治下靠近朱丽亚纳的圣玛丽亚修道院，公主曾是该修道院的女施主。这尊半身像是其葬礼纪念碑的一部分，到了巴洛克时代，人们对其有所修缮。委托制作这尊半身像的是埃莉奥诺拉的后代、夏卡的新一代领主、伯爵继承人卡洛·卢纳。他也是劳拉纳在西西里的第一个客户。

这应该是1489年到1491年间，劳拉纳在西西里的最后几年中创作的最好的一尊女性半身雕像，蕴含了一种抽象的且具备了象征精神的女性美。

第二尊大理石附彩绘的少年半身像姿势看上去十分僵硬，人物造型的独特之处在于其完美对称的头像纹理和额头，这恰恰体现了其他艺术家（劳拉纳工作室）眼中劳拉纳的雕刻艺术。最近的修复工作复原了塑像紧身衣和人物头像的颜色。

第六展厅的陈列品标志着西西里文艺复兴雕刻艺术的完结，其中包括巴勒莫艺术家安东内洛·加吉尼（Antonello Gagini，1478—1536年）的大理石附镀金的圣母子和小天使。这件圆形浮雕原来收藏在巴勒莫的杰苏圣母玛利亚教堂中，其所展现的结构布局证实了安东内洛对于来自意大利中部新艺术的浓厚兴趣，圣母美丽的鹅蛋脸带着些许忧郁。

圣母子和小天使（大理石附镀金），安东内洛·加吉尼，巴勒莫地区美术馆藏

九

回到贝里尼广场，它不远处就是普雷托利亚广场（Piazza Pretoria），广场的大门是巴勒莫大剧院的主持人老巴西莱在1858年设计的。旁边有参议院大厦，广场的中心是著名的普雷托利亚喷泉（Fontana Pretoria）。

喷泉的水是从最上面的小天使身上流下来的，它的周围有四个入口，入口的两边都有姿态优雅的人物雕塑。阶梯两边的栏杆上雕刻的是寓言和神话里的人物，雕刻精致，造型优美；中间的水坛上围绕着海马、塞壬女妖、海豚、小天使和其他神话人物的雕像；下面的水坛中布满了喷水的动物头，此外还有海神和其他神话人物的雕像。

这座喷泉不是本地产的。1554—1555年间，为了装饰西班牙托莱多贵族路易吉（Don Luigi Alvarez de Toledo）在佛罗伦萨的别墅花园，佛罗伦萨的风格主义艺术家弗朗西斯科·卡米利亚尼（Francesco Camilliani）和米开朗基罗·纳切里诺（Michelangelo Naccherino）设计建造了这座喷泉。但路易吉的儿子不喜欢这座喷泉，于1573年把它卖给了巴勒莫议会，报酬是3万银币。1574年，喷泉被分成了644块运到巴勒莫，由卡利米亚尼的儿子亲自负责监管这一大型工程的复原工作。

可据说当时的巴勒莫人也不喜欢喷泉中这些裸露的雕像，索性把这个地方称为"羞耻广场"。

"二战"时盟军的轰炸损坏了很多雕塑，所以这里经过多次修复和清理。

我在雨夜和一个阴沉的下午两次来到这里，虽然都不是好天气，可觉得喷泉气势非凡，约有30座群雕，仔细看去，也不粗糙。

我总觉得喷泉所在的广场太小，让里面的人物很局促，只有广场扩展一倍，才能从容些（当然，对城中心的巴勒莫而言，几无可能）。我更相信，它若在罗马或佛罗伦萨，名气要响亮得多。

再往前走几步路，就是四首歌广场（Quattro Canti）了，其实这不是真正的广场，而是繁忙的十字路口，也是巴勒莫的市"中心"。

海外的广场与我们中国的广场不是一个概念，他们可以把一块空地称为广场。按我们的概念，只有北京的天安门广场和上海的人民广场才算数。所以，我去欧洲城市，只觉得大教堂前的那片地方才称得上是广场。其他广场，总觉得很别扭。

四首歌广场的别致之处是它的四个角或东、南、西、北四处建筑的装饰。

建筑的每个面都由三种不同的传统柱式构成，有陶立克式的、爱奥尼亚式的和综合式的。窗户和壁龛装饰精美，达到了建筑与雕刻艺术的完美融合。

下面一层立着四尊代表四季的雕塑，中间的一层是西班牙国王的雕像，最上面装饰的是巴勒莫的守护圣人雕像。阳台后面的门楣上雕刻着一些小天使，阁楼上则装饰着国王的盾形徽章。

四首歌广场

十

卡普奇尼修道院建于1621年，黄色的二层楼房看起来普普通通的，可里面有著名的地下墓穴（Catacombe del Cappuccini），从17世纪直到1881年，有800具尸体被制成木乃伊或添加了防腐香料，井井有条地放在地下室里。这些死者是巴勒莫的神职人员和富人，包括妇女和儿童。1881年，这一奇特的风俗习惯被禁止了。

我的家人当然不愿意参观这么耸人听闻的墓穴，我一个人从酒店打的来到修道院，在门口的胖修士那里买了门票，径直进入地下室。

地下墓穴比我想象中小得多，几分钟就可以走完。此时是旅游淡季，参观墓穴的人本来就不多，我发现只有自己在逛悠，倒也不害怕，只是觉得和这么多尸体对视着，感觉很奇怪。

他们都穿着衣服，大多躺着，还有些悬挂着。我在想，如果当年我是个巴勒莫人，看着祖先这么歪头歪脑地挂着，有何感想？我看到过外公、外婆和父亲死去后的面容，也就那么一瞥，不忍看下去。我不能接受自己这么看着他们，也不会带孩子来，指着第几排第几座的某个尸体告诉他，这是你曾祖父。我觉得还是把祖先埋在土里，清明时扫墓，这样比较心安理得吧。

地下墓穴的安排是有等级的，可我一眼望去，除了小孩与大人有区别之外，衣服旧旧的，头颅丑丑的，没有任何区别啊。我对此无动于衷。

只有刚死去的人才会让我震撼。许多年前，陪亲人半夜急诊，急诊室内突然推出一个刚死去的老人，面容都来不及盖住，家人在后面哭天抢地。我一下子懵住了。

我能理解当年的巴勒莫人制作干尸的心情，他们想继续留在这个世上，不管以何种形式。死亡之所以不可接受，是因为它意味着彻底的断裂。也就是说，你突然不存在了，没了，一般人想想就可怕。

我在写走读文章的时候经常会涉及艺术家的生卒年份，尤其是知道这幅画在他们生前什么时候制作的，比如马奈的那幅瓶中花卉画得真好，可它是画家去世一年前作的。马奈当然不知道这事，可我知道，会有一种莫名的惆怅。

那些认为死后有天堂的人是有福的，他们的今天与未来是连续的，不会出现彻底的断裂。他们越不怀疑，越有信心，就越有福。不信的人，表面上对这些信仰者不以为然，可内心是嫉妒的，因为他们不敢想象最终的未来。

巴勒莫墓穴中人都是不信者，或者他们的亲人是不信者，他们不信有灵魂，只信肉体，然后脏兮兮地躺着挂着。

我是感受到灵魂的。我很多年与父亲的关系不佳，父亲患了肺癌后，我们和解了，但他进医院做化疗，很快就去世了。父亲去世的前一天，我到病房看他，他睡着了，我不想惊动他，就走了。父亲去世的那天是周末午夜，亲人打电话找我，但我手机很奇怪地静音了，所以直到第二天早上才知父亲去世。我那天晚上根本没想到父亲会这么快去世，所以没有不安，就睡着了。可我在睡梦中，恍惚地感知父亲来我床前，告诉我，他走了，与我告别。我也没惊醒，照样睡，早上也没有想起父亲来告别的事，等到知道父亲去世的消息，恍然大悟。

从此，与父亲阴阳两隔。

我在墓穴间转圈，前面忽然来了几个游者，我习惯性地朝他们笑笑，但发现对方一脸惊诧。是我突然悄无声地冒了出来，还是我的笑带着一种奇怪的色彩？都是吧。我也觉得自己笑得很怪，很费解。

墓穴里有个小女孩比较特别，她2岁就被制成了"标本"。她叫罗莎丽亚，人称"睡美人"，现在睡在玻璃覆盖的小棺材中。尽管她的尸体保存得非常生动滋润，是墓穴明信片的"明星"，但终究是死的。

安新民写的《西西里狂想曲》说她死于1920年，是被送进来的最后一位，是由一位医生处理的。可有资料说，1881年已禁止处理尸体，不知为何矛盾。

我知道楼上的胖修士通过视频在监视着我们的一举一动，但我还是忍不住想拍一张睡美人的照片，发给朋友分享。这时胖修士果然发出了声音，我虽有预料，可还是觉得有些吓人。这里太安静了，任何声音都很鬼魅。

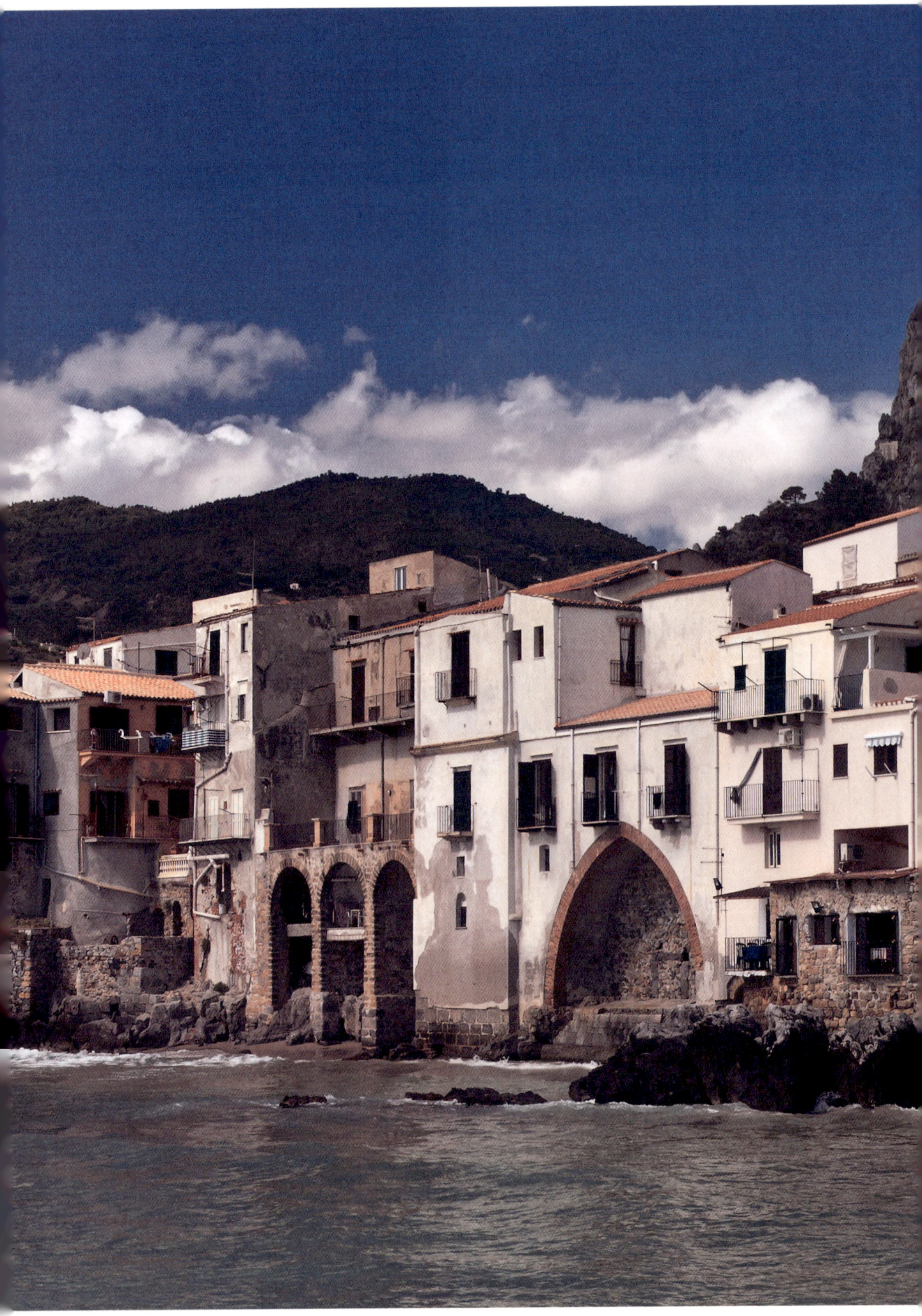

第 四 章

邂逅切法卢

但可以肯定的是，罗杰二世明显喜欢切法卢，因为他赋予这里的人民一些特权，比如免除兵役、出口商品免税等。

一

　　巴勒莫附近辐射的几个点只能开车前往，我计划的第一个点是海拔750米的山城埃里切。去那里的人不少，孤独星球的《意大利》介绍，在晴朗的日子里，在山上能看到北非突尼斯的提卜角。城里有中世纪的街道，"埃里切是神秘的厄力密亚人建立的殖民地，是爱之女神的住所，这里曾延续了罕见的祭神卖淫仪式，参加仪式的妓女们就居住在维纳斯神庙里。尽管遭到过无数次侵略，神庙却依旧保持完好——没人能猜到这其中的理由"。

　　其实，这就是所谓"神奴"，并不像上文所说的那么"罕见"。古希腊的城邦科林斯就有这种风俗，当该城的人们列队去阿佛洛狄忒神庙祈祷时，总是召来尽可能多的高等妓女加入行列，这些妓女也向女神祈祷，之后参加祭祀并出席祭祀盛宴。这是为了纪念当时波斯人带领大队人马前往阿佛洛狄忒神庙时，高等妓女也去那里为祖国的解放而祈祷。后来，科林斯人制了一块匾奉献给女神，上面刻着参加队列的高等妓女的名字。当时有诗人作诗道："这些姑娘团结一致，为希腊人及他们勇敢的战士向天上的塞浦路斯女神作了虔诚的祈祷，因此神圣的阿佛洛狄忒才没把希腊人的卫城转交给波斯弓箭手。"

　　巴比伦也存在宗教上的卖淫现象。古希腊历史学家希罗多德写道："巴比伦人最可耻的法律是：每一个本族妇女一生中必须有一次坐到阿佛洛狄忒神庙的圣域内，并在那里和一个不相识的男子交媾。"

　　罗马时期，西西里的埃里切阿佛洛狄忒神庙的"神奴"很有名，但当时有人不无遗憾地说："这块殖民地上的男性居民已没有以前那么多了，神奴的数目也大大减少了。"

　　以上介绍均出自利奇德的《古希腊风化史》，他接着写道："西西里成为罗马的一个省份后，一贯充当聪明政客的罗马人接管了神庙和神奴，给予特殊保护，并为神庙的库房提供了大笔钱财（确切地说，付出了十七个西西里城镇的代价），还在这个神圣的地区驻扎了两百名士兵，以长期保护神奴及其他目标。"

我在年轻时就读到过许多类似的故事，很好奇，因此计划去感受一下埃里切神庙的具体气氛。

二

我们的包车司机是安东尼，50岁上下，长期在我们酒店蹲点，据他自己介绍做过导游。现在是西西里的旅游淡季，没什么游客，我们住酒店的第二天开始，每天早上出来，就是他等在门外。

我们抵达巴勒莫的前两天都是阴天，今天放晴了，安东尼很高兴，一边说天气真好，一边唱着歌。路上的确很漂亮，一路上沿着海边行驶，路旁的山岭连绵起伏，让我想起了托斯卡纳的风景，当然后者没有大海陪伴。

开往埃里切的山前有一告示牌，说是上面下过大雪，现在有冰，不得上山。

我一下子有些发懵，问安东尼是不是上去试试。他说可以试，可若道路危险，必须下来。

我们提心吊胆地往上行驶，路面的冰块越来越多，还没到半山腰，安东尼就说没法走了。我们只能走下车，望着苍茫大地，景色很迷人，想象在埃里切的山上，放眼望去，该是多么惬意。

虽然有些遗憾，但庆幸还好没在埃里切订宾馆，一个可能是上不去，只能去巴勒莫仓皇找旅馆；二是住上了，下不来，那更惨。

依山傍海的巴勒莫

三

埃里切无法成行，在安东尼的建议下，我们改去距离巴勒莫不远的切法卢。

切法卢夏季人声鼎沸，没想到冬季的中午也在堵车，好不容易到了停车场，在旁边的披萨店吃了顿快餐。这时仔细瞧一眼海滩，有种梦幻般的感觉。

切法卢小城据说还保留着中世纪的格局，我还没到十分熟悉的地步，只是拍了一些照片，留待以后慢慢琢磨。

路上见到中世纪的洗衣池，一直有淡水源源不断地涌入池中，这个地方保存完好，景色也十分优美。传说牧神达佛涅斯有一次欺骗了妻子，然后就被她弄瞎了眼睛，他愤愤不平，跃下阿尔卑斯山，变成了切法卢怪石嶙峋的海岬。而洗衣池的水据说来自牧神妻子的眼泪，她因间接导致丈夫的死亡而悔恨不已，流出的泪水汇聚在地下的盆地，成为洗衣池的水源地。

罗马时期，这里是个公共浴场，这一风俗后来被阿拉伯人抛弃了。

洗衣池前面是"佩斯卡拉门"，也叫"码头之门"，之所以叫这个名字，是因为它就建在小海港边上，这里常常停靠着很多渔船，传说是罗杰二世躲避风暴登陆的地方。

上世纪初期以前，被执行死刑的人的尸体一直都挂在这个门旁。

四

公元前4世纪初，当地人在签署的同盟条约中首次提到了切法卢，它在希腊语中的名字与"海岬"的意思相似。

迦太基人在西西里的扩张受挫于希腊在当地最大的殖民地锡拉库萨后，切法卢落入后者的僭主老狄奥尼修斯手中。

公元前254年第一次布匿战争期间，切法卢被罗马人占领。

在公元6—9世纪的拜占庭时期，这个小镇成了锡拉库萨教区主教所在地。

公元838年，切法卢人打败了阿拉伯人的疯狂进攻，但20年后的858年，他们不得不投降。

1063年，诺曼人来到切法卢，它成了罗杰二世最喜欢的度假胜地，他下令重建切法卢，发展经济。

切法卢大教堂（Dumon di Cefalu）是小城最大的建筑物，也是罗杰二世时期的代表性建筑。

大教堂广场上种着棕榈树，大教堂正门前的露台还铺有观景的阶梯。

安静的切法卢小镇

切法卢大教堂的拱顶

    与巴勒莫的马尔托拉纳教堂、帕拉提纳礼拜堂和蒙雷阿莱大教堂相似，从城市的角度看，切法卢大教堂表现出建造时期的政治秩序：这栋布局紧凑、外形宏伟的建筑体现了君主凌驾于百姓之上的绝对王权。

    大教堂的正门完成于1240年，被一对高塔夹在中间，上面装饰着宽敞的尖顶窗和两层隐蔽的小凉廊。

    就像许多历史悠久的大教堂那样，切法卢大教堂也是由各个时期的建筑累积而成，比如，我们来到切法卢大教堂里，教堂的正厅和两道侧廊在高大的拱廊那里结束，拱廊下面是罗曼式的柱石，它的基石和柱头大概可追溯至公元2世纪，部分混合了拜占庭时期的风格。

    又比如人们在天井下面发现了一块早期的有基督图案的马赛克地板，它可能是过去某个建筑的一部分。教堂里的一幅画看起来比大教堂修建时的装饰画的创作时期还要早。

教堂里装饰风格的多样化也与罗杰二世的选择有关。

罗杰二世认为第一批规划图呈现的诺曼-伦巴第外形过于简陋，无法代表他至高无上的王权和专制地位。于是，从北方召集来的工匠艺人就在现有的建筑上植入了最新的英法哥特风格。与此同时，罗杰二世还决定把希腊的马赛克大师召来装饰教堂的内部，他去世时，由于阿拉伯风格已在西西里西部广泛流传，所以大教堂里又增加了阿拉伯风格。

五

教堂中央半圆形拱顶上有代表全知全能的基督像，它被认为是西西里最古老且保存最为完好的镶嵌画，比蒙雷阿莱大教堂的还要早20—30年。

如果我没看过蒙雷阿莱大教堂，一定会被切法卢大教堂所震撼。可是看过前者，再看切法卢，会发现它的气势弱了许多，很多语言无法表述的感觉马上呈现了出来。

我们出游，没依靠什么相关专家介绍提示，经常是通过比较看出事物的高下，这样虽然有些笨拙，得看一些未必十分精彩的东西，可这样比较踏实，容易心领神会。

让切法卢大教堂闻名于世的是那精美绝伦的马赛克壁画，它们由来自远东的艺术大师制作于1148年。但整个大教堂里基本上黑黑的，加上已在巴勒莫和蒙雷阿莱看过更壮观的图景，我已没有兴致对着画册逐一对照分析欣赏了。

传说罗杰二世和他的舰队奇迹般地躲过了一场大风暴，毫发无损地在切法卢的佩斯卡拉门登陆。他在大风暴中向上帝祷告，会在平安后建一座大教堂，于是在切法卢兑现了这一誓言。

然而，促使罗杰二世做出这个决定最主要的原因应该是政治因素：通过恢复主教区，他可以控制西西里最重要的战略位置。

但可以肯定的是，罗杰二世明显喜欢切法卢，因为他赋予这里的人民一些特权，比如免除兵役、出口商品免税等。

1145年，罗杰二世在切法卢放置了两口斑状石棺，一口是他自己的，另一口是他妻子的，这使得切法卢成了家族陵园的所在地。然而，1154年他去世后，王室毫不迟疑地把王家陵墓迁到蒙雷阿莱，傲慢无礼的腓特烈二世甚至下令把这两具棺木从切法卢移到了巴勒莫的大教堂里。

不过，安东尼指着大教堂祭坛前的一根粗壮的柱子说，罗杰二世被埋在里面。

我惊奇地望着他。联想到安东尼曾做过导游，讲故事是难免的。

六

安东尼带我们去了切法卢观海绝佳的所在——马尔基亚法瓦角（Capo Marchiafava）观景台，观景台上有14世纪的泉水池和圣乔瓦尼钟楼。

有意思的是在观景台或旁边的礁石看海。观景台不高，安东尼说："从地面看海与高山上看海，感受是不一样的，地面上往往有各种遮蔽物，所以很难看到广阔无垠的大海全貌。而这里就是很难得的地面看海的最佳场所。"

我觉得安东尼说得很对，尤其是到了西西里最后一站陶尔米纳，天天在高处看海，觉得与地面看海有很大的不同。

在地面看海，似乎更能感受各种云海的变化，它们贴得你很近，加上脚前潮水汹涌澎湃，一浪高过一浪，气象万千。

海边的切法卢

七

我事前没进行过切法卢的研究，只知道它的海滩很美，还有一座大教堂。所以我在仔细地搜索着可以接受的重点信息，一路上没看到有切法卢的导游手册。

我在旅游商品店看到有的纪念品上装饰着一幅男子的油画照片，画得不错，似曾相识。我让安东尼问店员这幅画在哪里。

这幅画在巷子里的曼德拉里斯卡宫，现在是一家博物馆（Mandralisca Museo）。意大利的"宫"就是一座大宅。我们刚才路过。

好玩的是，这条在我看来是巷子的路被称为曼德拉里斯卡街，如果不是"大街"的话。它的两旁有城市的盾形徽章：三条鱼和一片面包，象征着切法卢的经济来源。

进入博物馆,直接找到这幅画,一看介绍,是我们刚在巴勒莫重点看过的墨西拿的安东内洛的作品《无名氏的肖像》。

墨西拿的这位男子有着奇怪的面容,他似乎在冷眼看着你,有些自得。在这位15世纪画家的作品上,已经出现了后世所谓的"心理真实"和"心理深度"。《无名氏的肖像》尺寸不大,与巴勒莫那幅《天使报喜》差不多。

能在意大利的看画之旅中"发现"这样一位杰出有趣的画家,很有意思。

《无名氏的肖像》,墨西拿的安东内洛,约1470年,曼德拉里斯卡宫藏

曼德拉里斯卡男爵购买这幅画之前,它属于利帕里岛的一个药剂师,不过,他最后决定把它卖了,为的是让他待字闺中的女儿心里安宁。据说药剂师的女儿因无法忍受画上男人轻蔑的表情,就在他的嘴巴上划了两道疤痕。

曼德拉里斯卡博物馆是男爵留给切法卢的所有财产,男爵尤其喜欢收集化石和贝壳,博物馆的科普类展区展出了两万多件从世界各地收集来的贝壳。

考古展示区有新石器时代的工具、雅典的陶罐以及居住在西西里的希腊人制造的器皿、许愿签、面具、古希腊罗马的油灯、老西西里铸造的各种各样的钱币、阿拉伯葬礼用的柱子。有些物品是在切法卢发掘出来的,例如罗马式地板片段、爱奥尼亚式的柱头以及公元前2世纪的小型神庙式的石棺等。

考古展示区最有趣的据说是一个公元前4世纪的陶罐,坛子上的画表现的是鱼贩和顾客讨价还价的情景。

第四章　邂逅切法卢　069

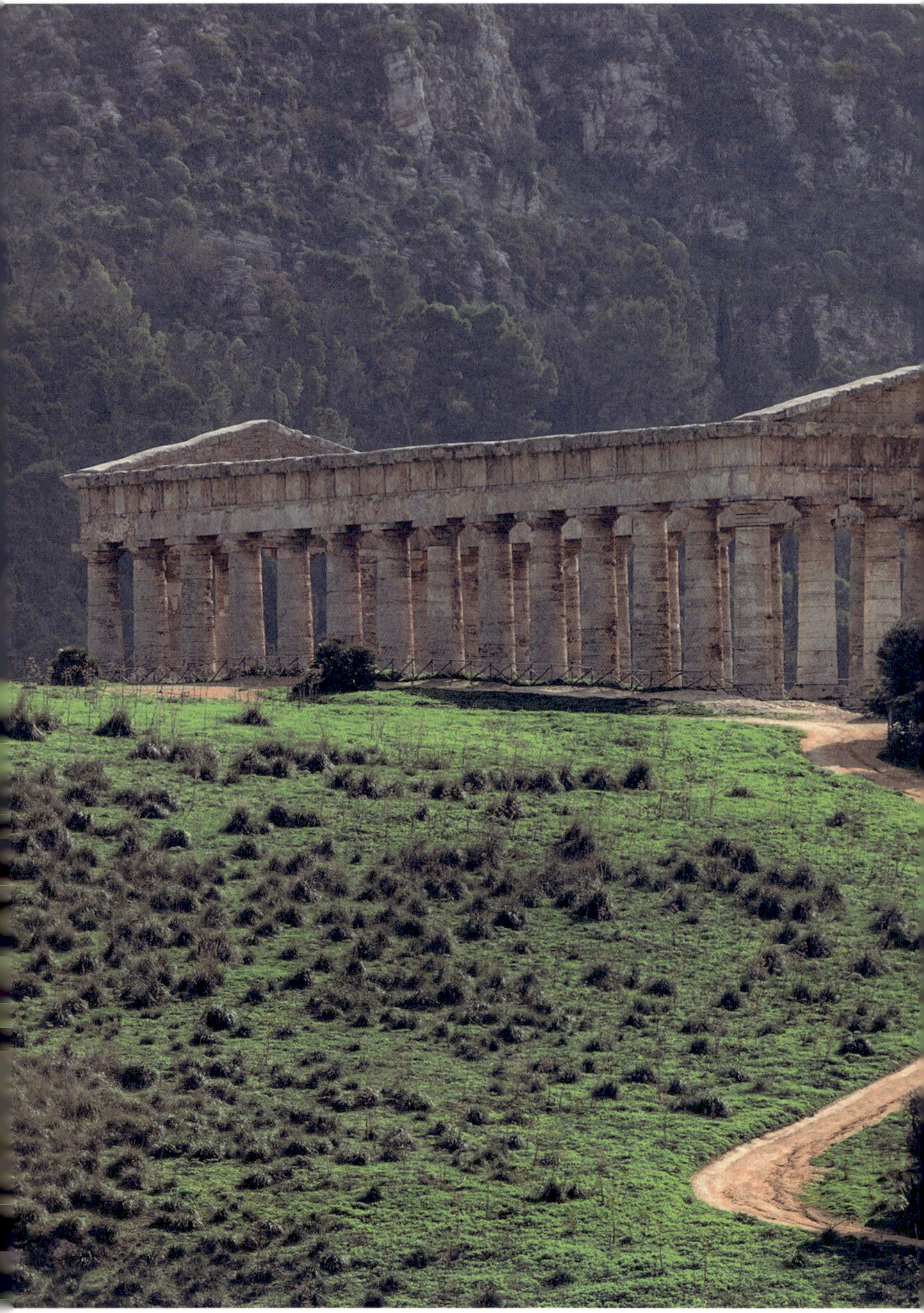

第 五 章

赛杰斯塔剧场和神庙

我走进遗址公园,无论如何也想象不到这里曾经是个繁华的城市,而且有这么复杂的历史。我不厌其烦地考证梳理,就是想获得一些赛杰斯塔曾经人气非凡的蛛丝马迹,可我今天只能看到山野、大海和远处山头的残雪。

一

选了一个晴好的日子，包了安东尼的车，从巴勒莫出发，去赛杰斯塔和塞利农特，然后返回。

赛杰斯塔离埃里切很近，距巴勒莫也不远，只有一个多小时的车程。

最早的赛杰斯塔人是艾勒米人，公元前5世纪的古希腊历史学家修昔底德在《伯罗奔尼撒战争史》中写道："征服了役利昂之后，一些特洛伊人击败了亚加亚人（注：古时候的希腊人），占领了西西里岛并在此定居，这些人我们统称为艾勒米人，他们的城镇则名为艾利克斯（Eryx）和艾杰斯塔（Egesta）。"

事实上，很多历史学家都认为这个区域的人口一部分是来自小亚细亚的安纳托利亚高原地区的古国佛里吉亚，另一部分则来源于意大利半岛的利古里亚和普利亚这两个地区。

我们开始探讨西西里文明的来历时曾指出腓尼基人和古希腊人分别在西岸和东岸建立了自己的殖民地，可在此之前，西西里岛已有各种人居住。

早在公元前12世纪，意大利半岛上的人在东岸成立了一个文化联盟，如今我们称其为西西里文明。但在西部和内陆，人们发现了在岩石顶峰鹰巢似的人类遗址，他们很少受到东部人口的渗透式影响。

在艾勒米人到达赛杰斯塔前，这里住着斯卡尼人。考古发现，一些斯卡尼村落可能在公元前11世纪末受到入侵者艾勒米人的毁灭性打击，例如考古学家在一个小屋遗址前发掘出一个高约1.4米、年纪在13到14岁之间的小女孩的骸骨，其状况表明她试图逃离自己的家，但不幸的是，她刚刚迈出家门就死于入侵者之手。

考古学家的研究还不足以证明是艾勒米人的到来导致这一地区惨遭不

测，不过，他们的到来的确促成了他们和斯卡尼文化的融合，这在之后的工艺技术和物质文化的传承中可以看出，比如斯卡尼文化之后的彩绘陶器的形状符合人体的造型，上面描绘的也是典型的人脸，把手则是彩绘的涡轮。对于考古学家而言，这一点恰恰证明了西西里西部地区的新民族艾勒米的存在。因此，在公元前10世纪早期，赛杰斯塔、埃里切及其周边形成了一个特殊的物质文化辐射中心。

关于艾勒米人这一神秘民族的起源历史的研究仍在继续，到目前为止，他们的语言还没被完全破译。从发掘出的陶器碎片上的铭文看，我们可以发现这些古人是使用希腊字母的。在公元前5世纪，艾勒米人和希腊人建立了双边关系，这是因为彼时希腊势力的进一步加强。

在希腊语里，艾勒米是狐尾草的粟，一种可以用来制作面包的谷类，它从远古时期就已经大面积生长，当这些谷物与西西里岛西部的希腊殖民者相遇，希腊人就管这个叫elimoi。

二

古时候的艾勒米人没有现今比较科学的考古学知识，他们对自己城邦和文化的起源是通过神祇、英雄和祖先的神话传说来表达的。

其中一个版本的神话故事来自公元前3世纪的希腊诗人吕哥弗隆。

小亚细亚的特洛伊国王拉俄墨东将当地贵族费诺达曼特的三个女儿交给了水手们，这样她们就不会被海怪吃掉了。她们跟着水手向西远航，来到西西里，其中的一个女孩与变成小狗形状的克里米索斯河神发生了关系，生下一只血统高贵的小狗，这只小狗继而在赛杰斯塔建立了三个城镇。

公元前1世纪的历史学家，阿里卡纳索的狄俄倪索斯提供的神话版本的故事情节略有不同，说是其中一个女孩在航行途中嫁给了一个拥有贵族血统的年轻人，生下了一个儿子名叫艾吉斯托。

他在西西里长大，之后又回到特洛伊与希腊人为敌。特洛伊陷落的时候，他和特洛伊的英雄艾勒姆联合埃涅阿斯一起逃了出来，埃涅阿斯在西西里建立了艾勒米城镇。

在其他版本的神话情节中，这个漂亮女孩其实是当地的女神（赛杰斯塔发行的硬币上有她的头像），她嫁给了河神，生下这个地区第一代领主。这一神话故事的基本元素有：河流——城镇的建立离不开水源——掌管水源的神祇，还需要一个可以孕育生命的漂亮女人。

罗马神话中与之相关的传说则剔除了赛杰斯塔的特洛伊起源，这样一来，赛杰斯塔只和罗马存在亲缘关系，而这恰恰就是维吉尔所记录的，在他撰写的古罗马史诗《埃涅伊德》中，尤利乌斯·恺撒和皇帝屋大维·奥古斯都的家族Gen Iulia就是埃涅阿斯的后代。

埃涅阿斯是安基塞斯王子安喀塞斯和女神阿佛洛狄忒的儿子，他四处找寻家园的时候来到西西里，在这里，他受到了国王艾利克斯——即特洛伊女子和克里米索斯河神的儿子的热烈欢迎，日后建立了罗马的罗穆鲁斯和雷穆斯也秉承了他的血统。在离开去拉齐奥之前，埃涅阿斯建立了艾切斯塔（Acesta）——即后来的赛杰斯塔，他将不能跟随自己远征的老弱妇孺都留在了这里。这段情节正好解释了艾勒米人和罗马人之间的亲缘关系，说明两者拥有共同的特洛伊祖先，并且都是阿佛洛狄忒的后代。至此，艾勒米人的起源也浮出水面。

三

以后,西西里岛西部出现了一个三角区域,即现在的赛杰斯塔、埃里切和塞利农特,他们受到了其盟友腓尼基人保护。埃里切人、赛杰斯塔人和腓尼基人组成了一个集军事、政治和宗教于一体的集团组织,对抗他们共同的敌人——希腊殖民者,自此,埃里切成为集团组织的宗教中心,阿佛洛狄忒神殿是其核心所在,赛杰斯塔成了政治中心,恩特拉流域则成为其军事中心。

艾勒米的民族自尊心使他们没有模仿和采用希腊文明,集团组织第一阶段的发展多亏了伟大的英雄埃涅阿斯,他对埃里切和赛杰斯塔这两大城邦的发展和防御起到了决定性作用。也因为他,这两个城邦结成了同盟。

公元前6世纪,多立亚柱式风格开始在希腊世界流行,其庄严而磅礴的审美感很快就征服了建筑界,以大理石为主的石料取代了黏土和木料,成为建

西西里岛西北部的美丽海港

造神庙纪念碑的首选材料。而事实上，这时的艾勒米文明也在做出适当的"调整"，以便更好地超越其在和平时期所谓的"竞争对手"。赛杰斯塔和来自塞利农特等地的希腊人之间的异族通婚标志着人口的大混血和民族血统的消弭。艾勒米人有自己的铸币厂、城邦文明、军队和位于海湾地区的商业中心。

赛杰斯塔和埃利切这两个同盟城邦的发展，连同艾勒米人寻求保护的迦太基城邦（公元前8世纪到公元前146年，迦太基帝国是腓尼基人在北非建立的城邦国家，其疆域十分辽阔，首都迦太基更是富极一时。迦太基可以看作腓尼基人的延续），其在城墙、堡垒以及各种建筑布局的成就都相当卓越，城邦的建筑布局更是从原本的田园阡陌转化为现代化的道路交通网络。1995年，考古人员在赛杰斯塔发掘出了古希腊人的会议室和集市。

埃利切对于地中海地区的宗教和精神生活有着巨大的影响，最终还影响到后来的罗马文化（如我们前面讨论过的维纳斯神庙），由于朝圣者和海运水手，还积累了丰富的财富基础。赛杰斯塔也不落其后，将其自身打造成商业政治中心，向周边地区和迦太基出口酒、油等土特产；它的港口可以纵观整个卡斯特拉梅尔海湾（Gulf of Castellammare），人们在这里设置了繁荣的贸易市场。

四

公元前5世纪，赛杰斯塔不论是在国际层面还是在政治层面都进入了鼎盛时代，它和地中海地区其他城邦之间的关系却日趋紧张。与此同时，城邦内部居住的艾勒米人也开始希腊化，习俗和文化等皆朝着当时备受瞩目的希腊模式转变。我们知道，除了艾勒米本族的语言，希腊语当时也是通用语言，所以彼时的赛杰斯塔是个双语城邦。就在这个时候，城邦里的居民开始使用硬币作为钱币，贸易用的农产品也很多样，大多为橄榄油、玉米、葡萄酒、胡桃、野禽和木材等。按照修昔底德的说法，与之毗邻的位于南岸的希腊殖民城邦塞利农特这时开始了与赛杰斯塔的竞争，双方以往的友好关系刹那间烟消云散，连两座城邦之间允许通婚的条例也被一并废除。

双方第一次因为领土问题而发生冲突的时间大概在公元前458年，赛杰斯塔为了寻求更为强大的盟友，倒向了雅典，彼时的雅典不论是文化还是军事都属于强国范畴。雅典在西部地区没有任何殖民地，它需要进口玉米与其他物资。于是，雅典和赛杰斯塔之间签订了友好条约，紧张的局面得到一定程度的缓解。

五

公元前416年，塞利农特和赛杰斯塔之间爆发了新一轮战争，赛杰斯塔先是和阿格里真托结盟，后来又转向迦太基，最后还是和雅典签订了盟约。

公元前1世纪的古希腊历史学家，西西里的狄奥多罗斯写道：

大约是在同一时间，西西里岛上的赛杰斯塔和塞利农特因为领土争议而陷入了战争，彼时的战场就位于参战城邦边境交界处的河岸边。塞利农特人穿过了河流之后，开始全力攻占沿河地区，很快就控制了大部分的邻近区域，因为掠夺而士气高涨的塞利农特人十分暴虐，对于战争受害者丝毫没有怜悯之心。另一方面，愤愤不平的赛杰斯塔人一开始还试图跟对方讲道理，以说服对方不要将敌对关系迁怒于民众，更不要去占领双方领土以外的任何第三方的领土。然而，杀红了眼的塞利农特人显然并没把这些当回事。得不到任何回应的赛杰斯塔人怒火中烧，一口气将塞利农特人打回了老家，收复了失地。

两座城邦的冲突日益严峻，双方都在扩充军备，重组军事装备。

两军开始了各自的军事部署，一场恶战呼之欲出，之后，塞利农特人大获全胜，屠戮敌人无数。而赛杰斯塔人大败而归，羞愤难当，除此之外，他们再无能力以一己之身对抗强势的塞利农特。所以，他们开始尝试对外结盟，起初选择了阿格里真托和锡拉库萨，却没成功，之后他们又给迦太基人送去了求援文书，依旧石沉大海，无奈之下，他们只能向海外寻求盟友以求援。

锡拉库萨人将利昂蒂尼（Leontini）的居民从他们自己的城邦土地上驱逐，使得他们成了流亡者，于是，这些人联合起来，向作为其兄弟民族的雅典人寻求结盟。他们将这一主张向同盟者广为传播，并且往雅典派出了一个代表团，请求雅典出面帮助夺回自己的城池，许诺为雅典在西西里岛上的一切政治事务提供支持作为回报。（Ampolo et al. *Segesta*）

六

赛杰斯塔的大使也参加了代表团，雅典的议事会在听到他所说的战争装备和不知真假的宝藏之后，公元前415年夏天决定派出60艘战舰前往西西里，这就是有名的"西西里远征"。详细情节，我们会在后面的锡拉库萨历史中叙述，这里说一下结果，公元前413年秋天，雅典人在锡拉库萨大败于锡拉库萨与斯巴达的联军，三名主帅先后战死，死者累累，生者成了俘虏。由于这场战争意义重大，引诱雅典人侵略西西里的赛杰斯塔也一举成名。

赛杰斯塔这座繁华的城邦一夜之间沦为荒凉地狱，疫病肆虐，民不聊生。此后，塞利农特全盘接手了赛杰斯塔的领土。

留存下来的赛杰斯塔人犹做困兽之斗，这次他们选择和迦太基人结盟，将据点转移到了地中海的非洲沿岸，其位置恰好毗邻现在的突尼斯。迦太基人为什么会来到西西里和塞利农特为敌，原因我们无从知晓，毕竟就在数十年之前，塞利农特还和迦太基结成同盟一道对抗其他希腊城邦。迦太基在西西里西部地区显然有着巨大的商业利益，事实上，在那个时候，迦太基控制了地中海西区的一切商业活动，并且对于希腊进一步扩张殖民地的所作所为表现出来的态度也不是很友善。因此，没有任何先兆，迦太基来到了西西里，就在塞利农特周围那极具战略意义的区域驻扎，以控制海洋权。于是，城邦之间微妙的平衡不复存在，而赛杰斯塔和其他西西里西部地区的城邦一样不得不臣服于迦太基的霸权，哪怕双方曾经是盟友。

七

公元前4世纪的赛杰斯塔可谓命途多舛，一方面要适应迦太基人的霸权统治，另一方面要应对锡拉库萨的暴力袭击。公元前307年，锡拉库萨的僭主阿加索克利斯甚至下令毁灭了城镇，将原址重命名为德克波利斯（正义之城），不久之后，这座所谓的正义之城又一次回归迦太基的统辖。

在迦太基与罗马的布匿战争期间，当罗马大军征服西西里的时候，赛杰斯塔毫不犹豫地投向罗马阵营。公元前241年，即这场战争的尾声，西西里成为罗马政权统辖下的一个省区，并且成为罗马的粮仓。

对于赛杰斯塔而言，这意味着新篇章的开始。罗马政权给其划拨了大面积的领土，公元前225年，罗马甚至还免除了赛杰斯塔每年的上贡和部分税收，并赋予其相当程度的自治权。罗马和赛杰斯塔的特洛伊人后代重回历史舞台，他们在各自的历史传统和文化传说中大肆吹嘘其祖先埃涅阿斯的事迹，罗马诗人维吉尔对此的记录是这样的：赛杰斯塔是西西里地区非常古老的城邦，埃涅阿斯从特洛伊来到这块土地上的时候就建立了这座城市，这也是为什么赛杰斯塔人始终认为自己和罗马人的关系更为亲近，除了所谓的忠诚而和睦的同盟关系，两者更是具有血缘关系的亲人。

这段时间，城市恢复原来的繁华，近来刚刚发掘出来的公元前2世纪落成的剧场、议事厅和集市这些城市公共建筑可以为证。

精心规划的城市布局也随着考古发掘渐渐重见天日，公共区域、北部卫城和排列着私人建筑的住宅更是比比皆是。城外郊区的人口也十分稠密，大面积的土地资源得以开发，农村人口散布在城邦领土的周围，有的务农，有的畜牧。

公元前1世纪上半叶，城市和周边郊区经济发展的速度开始减弱，其原因我们无从知晓。希腊风格的房屋开始为人们所遗弃，渐渐衰败。小型的村落则在邻近的近水区域初现规模，赛杰斯塔人很少光顾这些区域，就算来也是出于生产需要。

八

公元5世纪到7世纪，赛杰斯塔似乎仍然是这个区域的防御典范，其所在的位置拥有大自然天然的屏障，还有那未遭损害的罗马城墙加以保护。

近来的研究发现表明，这个地方早在公元6世纪就已被废弃，一直到中世纪早期才偶尔会有人前来光顾。

公元七八世纪至12世纪期间，这里可谓荒无人烟，之后才有人重新在此定居。新入驻的居民极大可能是那些为了躲避诺曼封地的统治而离家去国以及沿着山脉迁徙而来的穆斯林农民。于是，巴尔巴罗山顶上建起了伊斯兰村落、房屋，清真寺和阿拉伯墓地也应运而生。这里的名称也不再是我们熟悉的赛杰斯塔，而是巴尔巴罗城堡，这是一个拉丁语化的地名。

有记录表明，13世纪初期，一位基督教伯爵来到此地，在山顶建造了一座堪称城堡的奢华豪宅，但在中世纪时，大部分的城堡建筑在一次暴乱中被夷为平地，城堡遗址至今还散落着相当数量的箭矢。只有一小部分的城堡核心建筑一直延续到13世纪末才被彻底废弃，废弃的原因则是存在安全隐患。之后，巴尔巴罗城堡地区永久地失去了人烟。

九

不像仍是城市的埃里切，今天的赛杰斯塔是个遗址公园，我们看到古代赛杰斯塔所在地巴尔巴罗山，它是钙质岩，山上有两座峰，高度各为429米和420米，两座山峰之间隔了一块凹地。横越了部分山脉的河流名为加格拉河，此河的一头和圣巴托罗缪河合流，另一头则汇入卡斯特拉梅尔海湾。这个区域堪称理想的居住地，拥有天然的屏障，极具战略意义。山顶处可以看到所有的邻近区域：从平原到大海，距离不过几公里，岩石质地的海岸线更是为这里的海湾组成了一个天然的避风港，确保了内陆丘陵平原土壤的肥沃。不过，最为重要的是，这样的地理环境更有利于掌控古代自东（巴勒莫）向西（特拉帕尼和马沙拉）的交通要道。巴尔巴罗山的山顶遗址出土了许多青铜时代的考古遗址。因为艾勒米人的入驻，这里变成了城邦，公元前2世纪，西西里岛西部的人口数足可和安纳托利亚（小亚细亚）比肩。

我走进遗址公园，无论如何也想象不到这里曾经是个繁华的城市，而且有这么复杂的历史。我不厌其烦地考证梳理，就是想获得一些赛杰斯塔曾经人气非凡的蛛丝马迹，可我今天只能看到山野、大海和远处山头的残雪。

十

赛杰斯塔遗址公园目前只有两个景点：剧场和神庙。

剧场是古希腊罗马遗址中最为常见的场所。根据莱斯莉·阿德金斯的《古代希腊社会生活》，希腊从公元前6世纪开始建造剧场，当地大多数宗教遗址都有剧场，最初是为狄奥尼索斯酒神节设计的，希腊戏剧最终由此发展而来。

在雅典，早期戏剧表演在用木质台架搭建的临时建筑上举行，直至约公元前497年台架倒塌。其后，戏剧表演转移到狄奥尼索斯剧场，当时那里只是个带有长木凳的小山坡。

古希腊剧场建造在山坡、天然凹地或人为堆积的土堆上，可依山势修建阶梯座位。所有的剧场均为露天建筑，基本上是D形或略大于半圆形。起初，观众立于山坡上或坐在木凳上，从公元前4世纪起，剧场内便有了固定的阶梯座位。

剧场的前几排为象征荣誉的座位，紧挨着舞台的一排座位是留给圣职人员和官员的，其他为观众席位。成排的阶梯石凳被一条水平的人行道（diazoma）分为上、下两部分，就像末排座位后的过道一样供观众出入。

舞台位于头排座位之前，是用硬土铺平的圆形空地，是合唱队及演员表演的地方。

这些是我们今天还能清晰看到的部分，下面阿德金斯的介绍则需要文献的帮助：

舞台的两侧均有被称为"parados"的通道，以供观众和演员出入。在与观众席相对的舞台后，是"skene"——一座小型木质建筑，原本用于演员存放物品或更衣用，后来发展为1米高的第二舞台。

赛杰斯塔古剧场废墟

十一

多亏了20世纪90年代末期的考古发掘和研究，我们现在才拥有相当可观的信息来了解赛杰斯塔剧场。剧场坐落于巴尔巴罗山斜坡处的一个风景优美的地段，这个位置可以纵观卡斯特拉梅尔海湾和伊涅西山。

19世纪早期，塞拉蒂法尔科公爵领导剧场的一部分挖掘工作，使得剧场挡土墙得以重见天日，除此之外，这次挖掘还去除掉了建筑表层上积累了几个世纪的浮土。1927年，考古学家皮罗·马克尼和海因里希·布勒（德国考古学家）总结了前后几次的研究成果，继而出版了剧场这一优美建筑的重塑图。

剧场是典型的希腊建筑，尽管它建于公元前2世纪下半叶，彼时的赛杰斯塔是罗马治下一个自由度很高的城镇。

整座建筑依着山势，建在地表凹陷处。事实上，剧场的梯形座位区是嵌在人工挖出来的土壕里的，座席则建于一排排堆砌而成的石制隐蔽走廊前。

梯形座位区的直径约64米，一条称为diazoma的走廊将其分割成上、下两个部分，分割线下方总共是21层的席位，一段段小型阶梯又将这些座席划分成7个区域。紧靠水平分割线的最后一层席位则包括座椅和靠背，总共有两个入口通往走廊。水平分割线上方的座席几乎消失殆尽，我们可以估测出上部分的座席至少有8层，这一部分后来很有可能被充作采石场。也就是说，整个剧场应该可以容纳大约4000个席位。

舞台前的半圆形合唱队席的直径18米多，其范围一直延伸到我们称为parodoi（合唱团登场通道）的侧入口。不幸的是，剧场建筑里的这些细节如今所剩无几，长27.4米、宽9.6米的通道和梯形座位并不相连。从布勒的建筑复原图看，这条通道上装饰了多利安柱式和爱奥尼亚柱式。两边装饰着非常重要的人物，舞台两侧的前台口则装饰有潘神的浮雕像。

潘神是酒神狄奥尼索斯的同伴，他的身体一半是人一半是雄山羊，头上长有羊角，脚下生有羊蹄，是护佑牧人、猎人和森林的神祇。在希腊化时期，

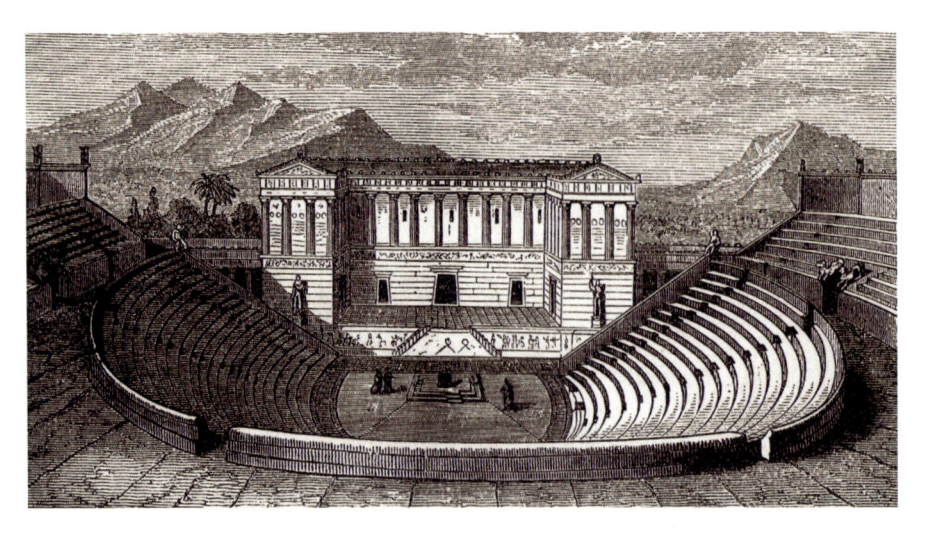

赛杰斯塔古剧场复原图

他是掌管整个自然的神祇。这个剧场和人们对于酒神狄奥尼索斯的崇拜也有密切的联系，在希腊神话中，狄奥尼索斯除了是酒神，也是狂喜授予者和戏剧之神，人们以狂欢仪式来供奉他。

十二

赛杰斯塔剧场夏天仍然开放，上演包括土耳其和日本在内的世界各地的古老传统戏剧。

我去过一些古希腊罗马的露天剧院遗址，由于一般只留存了阶梯座位和空阔的舞台，我们看到的区别只是面积大小而已。

但是，赛杰斯塔的剧场是在高山上，气派不一样。我大学时读的是理工科，却想报考文学评论研究生，那时自学外国文学史，读了不少希腊戏剧，也知道剧场的常识。每当读到古希腊合唱团在高山大海背景下上演悲喜剧，就格外神往。这次见到此情此景，还是有些激动的。

赛杰斯塔古剧场遗址

十三

走进赛杰斯塔公园遗址,剧场在左侧,神庙在右侧。山上的剧场有公园的车子接送,如果自己爬上去,也不太远。神庙位置较低,走几十步路,然后沿台阶走上去就是。可如果从远处看它的话,最好的位置是在剧场所在山的半腰上。所以,我们参观完剧场,没搭乘汽车,而是从山坡上走下来,一边走,一边看。

最佳的观赏季节应该是春天吧,因为山谷里的黄花映衬着方方正正的神庙,让人惊喜。我们去的时候是冬季,色彩暗淡,可看到神庙慢慢展现出硕大的雄姿,过程很有意思。

十四

1787年,德国大诗人歌德来到西西里,他在《西西里之旅》中写道:

(赛杰斯塔)神庙的选址是独一无二的:其所在的位置须是绵长而宽阔的山谷至高点,即一座相对独立、由岩石环绕而成的山丘;并且,其所在位置的视野必须可以俯瞰整个村庄以及部分海域。这里的土壤十分肥沃,但略显荒凉:人们在这里耕种,但不在这里居住,因此除了神庙之外,这里几乎没有其他建筑。无数的蝴蝶围绕着蓟草开出的花朵翩翩起舞,前年的野生茴香晒干了,有八九英尺高,一垛垛整齐地排列着,一眼望过去还以为这里是农业学校的试验田。季节的风时不时吹过一根根立柱,掠食的猛禽时而栖息于飞檐,发出一声声长鸣。(Ampolo et al. *Segesta*)

幸运的是,今天我们所看到的赛杰斯塔神庙的模样和当年歌德来到西西里所看到的几乎一般无二。我们无法确定现代的神庙周边风景是不是符合歌德那时所认为的荒凉，只能说这里的自然环境没有遭遇过任何污染。

　　神庙的周边没有什么现代化的建筑，神庙本身也保存得非常好。但毕竟参观者众多，除了在神庙的立柱和雕饰带之间盘旋的寒鸦，我们很少能够看到捕食的猛禽在这些古老建筑的屋檐处徘徊。过去这里人迹罕至，动物让那些古老的石块渐渐受到不同程度的损毁。

十五

　　我是生平第一次接触这么完整的希腊神庙。《古希腊神庙》的作者约翰·马拉姆认为，神庙建筑经历了五个阶段：

　　第一，洞穴和清泉对于早期古希腊人来说非常神圣，被认为是灵魂的家园，人们来这里祈祷。

　　第二，公元前8世纪，小型建筑中的神庙取代了圣地，成为灵魂的家园。第一批神庙是用木材建造的。

　　第三，逐步出现了风格独特的神庙建筑。敦实的木材支撑着屋顶，这些早期的神庙屋顶都是平的，在此时期，神庙仍旧是小型建筑物。

　　第四，再往后，神庙的屋顶升高，从中间的屋脊处向两侧倾斜。神庙主要的建筑材料仍然是木材，这一时期的神庙建造水平已让人赞叹不已。

　　第五，木质神庙被石质神庙所代替。

十六

　　谈及神庙建筑，必然会引起柱式的讨论，从公元前6世纪起，相继出现了多利亚式、伊奥尼亚式以及科林斯式柱型，有的人认为古希腊建筑中只有多利亚式和伊奥尼亚式这两种风格，认为科林斯式是伊奥尼亚式后来的变体。（莱

斯莉·阿德金斯，《古代希腊社会生活》）

还有一种说法是，公元前7世纪就出现了三种柱型，可现存的证据微乎其微，那些一度被认为是公元7世纪前的遗址，也被重新划定建筑的年份。

多利亚柱式可能是从木柱发展而来，后来成为希腊大陆、西西里以及大希腊的标准风格。我们在西西里看到的就是多利亚柱式神庙。

早期的多利亚柱，石柱没有底座，直接放在神庙平台上，石柱的顶端或者柱头没有装饰；伊奥尼亚式的柱体纤细，有底座，柱头有螺旋卷纹，被称为涡卷装饰；科林斯柱的柱头装饰有涡卷和叶形。

神庙柱式不乏建筑技巧，比如，我们都喜欢具有完美精准的水平线和垂直线的神庙正面，但如果神庙是用直线建造的，在我们的眼中，石柱会向外倾斜，底座显得弯曲。为了纠正这种视觉上的变形，神庙建造者会把底座造得弯曲一些，石柱稍微向内倾斜。在这些技巧的作用下，神庙看起来横平竖直。

十七

现在，让我们近距离了解一下赛杰斯塔神庙：它傲然竖立在城墙外，往西是靠近边境线的加格拉河峡谷的山丘；往东和住宅区所在的山丘相连。去这里的道路有些陡峭，两旁种植着龙舌兰草（这是从南美洲引进的植物，古时候的赛杰斯塔并没有这种植物）。这座山丘看起来应该是供奉艾勒米人的古老场所所在，在修建神庙之前，这里原本有一座以木料、黏土和瓦片混建而成的祭祀用建筑，神庙最终落成之后，原来的建筑就渐渐鲜为人知了。

不论是之前的祭祀用建筑还是后来的神庙，这两座建筑自西向东的方位走向是一致的，朝北方向可能有所差异。希腊神庙的朝向各自不同，大约80%的神庙为东向，人们在为某位神灵的节庆之日献祭时，初升的太阳能够照进神庙。

赛杰斯塔神庙

　　这座多利亚式的希腊神庙修建于公元前5世纪，然而，它所在的地理位置却不在希腊人的管辖范围内，而是隶属于艾勒米人。这是考古学家和历史学家们一直以来的争论点所在，到底是为了什么，在赛杰斯塔这个艾勒米民族主要的城镇要修建一座规模如此之大但却无法识别其供奉神祇的神庙呢？

　　迄今为止，关于这个问题有很多答案，现在唯一可以达成共识的是这座神庙至今没彻底竣工。按照当初的计划，它应该拥有完整的柱廊、内殿和屋顶等。从公元前5世纪一直到今天，神庙主殿几乎完好无损，只是内堂里的一些石块在岁月的长河里不知去向。后来人们曾几次修复神庙，早在18世纪初期，人们就将神庙建筑列为需要保护修复的第一号古迹，毕竟它是世界上得以保存下来的为数不多的几座完整的神庙之一，也一直是学者和旅行者的目的地。19世纪，人们先后进行了好几次考古修复工作，"二战"后的一些技术调研为20世纪七八十年代的修复提供了更为精准的参考。人们用钢筋加固原有的建筑，中间空出来的区域和一部分空洞则填充了环氧树脂（可加速固化的强黏合剂）

和硅胶；此外，神庙内部也做了不会改变石料自然色彩的防水处理。

神庙窄面竖立了6根立柱，宽面则竖立了14根立柱，地基长61.12米，宽26.22米，总面积1602平方米。柱廊和横梁式结构几近完工，20世纪七八十年代由迪特尔·马顿斯教授主持的神庙内部考古发掘已表明，这座神庙的修建在建筑师奠定了建筑格局后不久就遭遇了意外中断，以后再也没能恢复工程。

十八

时光荏苒，神庙度过漫长的岁月后来到了我们眼前，除了其未曾竣工带来的遗憾，我们仍然可以赞叹其规划和设计的精确细致，从而发现工人们在施工时那种油然而生的自信心，其采用的测量标度也是多利亚式的尺寸规格。（Ampolo et al. *Segesta*）

卡麦恩·阿姆波罗等所著的《赛杰斯塔》（Ampolo et al. *Segesta*）认为，神庙建筑工程应该开始于公元前417至前416年。

这段时间，赛杰斯塔和雅典的关系正处于胶着期，因此，这座具有纪念意义的建筑的修建是带有强烈的宣传目的和政治意图的，公元前416年，塞利农特和赛杰斯塔之间爆发了战争，后者正如我们之前所说的那样向雅典寻求帮助。也许，雅典就是让这座规模宏大的神庙给骗了，才会毫不犹豫地出兵相助，只是他们的这场堪称豪赌的探险最后彻底沦为灾难。

我是第一次听到这种说法：赛杰斯塔人告诉雅典人，只要他们出兵西西里，赛杰斯塔将提供一笔巨款支持这场战争。但雅典人真的来到西西里，赛杰斯塔却只能提供一点钱，让雅典人士气大落，差点打道回府。

之前，雅典人也不傻，为了看看赛杰斯塔有没有能力提供这笔巨款，他们派人去当地进行调查。

据修昔底德的《伯罗奔尼撒战争史》，赛杰斯塔人用下面的计划欺骗了雅典人：当地人带领雅典人到埃里切的阿佛洛狄忒女神庙中去，把庙中的贡品给他们看——饭碗、酒杯、香炉以及其他很多东西都是银子做的，看来银光闪闪，但是它们的价值并不高。当地人在自己的家里款待雅典的船员，他们把赛杰斯塔全城的金银杯子都搜集起来，又从邻近的腓尼基人和希腊人的城市中借来了一些，每个东道主在宴会中都把这些东西当作自己的财产拿出来。当地人家里有很多这样的器皿，船上下来的雅典人大为惊异；他们回国后告诉每个人，说他们在那里看见了大量的贵重物件。

这个故事够惊人的，这些贵重的器皿该有多少啊，难道雅典人没搞清是同一套？

我第一次看到这故事时，总觉得赛杰斯塔就是一个破落的小镇，没有什么财富。但来到当地，看到各种介绍，好像不至于穷得叮当响。现在觉得有神庙作为赛杰斯塔的标志性建筑，确实让雅典人更容易相信。

十九

塞利农特的盟友挫败了雅典人，于是赛杰斯塔倒向北非帝国迦太基，后者于公元前409年插手这盘棋，进一步摧毁了塞利农特。由此，赛杰斯塔沦为迦太基的统治范畴。自此，这样一座希腊神庙的存在就显得毫无意义了。

建筑工程是在战争期间被叫停的，之后再也没复工，因此我们现在所看到的神庙仍然是半成品。今天，我们可以看到一些尚未完工的立柱，上面仍然覆盖着当时用来保护建筑材料的盖料。多利亚式的长立柱也不见了，入口处的大台阶还没来得及建造，很有可能打算在整个建筑建成之后再修筑台阶。

公元前4—前3世纪的迦太基时期，神庙内部还出现了迦太基人的坟墓，是平地的埋葬，没有墓碑或是坟丘。此外，彼时的人们可能还从神庙里拆了石料来城里建造房屋。

二十

我们现在更为仔细地来探索神庙建筑和其所在的地理位置。

圆柱形的沟槽延伸出了束带饰，环绕在其顶部。带状物上是三联浅槽饰和光滑的柱间壁，檐口下方是装饰有石膏槽口的飞檐托块。我们仍然可以看到檐口下角落里的装饰：这是些石制棕叶饰，一旦上了色就能体现出塑料装饰的效果。两边的山墙因为地震严重受损，不过我们可以尝试想象一下神庙的样子：以白色的灰泥粉饰神庙，而带状物上所谓的鲜艳色彩就是红色、黄色和蓝色，山墙上装饰有雕塑，倾斜的屋顶上铺设了瓦片，上头还有各种形状的滴水石，不得不说这些滴水石极具美感，即便到了今天，我们都可以感受到其堪称伟大的魅力所在。（Ampolo et al. *Segesta*）

据《赛杰斯塔》介绍，神庙所在的山丘是由质地较为坚硬的灰白色岩石和较为绵软的红色岩石构成，这种地质结构使得地基更具有弹性，在应对地震冲击波时的缓冲能力也更高。事实上，整个西西里岛都是因为地震而形成的陆地，地震当然会对神庙的建筑结构产生一定的影响，但是因为其特殊的地质结构，这种影响不会太大，建筑结构会再度回归到原来的状态。

《赛杰斯塔》的作者说："我们仍然可以看到当初铺设台阶用的圆块（knobs）"。我在现场认真地看了台阶的细部，仍然不能理解这个"圆块"

是什么东西。据说，一旦工程结束，这些"圆块"会被移除，台阶上就会留下一层薄薄的保护层。按照原本的施工计划，在抛光这些台阶并凿好立柱槽后，工匠们将涂抹灰泥，再刷上鲜艳的颜色，最后是给神庙封顶。因为中途停工，神庙的屋顶、粉饰和上色没有来得及付诸实践，所以这些元素只能在神庙飞檐上一窥端倪。不幸的是，事实上这些飞檐经历了几次修复后也不复存在了。

最有可能的是，修建这些神庙的一部分建筑师、工匠师傅和工人都是西西里岛上的希腊人，他们都有参与神庙建筑的经验，至少十分熟悉建筑计划和人力组织。不过，学者们也意识到那些本地的劳工，尤其是经验丰富的石匠，对于希腊建筑的熟悉程度是有限的。但无论如何，神庙的建筑工程还是十分谨慎的，起码在一般游者看来是完美的，足够传达那种奇妙的吸引力。台阶有一定的弧度，人们从远处看，会感觉到这些阶梯组成了一个平面：这是精确到毫米的光学校正，为了使建筑物呈现出一种完美的视觉效果。

柱座上的相当一部分石块被盗窃了，这在一定程度上导致了柱座面的扭曲，那些立柱看起来好像是立在柱座的凹槽里。事实上，多利亚式的立柱是直接立在柱座的水平面上。

柱基的上方是隶属于立柱部分的第一块鼓石，当时撬棍用的洞至今也还留在原地。每一根立柱都有9到12块鼓石，这些鼓石的尺寸都足够承担快速便捷地移动或是搬运石料的重任。负责为神庙提供石料的采石场应该就在阿尔卡莫镇（Alcamo）的郊区，人们发现神庙用的建筑石料就是该地区的石灰岩；但人们没发现采石场的踪迹，也许是因为采石场已被开采殆尽，所以前人结束了其使命后抹掉了其存在的痕迹。

现在，人们用金属加固了柱顶过梁，其原来是由两排完全对称的石块构成，迄今为止仍然保存得较为完整。

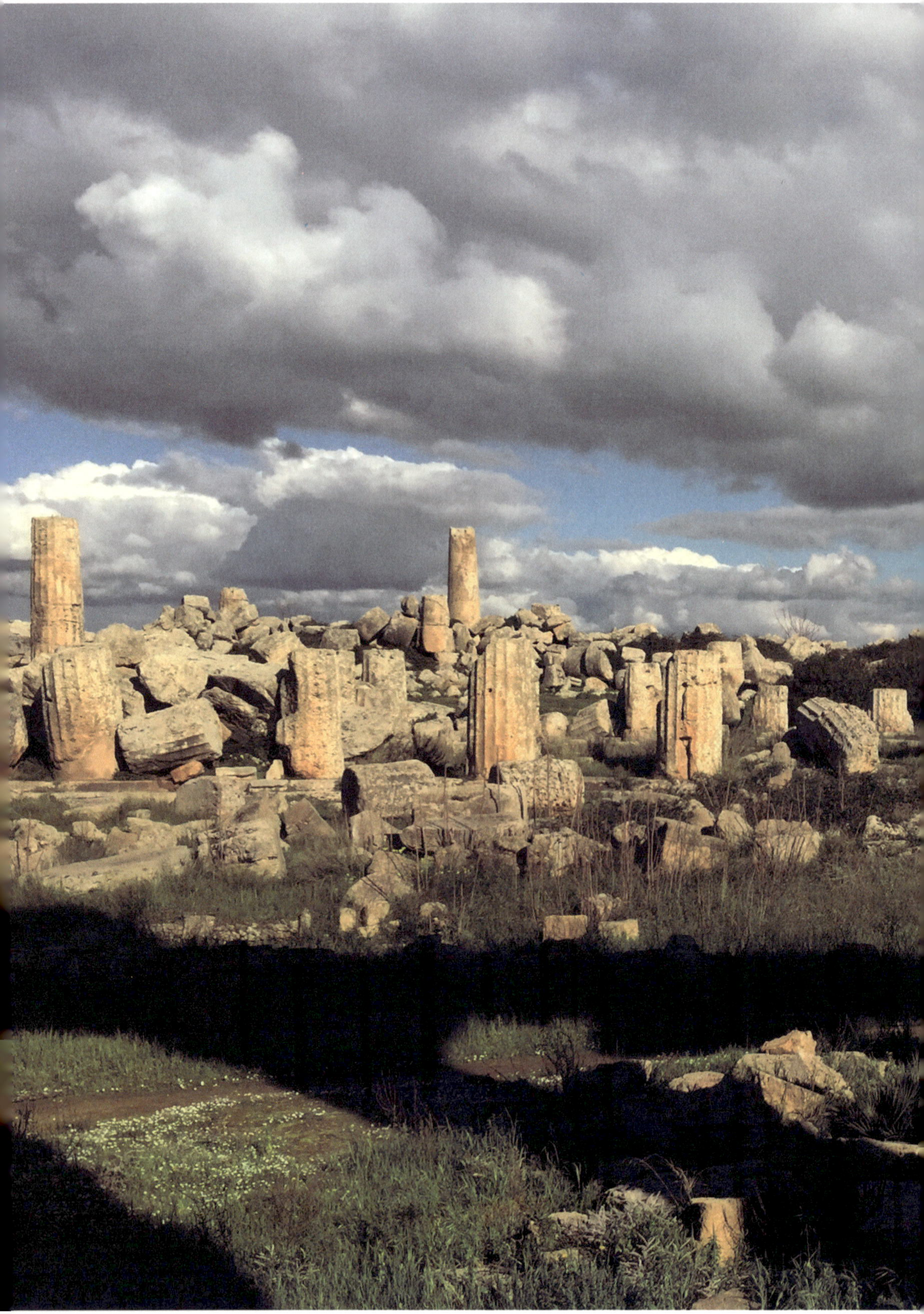

第 六 章

塞利农特神庙（上）

在这里，希腊艺术充分展现了它的美：冷静而庄严的外观立面，优雅的立柱装饰，功能性与装饰性元素相互交替，从而制造了一种透视绘画效果。

一

现在我们说说赛杰斯塔的老冤家塞利农特，西西里古代史中关于塞利农特的记载开始于公元前7世纪的下半叶，当时，一部分希腊人以及来自西西里本土的希腊裔农民为了寻找新的耕地，来到了西西里岛的西南海岸，在距离莫迪奥涅河（River Modione）河口不远处落脚。

这块土地对这些初来乍到的人们显然是相当仁慈，绵长的海岸线赐予他们天然的港口，内陆地区的土壤也格外肥沃，适于农耕。于是这些人决定在此定居，创建属于他们自己的生存空间。

尽管近来的考古发掘结果表明这块土地在此之前已经有人居住和生产，但是人们对于塞利农特的历史以及这块土地在此之前所经历的种种几乎仍旧是一无所知。因此，在探讨塞利农特的遗址和历史事件之前，我们有必要对西西里的重大历史事实（比如希腊殖民）有一个初步的了解。

二

一个名叫迈加拉的艾比利亚的小镇几乎没有一天是安静的，这个小镇和西西里的西部地区接壤，双方之间也保持着友好的关系。不过好景不长，这块狭长的区域自北向南先后遭遇哈尔基斯殖民者和锡拉库萨人导致的频繁武装冲突和小规模的战役，腹背受敌的迈加拉人试图寻找新的栖息地，由于西西里的东南部当时受锡拉库萨的统辖，他们只能沿着西西里岛向西寻找新的落脚点。迈加拉人在莫迪奥涅河河口附近的南部海岸创建了自己的生存空间，并将其命名为塞利农特。

"塞利农特"这个词很有可能脱胎于希腊语言里的"塞利农"，塞利农在希腊语言里是一种芹菜，这种芹菜恰恰在莫迪奥涅河的河谷中生长得十分旺盛，久而久之，这种芹菜就演变成这个新建立的小镇的象征符号，而这个小镇流通的货币花纹也采用了这种芹菜叶子的形状。

塞利农特曾经流通的货币

三

希腊移民于公元前628年到前627年之间到达目的地，这个日期是古希腊历史学家修昔底德给出的，他认为"帕米洛斯的农民队伍是在迈加拉建立100年后形成的"，因此他判断迈加拉的建立时间应该在公元前728年。这一推论和另一位古希腊历史学家西西里的狄奥多罗斯的观点不一致，后者认为塞利农特创建于公元前650年，在公元前408年，即建成242年后，塞利农特这个城邦被攻占和摧毁了。

根据近来的考古发现，人们更加趋向于狄奥多罗斯给出的创建时期。不过，我们必须意识到，上述两者给出的日期其实相差不过20多年，排除掉其他因素，这两个时期都可以认为是合理的，这一前一后两个时期很有可能指的是两次移民各自到达塞利农特的时间。

公元前650年这个日期应该是指迈加拉人第一次踏上塞利农特这块土地，或者是城中第一个市场的建成日期；而公元前628年这个日期很有可能是大批量的迈加拉农民正式在此处落脚的时间。此外，塞利农特这个城邦的建成也非一蹴而就，或是短期内就可以完工，相反，从移民第一次踏上这块土地，到建立基本的生存空间，再到吸引更多的移民，进而发展成一个相对多功能的居住型城邦，需要好几代人耗费几十年甚至上百年的时光。这也是为什么塞利农特的历史从公元前7世纪下半叶一直延续到公元前5世纪初。

C 神庙（公元前 580—前 550 年），是卫城最古老的神庙。它供奉的是阿波罗。神庙檐壁上的排挡间饰被认为是塞利农特最美丽的排挡间饰，现保存在巴勒莫地区考古博物馆内

A 神庙（公元前 490—前 480 年），与 O 神庙和 E 神庙一样，是塞利农特年代最晚的神庙

莫迪奥涅河

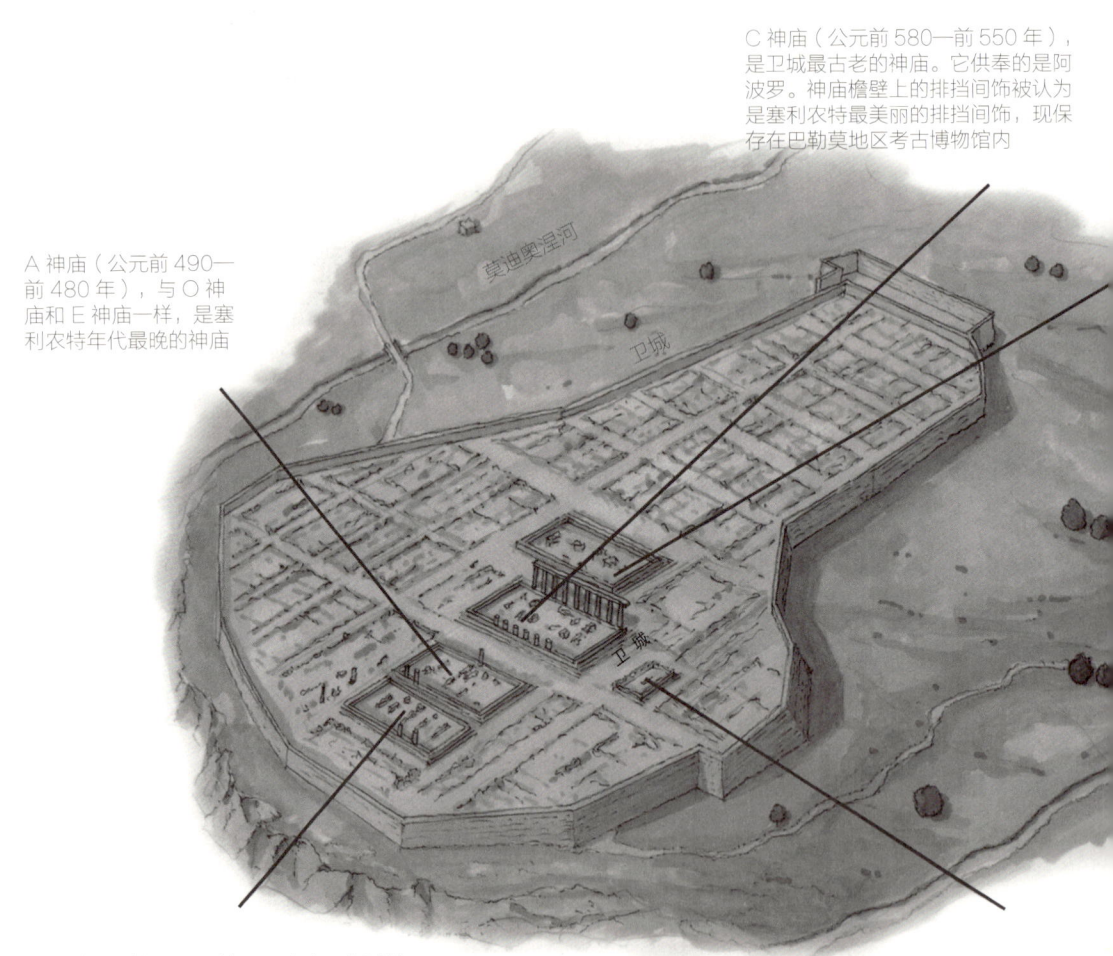

卫城

卫城

O 神庙（公元前 490—前 480 年），规模较小，与邻近的 A 神庙几乎一样

古希腊时期的 B 神庙（公元前 3—前 2 世纪）

098　冬日西西里

D 神庙（公元前 6 世纪），供奉的可能是雅典娜或阿佛洛狄忒

E 神庙（公元前 5 世纪），它的一些檐壁排挡间饰保存在巴勒莫地区考古博物馆内

F 神庙（公元前 6 世纪），具有古希腊鼎盛时期的风格，是东部神庙群中年代最早的一座

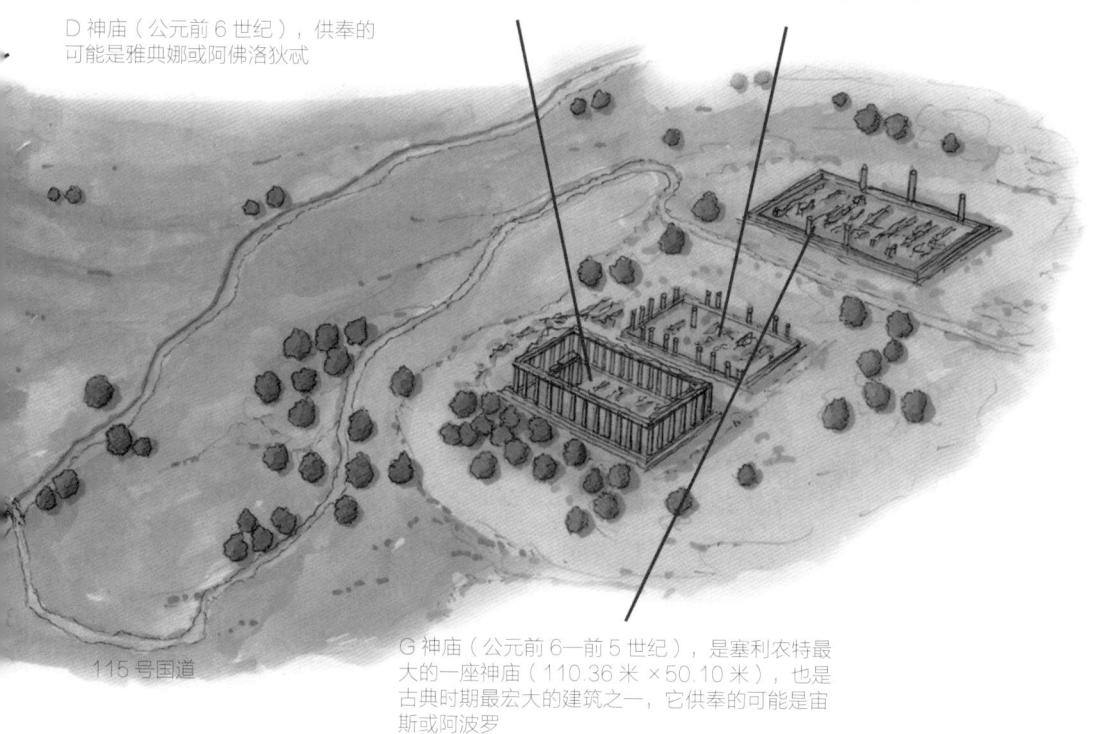

G 神庙（公元前 6—前 5 世纪），是塞利农特最大的一座神庙（110.36 米 ×50.10 米），也是古典时期最宏大的建筑之一，它供奉的可能是宙斯或阿波罗

115 号国道

塞利农特考古公园

资料来源：Valdes. *Art and History of Sicily*。

第六章　塞利农特神庙（上）　099

四

塞利农特城邦坐落于一个高于海平面30米的高原之上，城邦的东、西两侧分别是港口所在的科通河（River Cottone）和莫迪奥涅河。

这片高原主要由石灰石构成，沿海部分则多为悬崖，形成了莫迪奥涅河的入海口。

高原的南部延伸入海，人们在这里建造了卫城，之后不久，人们又在卫城外的高原北部建立起城邦的中心——马努扎（Manuzza）。马努扎占地约20亩，可以容纳数以万计的居民。

城邦的东西侧是圣地：科通河以东的东山上，人们在其上方的马利涅拉平原建造了塞利农特最宏伟的神庙；莫迪奥涅河所在的西部地区则建造了不少圣殿，其中最为著名也是最为古老的当属黛美特圣殿。

塞利农特的郊外被两条河流围绕，遍地沼泽，腐烂的气味对于公众健康是一种威胁。公元前5世纪，来自阿格里真托的哲学家、物理学家兼医生恩培多克勒成为塞利农特的统治者后，经过一系列努力，将这部分土地治理成适于农耕和人类生存的土壤。公元前6世纪到前5世纪之间，塞利农特的人口、城市规模和经济发展达到了鼎盛期。

五

移民的大规模入驻使得塞利农特的腹地逐步成为肥沃的平原，他们在这里种植各种各样的农作物，其中包括以小麦为主的谷物和橄榄油。

农业和商业迅速繁荣起来。塞利农特位于西西里西部的边界线上，受迦太基人的统辖，其商业贸易对象不单是这些希腊殖民者，和平时期还跟墨治亚、赛杰斯塔和迦太基做过贸易。另一方面，就希腊人在西西里岛的那段关键时期的历史看，塞利农特当时为了在反复无常的局势中保护其商业繁荣，情愿与迦太基而非西西里岛其他希腊殖民者结盟。这种带有农商特色的"移民殖民主义"是从塞利农特建成以来的生存本质，这样的本质引导城邦统治者沿着海岸线向内陆逐步征服和统治新的土地。

到了公元前6世纪的下半叶，塞利农特的土地已经向西延伸到马扎罗流域（该流域曾属于墨治亚治下的边界区），建立了自己的市场和用来防御的堡垒。塞利农特向内陆地区一直延伸到如今的萨勒姆镇、帕塔纳镇、圣宁法镇、波乔莱勒镇和萨拉帕鲁塔镇，这些小镇恰恰都是赛杰斯塔的边境区域。向东则延伸到塞利农特的温泉浴场——即今天的夏卡，阿格里真托的边境。

在某些特定的时期，塞利农特的边界线曾一度跨越了这些区域，古希腊历史学家希罗多德证实，公元前6世纪中期，塞利农特就在迈诺亚地区的帕拉塔尼河沿岸建立了半殖民地，并将其命名为伊拉克勒迈诺亚。然而，不久之后，这个城邦就落入阿格里真托的统辖。

六

除了要保护自身的贸易不受伤害，塞利农特还要拓展自己的商业王国，为了完成拓展计划，塞利农特还在从属于赛杰斯塔的第勒尼安海沿岸的卡斯特拉梅尔海湾开设市集。

这一尝试成功后，塞利农特除了拿下第勒尼安海的港口之外，还违背了迦太基在西西里订立的盟约，将墨治亚和埃里切从巴勒莫和索伦托分割出来。赛杰斯塔和塞利农特之间的冲突十分频繁，因为后者总是一而再再而三地想要侵占赛杰斯塔的领土，不过冲突归冲突，并没有导致什么严重的后果。然而，公元前416年，塞利农特再一次试图侵犯边界，这次却酿成一场大战，除了这两个好战的城邦，还牵连了当时的强国。事实上，赛杰斯塔因为这场大战向雅典求助，而雅典也非常乐意加入这场战斗，因为在雅典看来，这是一个将战局从斯巴达转移至西西里的契机。

赛杰斯塔一时间得到的助力，除了雅典，还有迦太基这个老牌盟友。塞利农特则向锡拉库萨、阿格里真托和贝拉寻求支援。战争开始之前，迦太基在锡拉库萨的帮助下，试图通过外交努力来解决赛杰斯塔和塞利农特之间的冲突，但后者不愿接受调停，所以这场战争势在必行。

战争的结果，我在前面一章的赛杰斯塔篇中已经叙述过。鹬蚌相争渔翁得利，为了援助赛杰斯塔，公元前409年迦太基围困了塞利农特城，最后全城被毁，大批居民被屠杀，至少5000人被俘虏，神庙全部被毁。

锡拉库萨人试图重建塞利农特，居民们则选择离开老城，前往卫城居住。迦太基与罗马的布匿战争期间，塞利农特人没像赛杰斯塔人那样倒向最终胜利者罗马，只能在公元前241年亲手将城邦夷为平地，以免落入罗马人之手。

中世纪早期，一场毁灭性地震有如雪上加霜，毁坏了被遗弃的老城中一些残存的珍贵建筑，久而久之，人们甚至忘了这里曾经有座古希腊城池。阿拉伯时期，人们称它为卡萨莱-伊多利。直到16世纪下半叶，塞利农特才被人重新发现，19世纪上半叶，首批考古发掘工作正式开始。直到最近，随着考古公园和古代博物馆的成立，这一古代遗址的价值才被重新认识。（Valdes. *Art and History of Sicily*）

七

从赛杰斯塔去塞利农特，车程不远，正是吃午饭的时间，我们在考古公园旁边的小镇想找家饭馆，却发现镇子里空空荡荡的，各种商店包括旅店和饭馆都关门了。正当我们绝望的时候，终于看到了一家饭馆还在营业，赶紧吃了份意面，进入公园。

公园本来就空旷，我们发现除了自己，最多还有两三人吧。运送游人的电瓶车也停止使用了。

只有一条狗一直跟着我们，我们走，它走；我们停，它停……看来它也无法适应西西里冬日的孤独。我们开车去另一处神庙群时，它与我们失去了联系。我们从那里回去时，竟然发现它又跟着人群走了进来。

我们之所以对这条狗感兴趣（它同样对我们感兴趣），是因为公园太空旷，太没人气了。还好这天真好，太阳高照，如果是阴天，气氛会比较诡异吧。

塞利农特考古公园遗址

八

从考古公园正面进去，不远的开阔处就有三座神庙群。塞利农特神庙的与众不同之处在于它们是以字母命名的，因为人们不能确定它们是供奉哪些神灵的。

迎面的是E神庙，它是塞利农特唯一一座复原了的神庙，但当时采用的现代建筑技术一直备受争议。

古希腊的荣耀辉煌都依托于其虔诚的子民所建造的宗教建筑，而E神庙以其复杂性著称。

朱塞佩·迪·乔瓦尼（Giuseppe di Giovanni）的《塞利农特》（*Selinunte*）对它的评论是："在这里，希腊艺术充分展现了它的美：冷静而庄严的外观立面，优雅的立柱装饰，功能性与装饰性元素相互交替，从而制造了一种透视绘画效果。"

E神庙诞生于多利亚神庙建筑发展的全盛期，其平台建在四个台阶层之上，平台的长宽分别是70米、28米，所占面积为1940平方米。

E神庙有个特点，可以让人们在神庙内部走走，我在西西里，只有在塞利农特能如此。

希腊神庙的外部装饰华丽雄伟，内部则简朴阴暗（因为没有窗户）。希腊神庙与基督教堂不同，它是神的居住之所，而不是膜拜赞美的地方，所以普通人的活动只限于神庙外的神圣庭院。

长方形的神庙中部是圣所（神殿内殿），里面安放着神的雕像。内殿后有一个小一点的房间（神庙禁区），它是祭司传达神谕的地方。

古希腊祭司有男有女，他们均为国家官员，其职责是代表整个国家或部分地区履行宗教仪式，是祭拜者与被祭者之间的媒介。

大多数祭司是男性,通常是男祭司祭拜男神,女祭司祭拜女神。祭司基本上是世袭的,只有一位临终的祭司要求某个家族外的人代替他时,这个家族外的人才能当上祭司。祭司的地位很高,经济也很宽裕,享受着诸如剧院前排座位的特权,还可以为自己竖立雕像。

神庙庭院内部还有一座看上去像小神庙的建筑物,这是贵重物品储存室,里面有属于神的祭品,也有城邦居民的钱财。

九

E神庙的内部就呈现出上述布局:极富特色的空中轮廓线组成了一个隔间,即41米×11米的内殿,雕像前有一座带有两个门廊的前厅。

有意思的是,E神庙最后面的"后殿"也是用来作为储藏室的。

神庙优雅而宽阔的建筑结构呈现典型而权威的多利亚风格,相邻两边各

塞利农特 E 神庙

有6根和15根立柱，每一根立柱的高度约为10米，由6块鼓石堆成，立柱表面有20个凹槽。立柱底部的直径为2.23米，顶部的直径为1.81米。立柱顶端的钟形圆饰上是一块方形板，叫作圆柱顶板。

组成整座建筑地基的台阶层有四层，神庙正前方14米的楼梯共有11级台阶，其覆盖面从第二根立柱一直延伸到第五根立柱（神庙正前方一共有6根立柱）。

整个立面的设计采用了建筑学上的山墙饰内三角面（拱圈与拉梁间的弧形部分），这是参考了老鹰张开翅膀的模样设计的。倾斜的屋顶由桁架支撑，上面覆盖了大面积的陶瓦，这些陶瓦目前由意大利西美公司保存，用来收集雨水的框架将雨水集中在装饰着狮子头的檐沟里排出。

和绝大多数神庙一样，E神庙也是面向东方。根据希腊人和罗马人的礼仪规范，神祇的脸必须朝向太阳升起的地方，也是光明和生命开始的地方，而不是代表夜晚和死亡的日落方向。事实上，就在所谓的黑暗之地的西面坐落着爱德王国（也称冥王普鲁托的国度）。

十

近来的研究表明E神庙是用来供奉赫拉的，即罗马神话中的朱诺，是负责护佑妇女和婚姻的女神。

赫拉是宙斯的七位妻子中的最后一个，她是宙斯的姐姐，她对弟弟并不感兴趣，但宙斯变形成一只可怜的湿漉漉的布谷鸟，扑到姐姐的怀里，结果成婚。

赫拉和她儿子火神赫费斯托斯都是不讨喜的人物。正如研究希腊罗马神话的伊迪丝·汉弥尔敦在《希腊罗马神话：永恒的诸神、英雄、爱情与冒险故事》中所说："一旦我们细读她的故事，就会发现她大部分时间都在惩罚宙斯爱上的女子。那些女子有的只不过是受到宙斯的压迫或欺骗，但赫拉才不管这些，在她的眼里，这些女子全是情敌，她才不管她们情愿不情愿，也不管她们有多无辜，她总是怒火中烧，既不放过她们，也饶不了她们的孩子。特洛伊战争本可以打成平手，和平光荣地结束，但因为有一个特洛伊人冒犯了她，判定她的美貌不及另一位女神，所以她非得看到特洛伊陷落，沦为废墟，才甘心罢手。"

就是在这座神庙里，在西普萨斯河（即现在的科通河）里洗净了身体之后的新婚夫妇在所有仪式结束后，给赫拉女神献上一只羊羔。婚礼庄严而隆重，因为男女成婚要经过公众的见证之后才算合法，所以婚礼必须向公众开放，由公众来见证婚姻的合法性。

新娘穿着没有褶皱的束腰外衣，腰间束上一条名为"赫拉克里斯结"的带子。婚后，新婚夫妇回到神庙还愿，怀孕的妻子要将束带交给女神，因为隆起的腹部无法再承受束带的束缚了。于是，丈夫按照仪式的要求，当着亲朋好友的面，在女神面前将"赫拉克里斯结"松绑。

十一

E神庙里有建筑师哈里斯和安格尔以及后来的塞拉蒂法尔科建造的四座漂亮的柱间壁，现如今，这些柱间壁就收藏在我们去过的巴勒莫地区考古博物馆的临时大厅内，装饰有花纹的古老的柱顶过梁连带这些浮雕紧贴在博物馆大厅的墙壁上。这些神庙柱间壁上的裸体女性都是由大理石制成的，别的则取材于当地的石材。雕刻技术延续了埃及传统，其所刻画的女子的脸部、手臂和脚符合白人女子的体貌特征。

这些柱间壁的发掘具有十分重要的意义，因为它们的存在证明了希腊雕塑的发展历程：从早期的粗犷豪放到公元前5世纪时的细腻精致。

十二

塞利农特E神庙（公元前5世纪）的后面还有F神庙（公元前6世纪）和G神庙（公元前6—前5世纪），这两座神庙没经后人重建过，外行人看去，似乎是一片废墟，毫无价值。但对考古学家来说，如获至宝。

《塞利农特》的作者乔瓦尼对F神庙的评价是："这座建筑堪称是早期的多利亚柱式建筑的样本，其设计简约，气势磅礴，无尽的空间里仿佛填满了仁慈与平静。"（Di Giovanni. *Selinunte*）

F神庙长65.7米，宽27.4米，建筑面积约为1800平方米。前厅6根立柱，侧面14根立柱，立柱的底部直径为1.8米，高度为9.1米，每一根立柱的表面都有20个凹槽。所有的立柱都直接竖立在平面上，没有基座衬托。立柱下方一共有3个台阶层，在古代，这些台阶层是在牺牲仪式上给参与者当座席的。

几乎任何东西都可以作为祭品奉献给神，大多数人会奉上食物和酒，祭品中最重要的是牲畜，人们会在神庙的主祭坛把牲畜献祭给神。献给神的祭品中最大的是公牛，每当献祭公牛时，神圣庭院里就会挤满朝拜者。

神庙内部有个隔间（41米×7米的内殿），前面是带有立柱的前厅，后头的礼拜堂里供奉着神祇雕塑。

内殿周围环绕的是长4.7米、厚0.4米的与墙面连接的立柱。每一个（桁架结构上的）节间都有一个门楣和垂直柱形物，看起来就好像开了很多扇门，立面上确实有一些真正意义上的门。

建筑师格外关注神庙的结构是否符合实用需求，能否满足某些仪式所要求的私密性。尽管几个世纪以来，神庙遭遇了严重的损毁，但其基本框架还是保留了下来，因此我们可以假设大部分的基本材料已消失于时间的长河之中。

十三

F神庙里的两幅柱间壁（今藏巴勒莫地区考古博物馆），其时间可以追溯到公元前530—前525年，为我们还原了神祇与巨人战争的场景。

第一幅是酒神狄奥尼索斯和跪着的巨人角力，第二幅是雅典娜击倒濒死的巨人恩克拉多斯。因此有人推断F神庙是狄奥尼索斯神庙或雅典娜神庙。

汉弥尔敦在《希腊罗马神话》中有关于酒神崇拜的叙述：

酒神的女信徒统称梅依娜，她们是一群发酒疯的女子，她们一起发酒疯，飞也似地穿过森林、爬上山巅、尖声大叫、挥舞着尖端饰有松果的手杖。没人挡得了她们，她们力大无穷，遇到野兽，她们直接把野兽撕成碎片，把血淋淋的生肉吞下肚子。

酒神崇拜主要聚焦在两个差异极大的概念上：一是自由狂喜，一是血腥野蛮。他在故乡底比斯的故事最为血腥野蛮。

酒神的母亲瑟美莉是底比斯的公主，因为上了赫拉的当，要看情郎宙斯的真面目，结果被宙斯的烈焰活活烧死。

酒神带着一群疯女子来到底比斯。俄耳甫斯是底比斯的王，也是瑟美莉妹妹的儿子，他哪知酒神是表兄弟，见到这帮怪人，就要把他们抓起来，关进牢里。

这时底比斯唯一了解神意的老先知告诉王："你要逮捕的是一个新神，

他是瑟美莉的儿子，宙斯救下来的孩子。他和谷物女神黛美特一样，是世间最伟大的神。"老先知的意思是神祇并不是都在奥林匹斯山上，还有两位新神在人间大地上。

这对俄耳甫斯来说却是新概念，他见老先知打扮得像个乡野间的野妇人，嗤之以鼻。

这样俄耳甫斯得罪了神。

貌似被抓的酒神也劝俄耳甫斯，要让他知道自己遇见了一位新神。

可俄耳甫斯就是不听。

酒神在被关押大牢前说了一句："你得罪了我，等于得罪了众神。"

酒神与女跟随者轻易离开了地牢，俄耳甫斯不得不带人去追赶。那群女子往山上逃的时候，很多底比斯城的妇人也加入了她们的行列，其中有王的母亲和妹妹。

在王追逐的过程中，酒神让女人们发了疯，她们把俄耳甫斯看成一头山狮，全都冲了过去，他妈妈冲在最前头。俄耳甫斯这时才明白自己命将不保，他得罪的是一位真神。女子们将俄耳甫斯撕裂后，酒神才让她们恢复理智。

这时母亲才发现自己杀了儿子，看到她如此伤心，所有的女人都清醒了过来，舞不跳了，歌不唱了，手杖也不挥了。她们只是感叹："诸神以奇异而神秘的方式降临人间。"

雅典娜与酒神都是宙斯的子女。

汉弥尔敦写道："雅典娜是宙斯的女儿，但她没有母亲。当她从宙斯头上跳出来或'生'出来时，她已经长大成人，还穿着一身甲胄。"

在早期的《伊利亚特》中，雅典娜是个凶暴残忍的战争女神。后来形象稍变，成为智慧、理性和纯洁的化身。

E神庙和F神庙的柱间壁上都有雅典娜与巨人的战斗场景,这样的巨人由地母盖亚和天父乌拉诺斯所生,他们是地球上第一批有生命的怪物,这些巨怪具有像地震、台风和火山那样惊人的毁灭力量。

十四

塞利农特东部神庙群的第三座是G神庙。

地下室那一层两个立柱的底桩就是这座神庙现存的遗迹,迷人之处在于它们的存在构成了城市记忆非常重要的一部分。神庙里供奉的铭文(塞利农特非常著名的一块铭文板)证明它是用来供奉宙斯的。

宙斯是众神之王,是统治宇宙至高无上的主神,也是人们所谓的"天父",是他给予众多神祇和希腊英雄以生命。人们相信,生命、力量、权势、

塞利农特 G 神庙废墟

荣耀、润泽大地的雨水，还有大自然的植被都来自于他的恩赐。宙斯居住在被云层覆盖着的奥林匹斯山上，他是誓约的守护者，任何违背誓约之人都会受到他的惩罚。此外，他还负有保护殷切好客之人的神圣职责，乞丐和外邦人总是打着宙斯的名义惩罚那些不愿殷勤招待的人。

G神庙是塞利农特人的骄傲，宙斯是塞利农特人所信奉的诸神中最重要的一位神祇。神庙的存在是用来纪念城邦的胜利的。

G神庙参考了雅典巴特农神庙的设计，以完美表达出希腊化的美感。从规模看，这座神庙可谓古代蔚为壮观的大型建筑，当地的农民管它叫"巨人的柱子"，而一直保存到今天的立柱则被称为"老妪的纺锤"。

平台是巨大的长方形，忽略其损毁的程度不计，今天人们测量到的尺寸为长110.36米、宽50.1米，面积为5529平方米，高度为30米。神庙正面有8根立柱，两侧各17根，因此神庙看起来并不狭长。当然，进入神庙时，那种油然而生的伟大神圣之感远远不是这些数字可以呈现的。

立柱的底部直径为3.4米，顶端直径为1.2米，高度为16.3米，周长为10.7米。神庙内殿的长度为69米，宽19米，两边各装饰着10根单独的立柱。内殿前面是有6根立柱的前厅，礼拜堂里供奉着神祇的雕像。与内殿相连的是有两根立柱的门廊，两座靠墙的楼梯直通阁楼。人们将这样的建筑结构称为"ipetrale"，即内殿没有屋顶。据说这种供奉宙斯或者是供奉太阳和月亮的神庙都是多利亚式的，都没有屋顶。

按照古希腊历史学家狄奥多罗斯所说，G神庙始建于公元前530年左右，一直到公元前409年迦太基人洗劫城镇的时候，建筑工事还没完工。事实上，其工事从来都没正式完工，因为很多立柱上都没有凹槽。刻凹槽的活计通常是在组装好立柱鼓石之后、安置柱顶之前完成的。

罗兰·马丁在《希腊建筑》中高度评价G神庙"可能是供奉阿波罗或宙斯神的，是希腊西区多立亚柱式最精美也最气派的建筑之一"。"这座神庙是西西里和大希腊地区多立亚式建筑的最佳成就。"

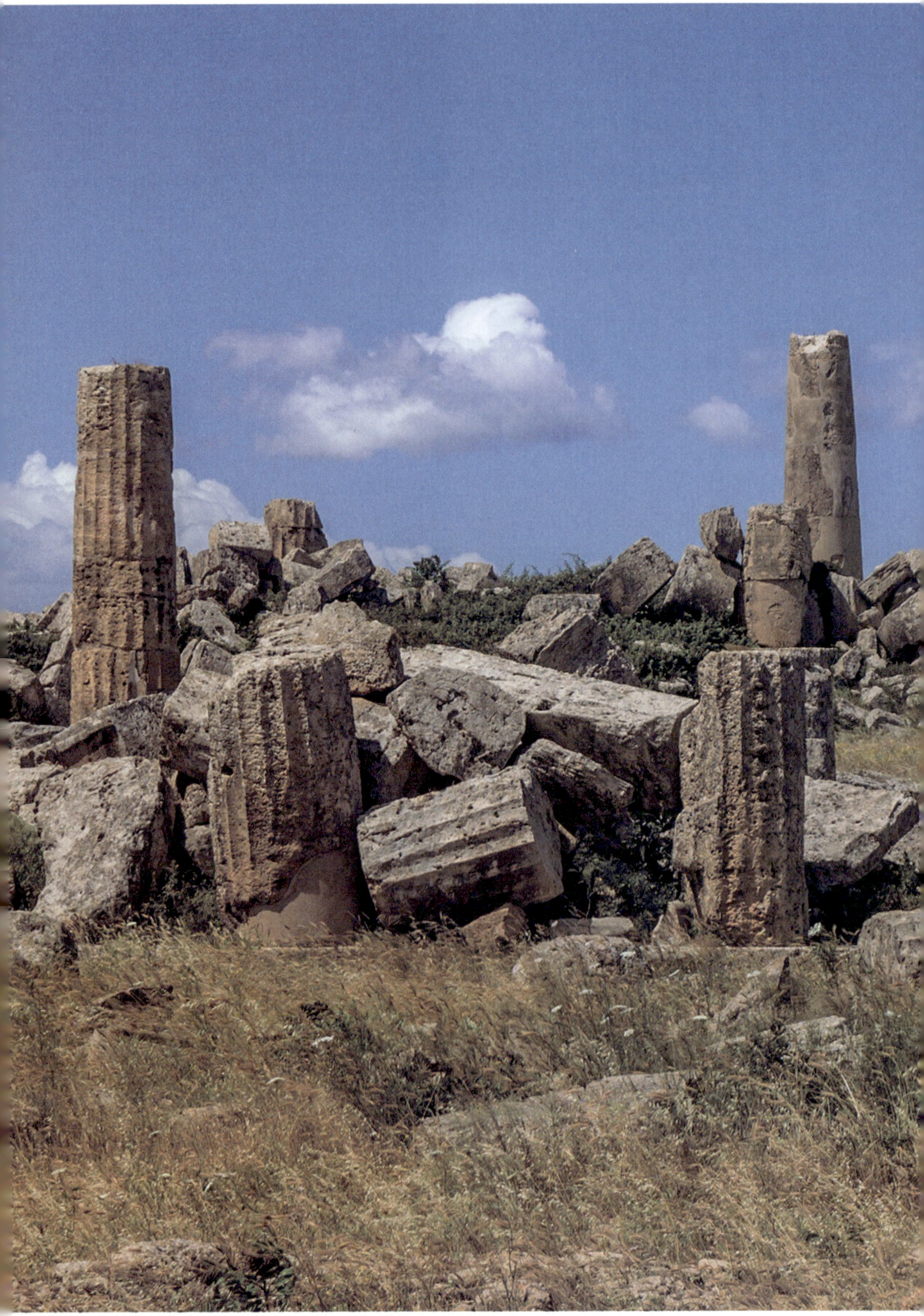

第七章

塞利农特神庙（下）

塞利农特神庙柱间壁上的主题含义十分明确：秩序、理性和道德最终战胜混乱、兽性与本能。伦理道德和秩序理性融合为一种政治理念，如果说在希腊本土，那些作乱的巨人是波斯人，在塞利农特，那些巨人就是迦太基人或其他与之为敌的种族。

由于没有电瓶车，我们从考古公园的另一侧门驱车来到塞利农特的卫城（"城中城"）。卫城建造在高地上，远处就是大海，有意思的是在卫城与大海之间可以看到莫迪奥涅河的入口。

　　虽然来前有所准备，塞利农特卫城规模之宏大还是让我大吃一惊。

　　在20世纪80年代前后，德国作家费斯特来到塞利农特，发出了诸多感慨：

　　骄傲的塞利农特只有200年的历史，伫立着八座神庙的地方如今是古代世界最大的遗迹。在近海的偏僻地段是一大片杂乱的柱石，最大的直径有三米，这种规模超出了希腊风格。碎石瓦砾之中长出了蓟草、乳香木和野芹菜。

塞利农特卫城遗址远处的大海

……

塞利农特巨型神庙群令人惊叹的地方还在于，它的建成耗费了近百年的时间。到今天，人们对于神庙群被毁坏的原因毫不知情，神庙的遗迹也仅剩下碎石而已，一些人认为是地震造成的，他们低估了争夺岛屿统治权的激烈程度，迦太基两次占领并摧毁了塞利农特。（约阿希姆·费斯特，《在逆光中：意大利文化散步》）

二

我被庞大的废墟整得晕头转向，幸好手里的一本乔瓦尼的《塞利农特》的历史复原图让我有些释然。

图画展现的是公元前409年在迦太基人带来的毁灭性攻击之前的这一地区的风貌，鉴于彼时西西里城邦之间的强烈敌意，他们将城池建在城墙之内。城墙被修建得十分牢固，所以城市也得到了很好的保护。建在卫城内的神庙，除了用来供奉神祇，还有一个重要用途是彰显优越感。

在塞利农特发现的古老建筑可谓色彩斑斓，说实在的，看到这么丰富的装饰和这么鲜艳的色彩出现在这些古建筑上，真是让人兴奋不已。建筑物如此丰富多彩，主要有三个原因：首先是为了让神庙本身更加引人注目，让人哪怕是从遥远的地界都能一眼看到神庙；其次是为了满足彼时人们的审美品位；最后，也是为了让建筑材料更加经久耐用。

事实上，极具张力的红色和鲜亮的蓝色是这些建筑最主要的色彩，褐色和绿色很少用到，因为人们不希望神庙和周围的植被混为一体。人们把希腊神庙修建得五颜六色，朝圣者从遥远的地方就能看到，能感觉到这些神庙在祝福人们平安喜乐。

三

塞利农特卫城最古老的C神庙（公元前580—前550年）可能供奉的是太阳神阿波罗。

阿波罗，主掌神谕预言和健康医药的神祇，人们特别为他建立了神庙供奉。古时候，如果有人患了某种疾病，人们就会在他的房门上挂上黑刺李和月桂树的树枝，意味着这间屋子里的一切都受到阿波罗的庇佑。树枝将恶灵阻拦在屋外，同时告诉路过的行人不要大声吵闹，以免打扰屋内的病患休息。

然而，这样一座神庙的价值远不止如此，老弱病残可以在这里接受治疗，旅途中的冒险家或是商人也能在这里获得各类资讯。

神庙山墙饰内三角面上装饰的是美杜莎的头颅，这是用来护佑城镇以及驱赶恶灵的。

古人，特别是常年和海洋打交道的海员水手都十分迷信，他们需要这样的精神寄托来作为心灵上的支撑。这里的美杜莎恰好满足了这一需求，护佑每

塞利农特最老的C神庙

个水手在海上一帆风顺,最终得以全身而退。这个可以抵御邪恶的神奇装饰如今也收藏在巴勒莫地区考古博物馆内。

神庙面朝东方,建筑体本身共有四个台阶层,目的是抬高神庙建筑,在古代也用作牺牲仪式上参与者的座席。神庙的长度正好是立面长度的两倍,这也是这座神圣建筑非常古老的特征。

神庙的尺寸是63.7米×24米,总面积为1528.8平方米。宏伟的建筑里一共有42根立柱,正前方有6根,两侧各17根。立柱高8.6米,底部直径为1.9米,顶端直径则为1.5米。8级台阶上,高高的平台延伸到建筑最东边。进入神庙内部,再走上两级台阶,就是长40米、宽9米的内殿,其正前方是4根立柱。再往后是神庙最核心的部分,即供奉神祇的内殿和两侧的门廊,然后是后室。

这座神庙在西西里的神庙建筑中举足轻重。其立柱的鼓石是一整块的,不像其他神庙是由不同的圆柱体鼓石堆砌而成。立柱表面的凹槽数量也是固定的:正前方的立柱表面有20个凹槽,其余的立柱表面均为12个凹槽。这也是C神庙独一无二的标志性差别。

一次毁灭性的地震摧毁了神庙建筑,同时导致这些支撑神庙的立柱从南到北依次倒下。

1925年到1927年间,北面的13根立柱又一次被竖立了起来,除此之外,还恢复了一部分横梁式结构,让神庙昔日的样貌又一次出现在了世人的眼中,接受后代的惊叹与赞美。当地的传说认为这些毁于地震的神庙所倒下的那一刻,恰恰是基督呼出生命中最后一口气的时刻。

C神庙内部发现的一些密封件证明它曾经是城镇官方档案的收藏之地。

在C神庙里还有该城的铭文,写于战胜赛杰斯塔之后:"在众神帮助下,塞利农特居民获胜。在宙斯、赫拉克勒斯、阿波罗、波塞冬、廷达瑞顿、雅典娜、梅拉佛罗斯帕西克拉特娅以及其他神的帮助下,但主要是在宙斯的帮助下。"

四

塞利农特神庙柱间壁上的主题含义十分明确:秩序、理性和道德最终战胜混乱、兽性与本能。伦理道德和秩序理性融合为一种政治理念,如果说在希腊本土,那些作乱的巨人是波斯人,在塞利农特,那些巨人就是迦太基人或其他与之为敌的种族。根据目前的图像资料显示,塞利农特这个城邦已具有系统的政治意愿、权力体系和政治合法性,也拥有完备的规章制度来维持其内部的稳定,这些图像资料向我们展示了西西里这块土地上的希腊人的殖民历史和曾经的迦太基历史。

C神庙废墟中发现的柱间壁上刻画着太阳方阵、柏修斯在维纳斯面前斩杀美杜莎和赫拉克勒斯战胜"塞尔科皮(Cercopi)土匪"并将他们当成玩具倒吊起来的图景,这些壁刻现藏于巴勒莫地区考古博物馆。

先说柏修斯的故事,这个神话般的希腊英雄因为荷马和赫西奥德的作品而众所周知。

太阳方阵　　　　　　　　　　柏修斯在维纳斯面前斩杀美杜莎

柏修斯是宙斯和达那厄的儿子，根据传说，他的祖父亚各斯国王阿克里西俄斯曾经领受一条神谕，向他预示女儿达那厄的儿子将会一手促成他的死亡。

　　柏修斯出生后，老国王将这对母子锁进一个箱子中，并将它扔到大海里，箱子后来漂到了从属于爱琴群岛的塞里福斯岛。

　　岛上的暴君波吕得克忒斯瞧上了达那厄，想要强娶为妻。为了给自己心爱的人送上一份特别的结婚礼物，暴君安排了一场筵宴，并下令参加的人要带一匹赛马过来。柏修斯没有赛马，他主动提出另送一样礼物，就是美杜莎的头颅，因为美杜莎拥有马的身躯。

　　美杜莎的目光可以瞬间将与其对视的人石化。但在荷米斯和雅典娜的帮助下，柏修斯经过重重考验，最终取回了美杜莎的头颅，并在归程途中解救了自己未来的新娘安德洛墨达。

　　柏修斯与新娘安德洛墨达来到暴君波吕得克忒斯的筵席，达那厄仍然拒绝暴君的求婚。柏修斯高高举起了美杜莎的头，国王和大臣全部变成了石头。

　　柏修斯带着母亲和妻子回到亚各斯，在见到老国王之前参加了北方的拉瑞沙国王正在举办的运动大会。比赛中，柏修斯兴之所至地抓过一个铁饼扔了出去，砸到了观众席上的一位看客，他正是柏修斯的外祖父阿克里西俄斯。可见柏修斯还是没能避开神谕给外祖父带去的灭顶之灾。

　　柏修斯后来把美杜莎的头送给雅典娜，雅典娜总是把那个头颅挂在神盾上。

<h2 style="text-align:center">五</h2>

　　柏修斯的儿子是伊列特莱翁，而伊列特莱翁的孙子就是赫拉克勒斯，一个天生的大力士。

　　C神庙柱间壁的赫拉克勒斯的故事比较特别。

赫拉克勒斯将"塞尔科皮土匪"当成玩具倒吊起来以作惩罚

海洋女神忒伊亚的两个儿子是塞尔科皮土匪，根据希腊神话，塞尔科皮人指生活在波提亚、利比亚和坎帕尼亚的一群依靠抢劫和欺诈谋生的人，他们的无恶不作惹怒了宙斯，于是他将他们变成了猴子。

这两个土匪为了偷取战利品，攻击睡梦中的赫拉克勒斯，而赫拉克勒斯为了惩罚他们，就把他们当成玩具般吊了起来。两兄弟以这个奇怪的姿势被吊了好久，之后其中一个兄弟认出了赫拉克勒斯那"毛茸茸的屁股"，而这正是他们的母亲曾经一再告诫他们要提防的人的特征。于是，两兄弟开始和他开玩笑，千方百计逗乐他。所幸，赫拉克勒斯后来被这两兄弟哄得满心欢喜，就释放了他们。

这件作品被认为是"西西里希腊艺术的巅峰之作，但并非对广大希腊世界流行风格的盲目模仿"。

这些柱间壁中的人物表情狰狞，严肃到近乎死板的地步——展示了一次当地艺术风格有意识地摆脱外来理想化模式的尝试。……然而，创作出这种巧夺天工的浮雕作品的艺术家深受迦太基艺术那野蛮的表现主义——这一风格在赤陶面具上表现得尤为明显——的影响。它展现了西西里希腊艺术的重要悖论，即它最可怕的威胁和对手，在文化层面也是它生命中不可或缺的部分。（Di Giovanni. *Selinunte*）

六

在C神庙附近还有A神庙、B神庙、O神庙和D神庙。A神庙（公元前490—

前480年）与O神庙和E神庙一样，都是塞利农特年代最晚的神庙。

A神庙前厅内部的马赛克上展示了占领者迦太基人信奉的太阳神巴力（Baal，或Bale）和塔妮特（Tanit）宗教象征符号。

巴力的意思是"主神"，他是丰饶之神，是仁慈太阳的化身，是护佑希望和繁荣的最高神祇。迦太基人名中有三个名字就嵌入了Bale：Aderbale（艾德拔，强大的巴力），Annibale（汉尼拔，巴力的支持），Asdrubale（阿斯德鲁拔，巴力的帮助）。

《圣经·旧约》中有先知以利亚大战450个巴力先知的故事，当时的迦南人把巴力做成公牛的模样，代表力量与多产，也象征着权力与淫欲。先知以利亚和巴力先知比的是在久旱的天气降下大雨，结果巴力先知失败，被众人所杀。

巴力的身边站着的是塔妮特，即"迦太基的女主人"，她是代表光与春天的女神，护佑人类繁育，保护城镇千秋万代。

地面上的陶砖描绘了"塔妮特的象征"，白色镶嵌地砖铺陈着墨丘利节杖，塔妮特以墨丘利节杖护佑着家庭的和谐和商业的繁荣（杖顶两个相切的圆象征着两条交缠于节杖上的蛇）。

墨丘利是罗马称呼，对应的是希腊主神之一的荷米斯，他的父亲是宙斯。荷米斯的行动优雅而迅速，脚上穿着有翼凉鞋，他的帽子和双蛇魔杖也都长有双翼，因为速度飞快，他成为宙斯的信使。众神中，他最精明，也最狡猾。事实上，他是个贼王，从出生第一天就开始了行窃生涯。

荷米斯溜出襁褓，偷了阿波罗的50头牛，为了不让人发现踪迹，他让牛倒着走路，并把树枝皮捆在自己的脚上。

荷米斯在山洞里杀了牛，又发明了钻木取火，烤牛肉。然后，他毁灭痕迹，回到襁褓中装作什么事情都没发生。当然，这瞒不过阿波罗，后者把这个熊孩子拖到他父亲宙斯面前。

在老父的调解下，荷米斯送给阿波罗一把自己制作的里拉琴，并教他如何弹奏。阿波罗也回送那支著名的双蛇杖，它早期司财富和梦想，后来成为西方医学界的象征物。

荷米斯活泼可爱，很有女人缘，他传授给儿子奥托吕科斯欺诈术，后者正是最狡猾的希腊英雄奥德修斯的外祖父。

荷米斯也是那位潘神的父亲。

在A神庙地面陶砖上还有一头戴着皇冠的公牛，它象征着财富与福祉。地面的中央是"塔妮特的象征"。最近的几何模式解释了女神的正面图形，包括头部和举起的手臂在内的整个身体构成了一个梯形。

O神庙（公元前490—前480年）与A神庙相邻，形制类似，只是规模较小。它是一座典型的多利亚柱神庙，正前方为6根立柱，两侧分别有14根立柱。内殿的前厅和后室靠近门廊处都装饰有两根立柱。

七

C神庙一侧的B神庙（公元前3—前2世纪）有可能是供奉哲学家恩培多克勒的，这位哲学家在公元前432年去世。恩培多克勒在一首诗里坚持认为人的灵魂可以转世，另一首诗却否认灵魂的存在。他最有名的是提出宇宙的四个"根源"（元素），即土、气、火和水，在"爱"与"争"的影响下，四元素分分合合，导致一切"有生命物体"的产生和消亡。四元素观点后来被哲学家采纳，在自然科学领域中持续了将近2000年的影响力。

这座神庙可能主要是用来感恩恩培多克勒在塞利农特救治肆虐的疟疾，他的那句"我不是凡人，而是神！我接受所有人的礼敬，因为这是我应受的。

我戴着美丽的花瓣做成的王冠，在最为著名的城市游行"，吸引了一众信徒。

希腊风格的B神庙面朝东方，前厅之前的门廊上有四根爱奥尼亚式立柱，上面是多利亚式的横梁式结构。神庙的长宽为8.5米×4.6米，占地面积为39平方米。

八

A神庙旁边还有D神庙（公元前6世纪），它属于希腊标准型建筑，其规模为56米×24米，占地面积为1344平方米。神庙相邻两面的立柱分别为6根和14根，每根立柱高7.5米，底部直径为1.7米，顶端直径为1.2米。立柱的设计采用了"圆柱收分线"的建筑技巧（即所谓的"瓶子效应"），这是某个不知名的建筑师通过在立柱上增加微凸线，从而在视觉上将立柱加宽，以避免从中间看立柱而产生的立柱过于窄小的错觉。

神庙的内部就是供奉神祇的内殿（37.6米×8.3米），安置神祇的神龛所在的封闭式墙面两端各有一根立柱。

20世纪针对神庙废墟的考古发掘结果证明D神庙是用来供奉雅典娜的，她是塞利农特信奉的神中非常重要的一位。

古希腊人感觉到自己大限将至的时候，除了祈愿自己的灵魂将来归于荷米斯，也希望能归于雅典娜这位智慧、科学和艺术女神。

雅典娜的信徒主要是艺术家、手工艺人和水手，他们用白色的公牛和野性难驯的小母牛作为牺牲供奉雅典娜，以换取女神的庇佑。

还有人认为D神庙供奉的也许是阿佛洛狄忒。

九

R神庙位于O神庙附近，其入口处在东面，进入神庙穿过前厅就是与之相连的内殿，之后还有一个较为狭小的空间。R神庙建于公元前650—前630年间，是用来供奉农神黛美特的。2012年5月到6月间，来自纽约的克莱门特·马克尼教授和考古总监卡特里纳·格列柯一起组织了对这座神庙的发掘工作，他们证实这是一座自希腊人殖民地建立以来最古老的用来供奉主神的神庙。神庙主体和周围火烧的痕迹以及散落四周的箭头见证了当年迦太基人攻打塞利农特的历史。神庙的尺寸为5.5米×17.7米，殿内两根方形立柱支撑着双倍斜率的斜坡屋顶。

农神黛美特与酒神狄奥尼索斯是住在人间的两位最崇高的神，黛美特为人善良，为了大地的丰收，她没结婚，后来被海神波塞冬骗奸过，还与宙斯生了个女儿波瑟芬妮。波瑟芬妮被冥王哈迪斯强夺去当夫人，为了寻找女儿，黛美特到处流浪，导致当年土地荒芜，人民快要饿死了，这时大家才感到农神的重要性。最后，还是宙斯出面摆平了此事。

黛美特的主要庆典在收割季，最主要的仪式在神庙举行，但那里的活动是秘密的，不曾被人描写过。雅典的黛美特神庙坐落在附近的小镇依琉西斯，其崇拜仪式被称为依琉西斯的谷神秘仪，希腊人和罗马人对这个仪式非常虔诚，公元前1世纪的罗马雄辩家西塞罗感叹："这些秘仪最崇高，我们的个性因之而甜美，风俗因之而温厚；我们的生活也因之而脱离野蛮，趋近真正的人性。我们不仅学会快乐生活，也学会怀抱希望死去。"

十

还有一座名不见经传的Y神庙，我注意它是因为收藏在巴勒莫地区考古博物馆内的"强暴欧罗巴"小型柱间壁画。这个故事很有名，欧罗巴是腓尼基国王阿格诺尔的女儿，有一天宙斯看到在腓尼基海岸附近的草地上摘花的欧罗巴，一眼就相中了她。为了赢得她的青睐，他化身为一头全身带有藏红花香气的漂亮公牛，来到这位年轻姑娘的身旁。欧罗巴也爱上了这头公牛，对他如痴如醉，还爬到他的背上去克里特岛结婚。婚后，欧罗巴和宙斯诞育了三个孩子：弥诺斯、拉达曼提斯和萨尔珀冬。

学者们将这个神话与克里特岛的历史联系在一起，历史上欧罗巴嫁给了克里特的国王阿斯特里翁（Asterion或Asterios，意为主掌天空星辰的统治者）。

Y神庙是一座小型神庙，里面没有立柱，神庙的入口直通内殿，整座建筑尺寸为15米×50米。神庙立面大部分壁间柱的制作时间可以追溯到公元前6世纪末到前5世纪初。

强暴欧罗巴

除了"强暴欧罗巴"，Y神庙柱间壁上描绘的还有：太阳神阿波罗、他的孪生姐姐月神阿特蜜斯和他们的母亲丽朵；长着翅膀的斯芬克斯；农神黛美特和她的女儿波瑟芬妮；一辆双轮战车。

据卢德米拉·比安可的《塞利农特》（Bianco. *Selinunte*），塞利农特应该是西西里岛唯一一个用雕塑来装饰神庙的城邦。

长着翅膀的斯芬克斯

十一

距离A神庙东侧30米处就是大祭坛，它建造的时间和神庙的建造相吻合，可以追溯到公元前5世纪中叶。T字形的祭坛主要是一个带三角门梁柱上楣构

（13米×5.6米）的长方形结构，该结构通过两面都是墙的一截楼梯和另一个矩形前后相连。考虑到其所在的位置（位于A神庙正前方），我们可以假设A神庙还带有祭祀的功用。

祭坛本身是一个狭长的建筑，较为低矮（立柱只有1.97米高）。它是城市宗教信仰的核心所在，也是人们因宗教因素而贡献牺牲祭祀神祇的场所。祭祀用的牺牲一般是公牛，牛身上装饰着花环和装饰带，洒上圣水后抬上祭坛。祭祀的仪式形象而生动，充满了庄严的色彩，火苗燃出的青烟缭绕盘旋，弥散在塞利农特湛蓝的天空，空气中弥漫着的还有鲜花的香气混合炙肉的香味。伴随仪式一同进行的还有唱诗和音乐演奏，人们将煮熟的牺牲分成三份，献给神祇的肉要彻底烤焦，一部分要献给祭祀，剩下的部分则由主持这场祭祀的主人和前来参与的亲朋好友共享。

细细品味牲祭的具体细节蛮有意思的，牲祭的动物必须毫无瑕疵，包括驯养和野生的动物、鸟类，有时也有鱼。雄性动物大多献祭给男神，雌性动物大多献祭给女神。毛发较浅的牺牲献祭给"光明神"（天神），毛发浓重的牺牲则献祭给死者或是冥界的神明。

诗人荷马曾详述牲祭的步骤："献祭者按照仪式要求净手后，将水洒在牺牲的身上。紧接着，主祭在祈愿之后宣布进入神圣的缄默，尔后将未经研磨的大麦粒洒在牺牲、祭坛以及可能的参与者的身上。这以后，他从牺牲的头上割下毛发，在祭坛上焚烧。接着，牺牲被斧头一击毙命，它的喉管被割开——执行者通常不是男祭司或女祭司，而是某位特殊的官员。人们用碗将牺牲的血收集起来，洒在祭坛上。再以后，牺牲被屠宰，神所享用的那份则放在祭坛上焚烧（通常都是那些油脂包裹的股骨——因为不宜做食物），同时将酒倒入火中。内脏被单独烹煮，最先食用，紧接着是剩下的肉，它们被参与牲祭大宴的

人们享用，在这一宴会上，神被奉为上宾。"（莱斯莉·阿德金斯，《古代希腊社会生活》）

十二

从公元前409年一直到公元前3世纪上半叶，塞利农特一直在迦太基的统治下。迦太基文明在古希腊文化繁盛的塞利农特扎根，这一方面证实了迦太基文明的优越性，另一方面也表明了迦太基文明和希腊文化的融合。

良好的地理位置，尤其是与迦太基本国的商业贸易（只需要两天的海上航行），以及城市规划中浓厚的迦太基风格元素（城市建立在一个相对牢固的海角区域，周围浇筑了坚固的城墙，卫城周边两个繁华的港口在一定程度上证明了城市商业的重要性。此外，各色商场、工匠作坊、圣地、墓地、避难所和供奉神祇的神庙也证明了该城市的繁荣昌盛），这些把塞利农特打造成一座繁华的殖民城市。

直到近年，这长达一个半世纪的"迦太基版塞利农特"才在真正意义上获得了历史考古认定。

迦太基住宅区在卫城的东南面，也就是A神庙和O神庙所在的区域。

迦太基人在这里的房子狭小而简陋，其中大多数房屋一层的损毁非常严重。

房屋的结构表明了那时的迦太基人使用的是"框架"墙的建筑技术，这一技术是在固定的距离两端设置固定砖块，然后在相邻砖块中间的区域填充小石头。一般的迦太基房屋都有两到三个房间，不带列柱中庭，主要有生活区和待客区。

虽然迦太基人在塞利农特造的房子简陋了些，但迦太基马赛克上的宗教符号却一点也不含糊。仔细观察那些迦太基风格的人行街道，人们就会对迦太基风格的马赛克有一个相对精确的认识，灰泥制作的涂层，里面是三个单位的沙子和一个单位的石灰和大理石碎片的混合物。

<h2 style="text-align:center">十三</h2>

塞利农特卫城遗址的边缘仍能看到城墙的残迹，但要具有想象力必须参考历史学家与考古学家的分析。下面是乔瓦尼的《塞利农特》有关城市防御工事的一段叙述：

因为长期的战争和冲突，塞利农特的防御性工事让城邦的外观看起来充满了力量和紧凑感。

卫城建造在一个平原上，高于海平面50米，周围的山丘将其围成了一个庞大的基地。

外城墙高18米，宽2.25米，是由常规的砂岩块垒砌而成，墙面华丽而庄重，没有一丝裂纹。沿着山脊绵延的高墙，周长大约为5公里，城墙是依照地形设计的，与当地的地理环境融为一体。

城门位于东南-西北向的城墙之上，时间可以追溯到古希腊时代。另一扇门位于东南面的墙上，第三扇门开在东面墙上。

卫城的北门是塞利农特防御系统的战略重点，也是那个时代最伟大的发明之一。在这个特别容易受到攻击的位置建造这样一座卫城的目的是形成一个牢固的防御体系，这个体系同时可以掌控和管理己方可移动的武装力量。

西北面的大门设置得非常精妙，横向的墙面将城门掩护起来，以避免招致来自其他武装力量的攻击。

其不远处是一扇供行人通行的小门，有了这扇门，卫城里的武装部队就

塞利农特卫城遗址

可以自由出入卫城，灵活机动地应对外来的攻击。

带有扶垛的三座半圆形塔楼是防御工事的核心区。

这里的防御系统是由城门形成的防线，由堡垒（可以迫使敌方朝着没有掩护的左侧前进）和高塔制高点组成。

但这还不是全部。略微向后下沉的城门遵循将敌人的攻击限制在部署区域的战术性要求，使得敌人没有足够的空间发起攻击。

城墙的顶端修筑了人行的干道，在敌军试图攻占卫城的时候，己方的军事力量可以灵活地在城墙顶端进行防御。

一道深深的沟槽将古老的城邦与卫城分割开来，这条沟槽就设在火线所在的北部高塔范围内，战争用的脚手架则设置在沟槽里。

这样一来，那些已经暴露在火线中的袭击者会被迫在致命的陷阱里奋力攀爬，然后重骑兵和步兵会蜂拥而出，从平行于堡垒北线的地下通道涌入北拱门，和这些袭击者短兵相接。（Di Giovanni. *Selinunte*）

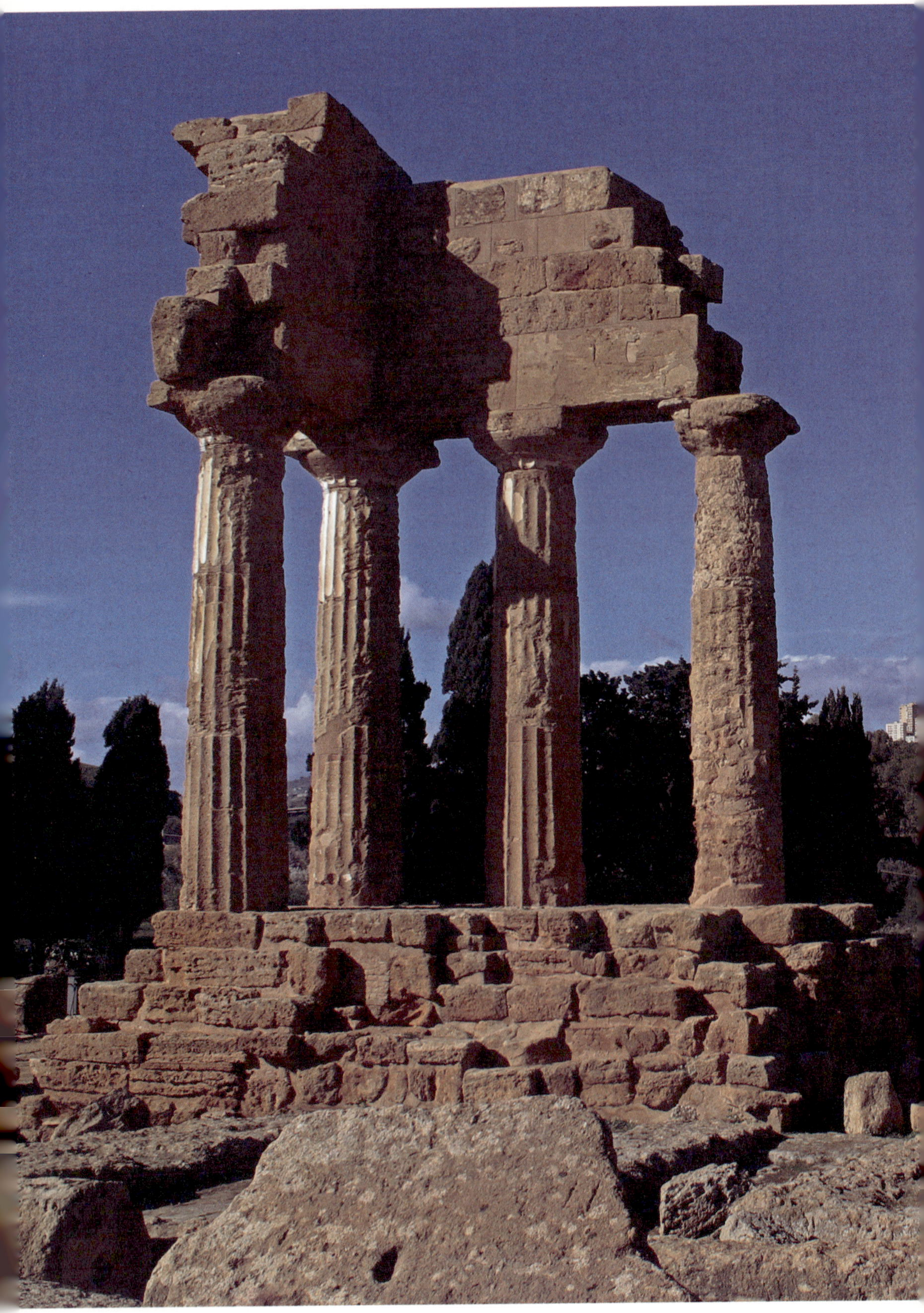

第 八 章

神庙谷

这座高墙林立的巨大神庙充分体现了阿格里真托人在战场上获得成功后的那种骄傲自满，城民们按照传统的希腊习俗，在希梅拉战胜了迦太基人后建造了这么一座他们所信奉的神祇中最重要的主神宙斯神庙来纪念胜利。

一

西西里岛各个地方的历史都很有个性，阿格里真托也不例外。

公元前581年，罗德斯岛人和克里特岛人，也就是古希腊的殖民者来到地中海这个地理环境优越的地方，共同建立了阿格里真托。

古希腊人在地中海扩张的重点是对意大利南部（大希腊圈）及西西里岛的占领，因为那里有种植场和农田。

法国百科全书派历史大家费尔南·布罗代尔在《地中海考古史前史和古代史》中说：

由于巴尔干半岛沿海的风自南向北吹，这给希腊人向意大利以及西西里岛的进军带来了方便。由科孚岛启程离开巴尔干半岛，大约一天的海上航程，便可以把希腊人带到海峡对面的意大利海岸。到了那儿后，海风的风向便改成自北向南吹，这风携带着希腊船队，沿着如同镶嵌在地球上的海河一样平静的意大利领海驶向塔兰托海湾，然后来到卡拉布里亚沿海。从那里眺望墨西拿海峡的另一端，可以隐隐看见西西里岛的轮廓——其实墨西拿海峡并未真正把西西里岛与大陆割开。希腊人于是便占领了从塔兰托海湾到西西里岛沿海的整整一条海岸线。

阿格里真托的城镇建造在一个山坡上，距离海洋只有三英里的路程。市区面积为456公顷，四周围绕的城墙长达12.9公里。城墙上一共开设了九道城门，除了V形门和神圣之门，城墙上的防御工事也非常有意思，甚至可以称得上是当今军事建筑部署的范本。关于当时阿格里真托的人口数量说法不一，说80万、60万或20万的都有。

暴君法拉利斯统治阿格里真托时（公元前570—前544年）的人口数量至

今是个谜，但他的统治不论是在政治上还是在军事上都可圈可点，他提升了城邦的政治影响力，下令建造了城邦的边防工事，同时扩充了阿格里真托的疆域，使之从西西里特米尼延伸到伦蒂尼。据说，法拉利斯发明了新的战争器械，从而顺利地攻占了附近的西西里和城邦。

这也是大数学家毕达哥拉斯的时代，同时孕育了波利克里托斯这位治愈了暴君顽疾的墨西拿医生，尽管彼时的老百姓私底下都巴不得法拉利斯早死。暴君法拉利斯如此著名是因为那头青铜公牛的传说——相传雅典的雕塑家派里罗受命为法拉利斯制作一头空心青铜公牛，后者把反对自己的敌人全部关进公牛的肚子里，然后放在火上活活烤死。这头公牛的制作工艺非常精湛，以至于关在里面的人在烤死过程中发出的凄厉叫声听起来就像是公牛的哞叫声。

二

在暴君瑟伦统治时期（公元前488—前472年），阿格里真托成为地中海地区的军事强国和政商中心。事实上，那如烟花般绚烂却短暂的西西里繁荣开始于击败了迦太基人的希梅拉（即今天的西西里特米尼）战役之后，也就是公元前480年。希梅拉战役的胜利不论是在政治、经济还是宗教领域都为阿格里真托此后的辉煌奠定了扎实的基础，战后签订的各项条约大幅提升了阿格里真托的势力和威望。

阿格里真托分了2000塔兰特给锡拉库萨，又从迦太基的败军俘虏那里获得了1600塔兰特，与此同时，在举行拜神仪式的时候，更是强迫迦太基人充当活人牺牲来酬敬诸神。孟德斯鸠将此视为人类历史上第一个条约。

希腊诗人品达为了致敬瑟伦的双轮战车在第76届奥林匹克竞赛的胜利而创作了奥林匹克颂歌，这首颂歌的歌词如下："阿克拉加斯（古希腊人对阿格里真托的称呼），这座凡人建造的最优美的城市。"

我们前面已经提到过，出生于阿格里真托的发展了灵魂轮回理论的哲学家恩培多克勒，他因为擅长游泳，认为自己具备游鱼的本质；因为跑得快，所以觉得自己也具备飞鸟的本质。他无比推崇毕达哥拉斯，甚至将自己说成是神。恩培多克勒总是穿着装饰有金色花纹的红色长袍在城中漫步，他卷曲的长发上戴着月桂树枝编成的花环。

阿格里真托人最喜欢的科学是医药学，除了恩培多克勒之外，我们还要关注一下其他医药学家，比如恩培多克勒的朋友阿克隆曾经治愈了雅典城蔓延的瘟疫，其对手鲍桑尼亚则撰写了关于日常饮食的专项著作。

恩培多克勒引进的温和民主思想在这里持续了很长一段时间，然而，公民的习性却在这一思想的引导下慢慢发生变化，开始变得越来越像锡巴里斯人：越是富有越懒惰，因为一点芝麻绿豆大的小摩擦而大肆抱怨。恩培多克勒说："阿克拉加斯人吃起东西来的架势就跟死前最后一餐似的，可他们造起房子建筑什么的却总想着千秋万代。"

公元前413年，阿格里真托在雅典和锡拉库萨的战争中保持中立，但是几年之后，公元前406年春天，这座美丽的城池遭到了迦太基人的围攻，8个多月后，负隅顽抗的雇佣兵缴械投降，城池沦为废墟。

公元前210年，罗马人对阿格里真托进行围困，在经历了一系列焦灼的外交斡旋之后终于拿下城池，又将城池洗劫一空。

公元828年，拜占庭将城池摧毁，之后在吉尔真蒂山上重建了该城邦。

1087年7月25日阿格里真托受到诺曼人的围城，一直持续了116天，饥饿迫使阿格里真托人以死人为食。最后一天，残留在城内的人们打开城门向诺曼人投降。

三

在我的走读西西里计划中，赛杰斯塔和塞利农特的神庙只是选项而已，但阿格里真托的神庙谷（Valle dei Templi）是必须去的。

我特意在阿格里真托安排两个整天，其中一天是为神庙谷准备的。但我到阿格里真托的那天下午，天气预报说明天与后天都是雨天，只能马上出发，去神庙谷。

我们到时是下午四点，天空已经阴了下来，无奈只能坚持每座神庙都去看一遍。走到最后两个神庙时，夕阳的金光打在石头上，煞是好看。我们突然反应过来，往回狂奔，看到了心仪的谐和神庙（Temple of Concord）最精彩的一面。

与塞利农特的神庙相比，阿格里真托的神庙谷从东向西一字排开，非常好认。匆忙走一圈的话，两个小时足够了。

四

从东边的售票处开始，迎面而来的是小山坡上的天后赫拉神庙。

赫拉神庙位于神庙谷以东，高于海平面120米，建筑彰显了彼时阿格里真托人对于完美建筑艺术的追求和努力。神庙内部由立柱围成，分成三个空间：前厅、内殿和后殿。代表神祇的雕塑通常立于内殿的四层基座之上。入口两侧的宽度为3.23米，通往屋顶区域的盘梯就在此处。

这座面朝东西的神庙建筑规模相当壮观：长方形的柱座坐落在四层台阶层上，支撑着34根立柱（正面和背面各6根，两侧各有13根），建筑体长41米，宽20米，高度为15米，占地面积共820平方米。

神庙的立柱由4块鼓石组成，其表面有20个凹槽。立柱高6.3米，底部直径

赫拉神庙

为1.7米，正面和背面立柱的间隔为1.76米，两侧的立柱间隔为1.7米。这是典型的古希腊模式，由此推测神庙的建筑年代大约在公元前450年—前440年。

1748年，这座神庙被列为国家级纪念遗址。历史学家托马索·法泽洛（1490—1570年）生活的年代里，神庙还算完好无损。1787年，神庙开始了修复工作。今天的神庙保留了30根立柱，但只有16根上还留有柱顶。如今，神庙内殿的墙上依稀可以看到公元前406年迦太基人入侵劫掠、火烧神庙的痕迹。

五

神庙谷中的谐和神庙最为著名，因为它是联合国教科文组织标识的原型。

这座典型的古典希腊风格神庙大约在公元前430年建成。通往内殿的是一间简约的双柱前厅（5.1米×7.65米），内殿后面紧连着后墙的是后殿（4.7米

×7.65米）。这个所谓的后殿是用来储存财宝、献祭物和神庙档案的地方。

从前这些神庙盛行的时候，人们可以把他们的金钱和财富储存在这里，难民也可以到这些神庙寻求庇护。

内殿门廊两侧的盘梯通向屋顶的阁楼，其间两扇带有传统仪式意义的窗户的制作年代也可以追溯到神庙建筑落成的年代。建筑外围优雅而经典的柱廊直线排列，正背面各6根，两侧各11根，每一根立柱高6.75米，由4块表面刻有20个凹槽的鼓石堆砌成。

我们在前面介绍赛杰斯塔和塞利农特神庙时都提到希腊神庙的一个现状特征，谐和神庙也不例外：所有这些立柱自下而上逐渐变细，在到达立柱顶部的时候会因为视错觉而产生特定的凸面效果。1858年，巴西莱教授和舒伯伦确证了这一点，并将这种效果命名为"圆柱收分线"（entasis）。

真正实践了这一建筑效果的是一个不知名的希腊建筑师，他将立柱直径放大了22毫米，巧妙地避免了让立柱看起来太过肥大的视觉效果。

六

另一个跟立柱有关的视错觉是，这些立柱看起来好像是以一种保护内部建筑的方式倾斜的，如果投影到空间看，神庙的所有立柱向上延伸1.5公里就会收敛到一个单点上。立柱的柱顶是一块方形顶板，立柱和顶板之间是一个向下内缩以契合立柱顶部的钟形圆饰。柱顶过梁上是一条装饰带，上面装饰有72幅三竖线花纹浮雕和68幅柱间壁浮雕画。

这些三竖线花纹浮雕位于每根立柱中心线的上方，神庙建筑的正面和背面上端都是由山墙饰内三角面主导的，其形状看起来就像展翅的老鹰。因为缺少楔板和接合处，山形墙本身并非装饰，而是实实在在的建筑体。不过话说回

谐和神庙与立柱

来，即使是柱间壁，上面用作装饰的浮雕画也是少得可怜。

倾斜的桁架屋顶上面覆盖有反曲线固定的黏土瓦片，其中不乏收集雨水的雨水槽和用来导流的狮子头形状的水龙卷。和其他所有神庙一样，遵从希腊和罗马的宗教习俗，这座神庙也是面朝东向的，神祇必须面向太阳升起的地方，以象征光明和生命；背朝日落的方向，以象征夜晚和死亡。西方是冥王的国度。

神庙是由历史学家托马索·法泽洛命名的，他在神庙附近发现了一块刻有拉丁铭文的石刻，但铭文和神庙之间并没有明显的联系。

谐和神庙最初供奉的也许是希腊神话中的双胞胎卡斯托和波拉克斯。

丽达原是海仙之女，是爱托利亚国王的女儿，丽达在湖中游泳时，斯巴达王丁达力斯被她的身姿与美貌迷住了，赶紧把她揽入王宫，却忘了跟阿佛洛狄忒（维纳斯）祭祀，得罪了这位美神和爱神。

丽达的美岂能逃过天下第一大淫棍宙斯，他见丽达每天下午爱好游泳，喜欢白天鹅，就化身一只白天鹅去靠近丽达。

敏感而善妒的维纳斯马上化作一只老鹰追了过去。

丽达见白天鹅被老鹰追赶，马上将他抱在怀里，反成了宙斯的猎物，与他云雨一番。

结果丽达生下了两只蛋，一只蛋生育的是美人海伦和克丽泰梅丝特拉两姐妹，还有一只蛋生育的是卡斯托和波拉克斯。他们做什么都在一起，包括抢双胞胎堂妹为妻，并与她们的未婚夫决战而死，后来成为天上的双子星。

七

公元597年，主教格雷戈丽奥将神庙改建为基督教教堂，他下令摧毁了内殿的两个异教神像。1743年，谐和神庙开始修复，拆除了内殿东部区域改建的诺曼小教堂外面的墙。

1784年，国王费迪南德参观了阿格里真托的历史遗迹，然后下令拆除教堂的全部建筑。出于审美的考量，国王要求恢复神庙的横梁式结构和装饰带。

今天，在神庙前方地上躺着一个巨大的带翼青铜巨人，我没看到有关介绍，估计是后人的设计。

古希腊神庙内的巨大雕像极为考究，它"面朝门口，望向外面的庭院。人们相信神的灵魂附在雕像中，因此建造雕像是一桩神圣、谨慎的工作，需要精心创作"。（约翰·马拉姆，《古希腊神庙》）

雕像一般是木头的，除了对雕像上的一些细节进行描绘和上色外，还会用象牙饰面来做皮肤，其他则用金箔镶嵌，然后金匠进行抛光，使其熠熠生辉。金匠把柔软的黄金包在木质框架外，给神穿上黄金的"外衣"。雅典帕特农神庙中的雅典娜雕像全身镶嵌的黄金超过100公斤。

八

谐和神庙附近有早期基督教大坟场（The Paleochristian Necrolis），它有一个更为人所熟知的名字叫弗拉加帕内洞穴，位于奥利亚村落的地下墓室里，允许在墓地里进行的葬礼仪式只有埋葬这个环节。人们在尸体上覆盖两层（带有耶稣像或符号的）裹尸布，还在两层裹尸布之间添加一层石灰，然后将包裹着裹尸布的尸体埋入各自的小室里。通向大墓室的通道壁是由砂岩砌成的，埋葬尸体的小室也是由这种石料加以密封。在一些岩石砌成的礼拜堂的墙面上至今还保留着一些彼时留下的宗教类绘画，上面画的一些祭坛或与之相关的内容对早期基督教的研究十分重要。

优美的奥利亚村落是著名的英国上尉艾里克斯·哈德卡斯尔最后的定居地，1921年，艾里克斯来到阿格里真托定居，一直到1933年去世，他都不曾想要搬离这里，他将这里视为第二故乡，而这个小村落也以他为荣。

九

从谐和神庙再往西走，就是拥有摇摇欲坠的立柱和残破不堪废墟的赫拉克勒斯神庙（Temple of Heracles）。这座历史上极为辉煌美丽的神庙如今只剩下断垣残壁，可见造化何其弄人。

不过，即便只剩下断垣残壁，远远望去，神庙的建筑格局仍会让人为之一震，那依旧伫立在这里的神庙遗址似乎仍在象征着赫拉克勒斯的力量和强大。赫拉克勒斯是西西里，或者更精确地说，是阿格里真托的民族英雄，而这

赫拉克勒斯神庙

座神庙曾经就是用来供奉他的，彼时的人们甚至还会举办"赫拉克里昂盛宴"来庆祝这位英雄的荣光。

阿格里真托人还将赫拉克勒斯视为可以帮助人们抵抗噩梦和假象的守护者，而且把这位大力神视为性兴奋的"救赎者"，因为当时人们相信人类的性兴奋一般都具有暴力倾向，特别是在黎明时分，那是性兴奋最为亢奋的时候。

赫拉克勒斯神庙也依照惯例面朝东方，四层台阶上坐落着矩形基座，长度分别为74米和27.8米，神庙高度为16.3米。

神庙遗址上如今只剩下9根立柱——神庙原本一共有36根立柱，前后立面各有6根，两侧各有14根立柱。1922年，我们上面提到的英国上尉哈德卡斯尔帮着重建了这些立柱。

现如今，这9根立柱傲然矗立在废墟上，每一根立柱有4个鼓石，直径为2.2米，高度为10米。长4.8米、宽13米的内殿装饰着4根立柱。

水平的飞檐用红色、淡蓝和深蓝3种颜色装饰，蜿蜒的飞檐末梢是垂直的棕叶饰和体现希腊建筑风格的狮子头造型。山形墙上装饰有雕塑。

十

赫拉克勒斯神庙南侧的蓄水池里发现了一个由大理石制作的战士躯干，雕塑的鼻子、脸颊、下巴和嘴唇部位都有不同程度的破损。目前这个大理石躯干收藏在阿格里真托地区考古博物馆，它可以追溯到公元前470年。

战士大理石雕像，
约公元前480—前475年，
阿格里真托地区考古博物馆藏

躯体姿势简单自然，其特征表现了人物正在承受力量带来的物理疼痛，正是这样一个姿势让这尊雕塑成为希腊艺术中的惊人之作。

十一

赫拉克勒斯神庙内殿末端的基座上竖立着由迈伦创作的赫拉克勒斯青铜雕像，古罗马作家西塞罗曾多次谈到它。

据西塞罗所说，比起其他雕像，赫拉克勒斯的膝盖折损相当严重，因为但凡是来神庙祝祷或是祈求庇佑的游客，总会不约而同地亲吻神像的膝盖部位。

赫拉克勒斯的雕像着实精妙绝伦，甚至有人说这是他见过的最为精美的雕像。

如此精美的雕像激起一个叫弗里斯的人的贪婪之心，向阿格里真托人求取未果后，他甚至打算孤注一掷去盗窃神像。

事实上，他也的确这么做了。一天晚上，他兵分两路，一边拖住了神庙卫队，另一边集结了一队自带武装的盗窃团伙去偷神像。

就在这伙人撬开了神庙大门、看到了神像的时候，人们被吵醒了。"所有的人都站起来拿起武器捍卫神像，尽管大多老弱病残，可是没有一个人因为突如其来的变故而吓懵"，西塞罗如是说。所有的人眨眼间就冲进了神庙，而那伙盗匪当时正在想方设法要搬动神像，可神像纹丝不动。于是这伙人被冲击神庙的人群拿石头砸得七零八落。

当年神庙中还有宙克西斯创作的阿尔卡米纳和赫拉克勒斯剿杀群蛇的画作，因为这幅画实在太精致了，所以画家并没有将之出售，而是将其赠送给神庙。

十二

赫拉克勒斯神庙前方有瑟伦之墓（Theron's Tomb）。

英雄祠是体现罗马艺术的一个范例，指用来埋葬死去英雄的坟墓。依照传统，人们习惯将英雄墓称为瑟伦之墓。瑟伦是公元前488年到前472年间城邦的统治者，近来的研究表明这座坟墓是用来纪念公元前262年在阿格里真托包围战之中牺牲的3万英烈的，其建筑年代可以追溯到公元前1世纪，是非常典型的多利亚式和爱奥尼亚式建筑。建筑的基层平面为边长5.2米的正方形，基层高度为3.9米，其外观很像金字塔，建筑上端包含了一个圆凸形线脚装饰。建筑的四面墙上都装饰有浅浮雕的假门。立柱高3.35米，建筑体总高度为9.32米。

瑟伦之墓

十三

瑟伦之墓附近，与它同样那么不引人注目的是阿斯克勒庇俄斯神庙（Temple of Asklepius）。

西塞罗曾称这座神庙是"著名的圣所"，他还说该神庙供奉的阿波罗神像出自迈伦这位精于细微之处彰显人体美感、力量和动态活力的艺术大师，这位大师的名讳用纯银镌刻在雕像的大腿处。

神庙建于公元前400年到前390年，神庙内殿与前厅双柱门廊紧紧相连。

这座多利亚式神庙的入口在东面的一个斜坡上，神庙的前厅门廊设在三层台阶层和柱座层上，神庙南面则是一个小斜坡。

阿斯克勒庇俄斯神庙包括一汪由神木包围的泉水和一个被称为"Adyton"的诊所，来到这里求助的病患都满怀康复的希望，然而，这种希望不只是来自医护人员和患者自身的信念，还来自这里提供的各项实际的医疗措施，包括手术和药物。不论是朝圣者还是病患，他们通过阅读还愿祭打开心扉，赋予自己希望。那些得到上帝帮助的人们写下的词句刻成了铭文挂在神庙墙上，以激励后来的人们。

具体而言，该圣地占地1万平方米，有神庙、礼拜堂（病情观察室）、容量达5万升的蓄水池和祭司室，来到这里的人要经过沐浴洗净和准备：包括严禁发生性关系，禁食某些特定的食物，还要沐浴斋戒。圣所内部是禁止出生和死亡的，病人在进入神庙之前要用蓄水池里的水洗净自身，然后完成一系列仪式，一般是用鸡作为牺牲来供奉的。

神庙里的大祭司在照顾病患的时候会根据不同的病症采取不同的护理方法，比如，在护理伤口溃烂的病人时，他们会用凿刀割去腐肉，然后用烧红的铁料附着到伤口上去。在照顾眼睛或者耳朵出现疾病的患者时，他们会使用经过特殊训练的蛇去舔病患的眼睑或是耳朵。喷泉旁边的沉浸式治疗似乎效果很好，用喷泉流动的水冲刷伤口或是得病的地方，导流管上的密封圈上装饰有人脸：头部装饰了一些眼睫毛。此外还有一个装饰了一只水生鸟的双耳瓶——有专家认为它是给患者或者家属装清洁的水带回去继续浇灌病患之处的。

阿格里真托人特别崇拜阿波罗，每年人们都会向阿波罗祈祷收获，祝祷婚姻和繁衍后代，甚至那些想要购买奴隶的人也会向阿波罗祝祷买卖顺利。

十四

接下来要看的是希腊神庙中面积数一数二的奥林匹亚宙斯神庙（Temple of Olympian Zeus）。有人认为它是世界最大，有人认为其规模仅次于土耳其以弗所的阿特蜜斯神庙，后者被认为是世界七大奇迹之一。

这座高墙林立的巨大神庙充分体现了阿格里真托人在战场上获得成功后的那种骄傲自满，城民们按照传统的希腊习俗，在希梅拉战胜了迦太基人后建造了这么一座他们所信奉的神祇中最重要的主神宙斯神庙来纪念胜利。

该建筑属于多利亚式风格，是这一区域唯一的仿单廊式神庙。所谓的仿单廊式是指廊柱都是半圆柱形，而不是通常我们所熟知的圆柱柱型。也就是说，该神庙是一座假围柱式建筑，因为在列柱廊的位置上是一道嵌有半柱的厚墙。

神庙正面有7根半圆柱，两侧各有14根，都是半露柱（即壁柱）的式样。

因为其正面有7根立柱，所以我们也称其为七柱式神庙。这是该区域唯一一座正立面的立柱数为单数的神庙。

神庙的长方形建筑坐落在五层台阶层上，神庙面朝东，长113.2米，宽56米，占地面积达6339.2平方米，几乎和可以容纳42000名观众的足球场一般大小，面积是东边的赫拉神庙的7.5倍。

鉴于神庙属于天井式建筑，所以其内殿并没加盖屋顶。根据专家的研究，壁柱高16.88米，且非常厚。壁柱底部半径为4.22米，相当于现代住宅起居室的宽度。

历史学家西西里的狄奥多罗斯指出，壁柱半圆上的10个凹槽宽度在50厘米到60厘米之间，可以容纳一个人的身体。宽阔的柱间区域装饰着男像柱，它们竖立在半柱高的柱座上，直立的男像和其他壁柱一起支撑着其手臂上方沉重的横梁式结构。

十五

与宙斯神庙有关的一些问题至今仍然是未解之谜,比如,我们至今无法确认这些高7.61米的人像柱真正所在的位置,其中一座人像横躺在神庙废墟上,好似一尊长眠的神祇。

托住横梁式结构的直立男像是阿特拉斯,因为帮助巨人领袖泰坦反叛奥林匹斯众神,失败后被宙斯惩罚以双肩擎天。他必须"永远背负世界残忍的重压,他的双肩挑起分天开地的大梁,一个难担的大任"。阿特拉斯承受如此重担,永远站在夜神与日神互打招呼的屋前,那里云雾缭绕,一片黑暗,夜神与日神从来不曾同时出现在那屋里,他们总是一个离开,一个留在屋里。他们一个拥有光,可以赐给人类;一个手里抱着睡神和死神。

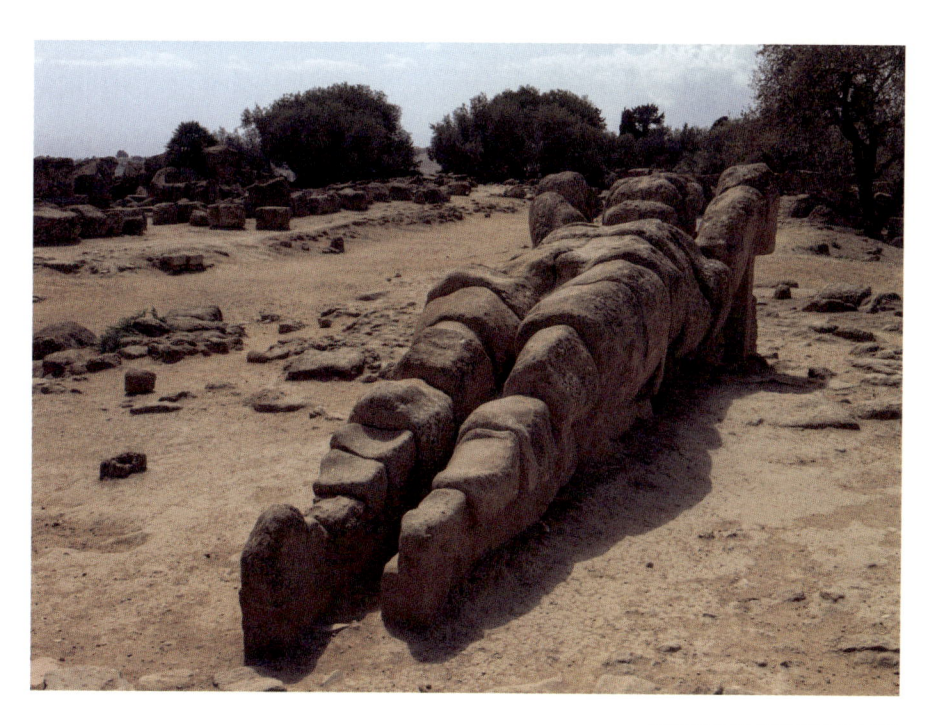

神庙谷废墟前横躺着的石像

神庙东面入口处的外层左右两端壁柱之间开设了两扇门，正立面上一块东南方向的雕刻石块可以视为确认神庙正门所在的标记。神庙西面也开设了两道门。

神庙的发现者是我们上面提到的历史学家法泽洛，他声称神庙最后一块竖立着的立柱或人像是在1401年12月9日倒塌的。

十六

游客们感兴趣的是这些庞大神庙的建筑方法和建筑原材料的运输问题，从技术的角度来看，建筑神庙的原材料，除了后期建筑过程用到的石灰，基本上都是就地取材的。

建筑师精确地测算和计划，建筑采用的是干砌法，后期再加以粉刷和装饰。建筑原材料的塑形都是在采石场完成的，一些建筑块状物上的U形凹槽有幸保留到了今天，这些凹槽是用来固定运输石块用的绞车缆索的。

鉴于神庙总高度有32.98米，所以我们假设阿格里真托人在建筑过程中也采用了埃及人的斜面技术，第一层的石块是通过绞盘一点点拉上去的，其余的石块跟着滚轴一点点落到其预想的位置，一些石块上至今还残留着钳子钳过的痕迹，鼓石衔接处的小洞则是用钻头钻出来的。

神庙东立面前47米处是一个大祭坛的遗址，其规模可以同时摆放100头充当牺牲的牛。

祭坛是长宽分别为56米和12米的矩形建筑，可以同时容纳近2000人。

西西里最大的祭坛可能是锡拉库萨剧场附近的赫农二世祭坛，可以用450头公牛作为牺牲供奉给主神宙斯。

今天，我们如果没有上述知识和想象，来到宙斯神庙前，就是废墟一片。《西西里的艺术和历史》（Valdes. *Art and History of Sicily*）描述道："由于多次地震，神庙本来已严重受损。公元前5世纪末，迦太基人几乎将它夷为平地。后来人们拿这座神庙当建筑材料供应地，以修建住宅或公共设施，直到18世纪。"

十七

再往前走，不多远处是一大片开阔地（废墟），我们已经来到神庙谷西面的尽头。

这里最明显的标志是公元前5世纪的卡斯托和波拉克斯神庙（Temple de Castor et Pollux）的四根立柱，在某种程度上，四根立柱的形象比谐和神庙更能代表阿格里真托。这是19世纪上半叶的雕塑家瓦莱里奥·维拉里尔和建筑师萨维洛·卡瓦拉里重建的，他们使用的材料都是来自附近区域的不同时期的建筑残片。其精致的飞檐结构来自希腊殖民时期，如今的神庙遗址坐落在人工雕琢的石块中，是典型的多利亚式建筑（31米×3.39米，宽边各6根、长边各13根立柱），神庙建筑的碎石残骸遍布于四周邻近区域。

我们已经知道，卡斯托和波拉克斯是宙斯与丽达生下的双生子，特别的是，卡斯托是凡人，波拉克斯是神。他们一起被杀后，拥有神之身的波拉克斯祈求父亲宙斯让兄弟卡斯托的魂魄跟自己分享一个身躯，这样他们就能交替出现在奥林匹斯山上和冥府。两兄弟是遇难船员的救赎者，是黑暗中和暴风雨时引领光明的神祇。

按照古代历史的记录，阿格里真托有很多关于波拉克斯的祭仪，这些祭仪的圣地却鲜为人知。

卡斯托和波拉克斯神庙

十八

卡斯托和波拉克斯神庙前面不远处有一个圆形祭坛,但这不属于该神庙,而是为了供奉希腊女神黛美特和她的独生女波瑟芬尼。据说,西西里是宙斯送给波瑟芬尼的结婚礼物,古希腊诗人品达也将阿格里真托列为属于波瑟芬尼的国度。

黛美特和波瑟芬尼在西西里备受尊崇,其祭仪和节庆都与季节轮回、农作物丰产和女子生育有关。

波瑟芬尼是司掌泉水的青春女神,有一天,她看见一丛奇异的水仙花,于是离开同伴,走过去看个究竟,而冥界统治者哈迪斯乘着黑色马车从地上的裂缝中窜了出来,把她抢到冥界去了。

丰收女神黛美特见女儿不见了,悲痛欲绝,到处寻找孩子,于是土地上没有收成,人们开始忍受饥饿。奥林匹斯众神决定把波瑟芬尼还给黛美特,黛美特的气消了,大地重新结出了果实。

卡斯托和波拉克斯神庙不远处的圆形祭坛

第八章 神庙谷

但宙斯提出一个条件——波瑟芬尼必须没吃过冥界的食物，才能重回大地。而波瑟芬尼确实没有吃什么东西，却上了冥王的当，吃了几粒石榴。结果，一年中三分之二的时间波瑟芬尼留在母亲的身边，剩下三分之一的时间则回到地府陪在冥王身边。波瑟芬尼在地上的时候，人间便是春天和夏天；在冥界的时候，就成了秋冬。

这对母女最喜欢的牺牲是乳猪，而且是在仪式当天屠杀的乳猪。在祭祀仪式上，人们用乳猪的血洒在圆形祭坛中间的孔里。

十九

这个地区还有很多其他的神庙和祭祀遗址，据历史文献记载，这里的建筑都是为了古代的祭祀仪式和节庆而修建的。时至今日，考古学家仍然无法解释每座建筑各自的功用。

我们只知道神庙谷最靠西的地方有一座火神霍尔坎的神庙（The Tempe of Vulcan），它建于公元前430年，和其他神庙一样，也是面朝东。其尺寸为37.89米×19.26米，一共有34根立柱环立四周，前后立面各有6根，两侧各有13根。每一根立柱高6.3米，由5块砂石鼓石堆砌而成。神庙西南面的废墟上，至今还留有两块还没凿出凹槽的鼓石。

赫费斯托斯，罗马称呼他为霍尔坎，有人说他是赫拉与宙斯的儿子，有人说他只是赫拉的儿子，因为赫拉报复宙斯独自"生"了雅典娜，所以她自己生了霍尔坎。

霍尔坎是众神中最丑陋的，而且是瘸子。父母都因为他生得太丑陋，想把他扔出天庭。

但霍尔坎是个能工巧匠，众神都需要他打造甲胄和铁器，替他们盖房子和造家具，所以很受欢迎。

霍尔坎将自己的工作地点设在西西里东部的埃特纳火山下，并为宙斯制作了雷暴神器。

最滑稽的是，霍尔坎的妻子竟然是美神维纳斯，于是，风流成性的美神频频出轨，她最出名的情人是战神马尔斯。

有次两人幽会，被太阳神阿波罗撞见了，太阳神出于嫉妒，向霍尔坎告密。霍尔坎制作了一张网，将两人困在里面。

霍尔坎大声呼喊众神来看，女神不好意思，男神则全到齐了。

遗憾的是，众男神竟然很羡慕马尔斯的境遇。

到这一步，霍尔坎只能继续戴绿帽子了。

这当然是文学青年的梦话。其实，对权力拥有者而言，霍尔坎是他们佩服的人物，因为火神为诸神锻造神器，象征着经过千锤百炼之后获得的成功，也代表了扎实稳固的权力。打造神器这一点说明他充当着幕后的权力分配者，这相当于现代企业中的管理者和经济活动中的生产要素持有者。西方企业有时会供奉霍尔坎来祈求自身权力的稳固与持久。

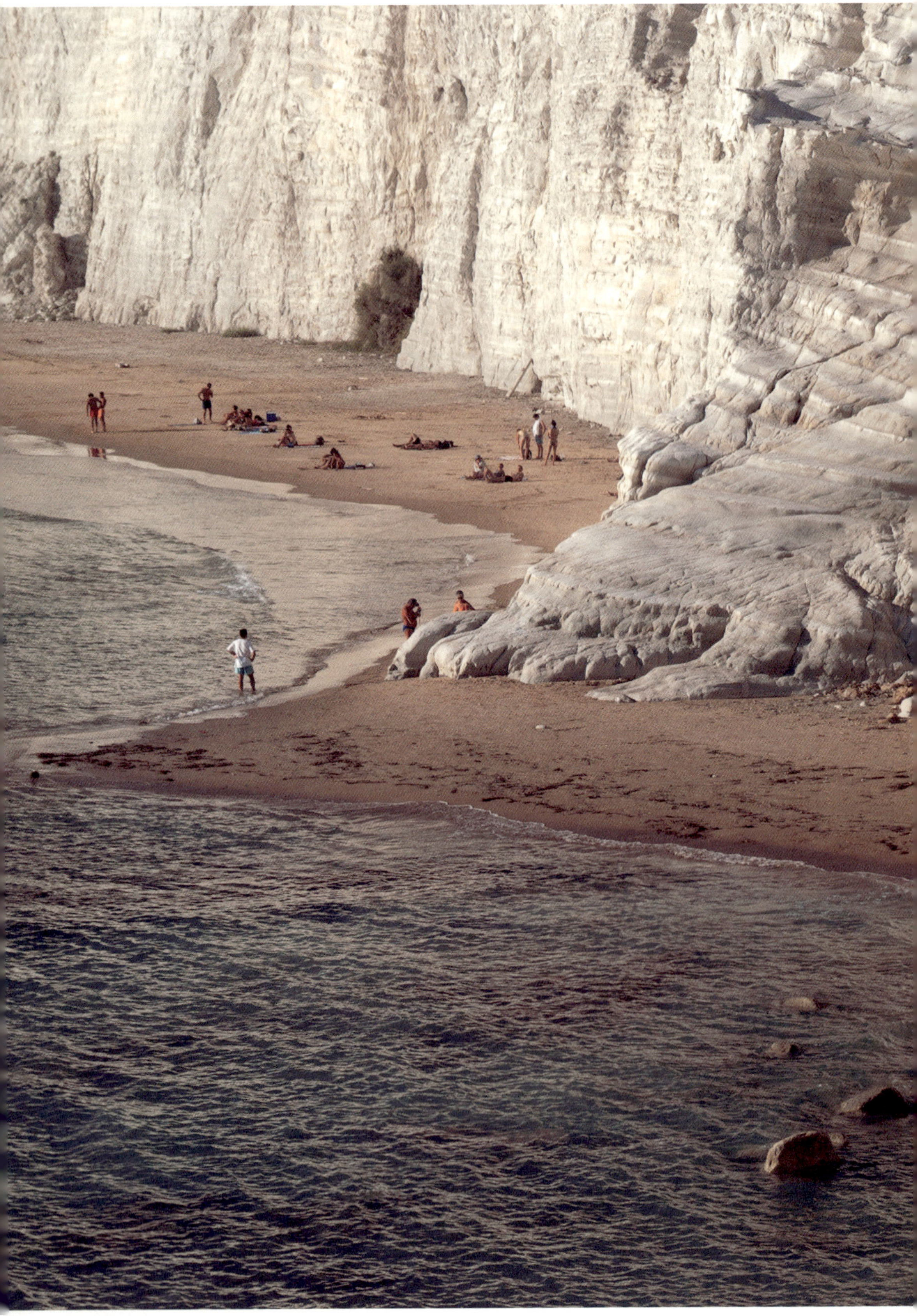

第 九 章

阿格里真托地区考古博物馆

历史在西西里岛上层层覆盖,阿格里真托也不例外。

一

　　来到阿格里真托的第二天早晨，我见天气勉强撑着不下雨，就想试着去附近的白悬崖海滩（The Scala dei Turchi）。白悬崖海滩也叫土耳其阶梯，大海边上有一大块突出的白岩石山崖，人可以在类似台阶的岩石上行走，也是电影经常取景的所在。我有对美国同学夫妇曾在日落前来到白悬崖海滩，金色的阳光打在岩石上，恋人坐在上面，气氛十分浪漫。

　　我们坐出租车来到白悬崖上面的公路，往下面的大海看去，波涛滚滚，卷起千堆雪，很有气势。但从公路边走到沙滩后，扑面而来的海浪显得粗野狂放，加上大风起，沙子飞扬，有些不舒服了。

　　沿着海滩行进一段路后，发现之后必须直接走在沙滩上，而现在是涨潮时分，潮水不时将沙滩淹没。

　　我们能看到前方的白悬崖，但前面的路转了弯，视线被山崖挡住了。我只能让家人休息一会儿，自己走去看看。

　　我终于趁着潮汐交替之际冲过这段沙滩，绕过山崖，看到了通往白悬崖的路。

　　这段路可不是一口气可以冲过去的，在我看来，潮水完全有可能淹没道路。我没在海边生活过，第一次来这里，不知道海浪会大到何种程度。

　　让我不安的是，这里没有任何人，如果有人在这里行走，会壮我的胆。没想到传说中如此热闹的景点竟然空空如也。

　　我不知道是游客本来就不足还是现在不适合来这里，我倒是不太担心生命会受到威胁，可害怕被海水打湿了——我只有一双鞋，况且眼下是冬季，淋湿了身体的话，对已经在外旅游多日、健康下降的人来说，不是好事。

　　我犹豫了一下，最终还是决定往前冲。我看了看沙滩边的悬崖，还是可以攀爬的，如果海浪大了，只能用足气力往上攀爬。

任何冒险，都要先想好退路。

我想，对当地人或来过多次的人来说，一定不认为这是冒险。但人生地不熟，大海就是危险的。我有一对夫妇朋友带着两个男孩在澳大利亚度假。夫妇各自带着一个孩子在海岸边游水，身边有冲浪者，他们认为挺安全。没想到风云突变，一个海浪打上来，把孩子给卷走了，妈妈着急了，拼命往他那里游去，然后也没了知觉。等她醒过来，发现自己在病房中，她突然悲从中来，以为自己的孩子一定没有了。人们告诉她，孩子在，母亲还认为是骗她。

其实，她的丈夫与另一个孩子也遭到海浪冲击，幸运的是，周边都是冲浪者，马上将他们一家人救起，送往当地医院救治。

如果没有当地人，他们真没命了。

我一步步小心地朝白悬崖跑去，避开潮水，在大石头上跳跃，有两次见稍大的海浪扑来，就攀上悬崖躲避。在接近白悬崖的最后一段路，我有些不想去了，考虑再三，还是一口气攀上白悬崖。

我在白悬崖上没待多久，一是知道家人看不见我会很担心；二是风高浪急，在悬崖上站不稳；三是怕潮水涌来，把回去的路给切断了。

所以，我赶紧往回赶。

回去的路相对轻松多了，我发现刚才的潮水是涨潮的最高点，下面不会出现比前面更大的海浪了。

回到家人停留的地点，赶紧回到公路上，这时大风卷起的沙子直往嘴里送。

二

回到阿格里真托神庙谷附近的地区考古博物馆，先在附近吃个午饭。我没吃多少主食，却喝了三大壶热茶，笑眯眯的餐馆服务员与老板一定认为我是疯了，让他们见识一下什么叫"亚洲水牛"。天气偏冷，出不了汗，凭什么要喝这么多水？他们不知道我里面的衣服全被汗水浸湿了。

阿格里真托地区博物馆据说是西西里最大的博物馆之一，外观很漂亮，馆里的展品陈列也很别致，缺点是没什么配套服务，比如餐饮和书店。

阿格里真托博物馆收藏的主要是古希腊文物，展品当然不能和雅典考古博物馆等世界级大馆相比，但它的好处是展品基本上出自本地。神庙谷现在只留下残垣断壁，具体内容还要到博物馆去追索。

总之，当地博物馆的展品令人有新鲜感。

三

阿格里真托地区考古博物馆主要分为18个展厅。

一号展厅保存着与阿格里真托古居民点有关的地貌和地图资料以及古典时期的文物。二号展厅则以史前时期文物为主，展示了先民的生活和信仰，部分展品已然体现了早期希腊宗教的特征。

黏土公牛头

制作于公元前8世纪的黏土公牛头让我们想起了前面提到过的法拉利斯青铜牛头的传说，这一则传说源自阿格里真托的罗德斯岛殖民者向太阳神赫利乌斯供奉的祈雨祭祀仪式，这一祭祀仪式的象征符号就是一头青铜公牛，那类似于公牛的凄厉哞叫声则是用来召唤风暴的。

黏土公牛头，公元前8世纪，
阿格里真托地区考古博物馆藏

装饰有两只面对面的司芬克斯的黏土祭坛，公元前 8 世纪，阿格里真托地区考古博物馆藏

装饰有两只面对面的司芬克斯的黏土祭坛

象征着力量和智慧的司芬克斯拥有狮子的头、女人的胸部和老鹰的翅膀，是希腊圣像中常见的代表形象之一。

司芬克斯的制作工艺代表了那个时代艺术造诣的最高水平，同时也有辟邪意义，它是诸多用来保护人类、家庭乃至城镇免遭恶灵袭击的魔法符号之一。据说，司芬克斯还象征着时不时蔓延于底比斯疆域的瘟疫。

坐在王座上的黛美特

这里的黛美特是一位宝相庄严的女神，她端坐在高靠背王座上，双脚踏在脚踏之上。所谓的"王座"，在希腊文化中是王权的象征，是领主、统治者的御用座席。王座高靠背的设计是为了防止那些任何可能觊觎王位的人从王座后面谋杀君王。

坐在王座上的黛美特，公元前 8 世纪，阿格里真托地区考古博物馆藏

第九章　阿格里真托地区考古博物馆　161

祭酒用的碗盏，帕尔马迪蒙泰基亚罗出土，公元前7世纪，阿格里真托地区考古博物馆藏

祭酒用的碗盏

这件在吉拉制作的酒器（dinos）是祭奠死者用的重要器皿，其制作年代可以追溯到公元前7世纪，在帕尔马迪蒙泰基亚罗出土。器皿上是三角形图案装饰，可以解读为象征西西里岛名称由来的三角形图案。

黏土假面具

黏土假面具（oscillum，类似于圆盘的器物）上有一个类似纳粹十字的符号，这个圆盘通常被放置在屋檐以阻挡恶灵的眼睛。这个符号的四条边等长，是一个反万字符号，它是象征太阳旋转的古老符号。

黏土假面具，帕尔马迪蒙泰基亚罗出土，公元前7世纪，阿格里真托地区考古博物馆藏

四

三号展厅是阿格里真托地区博物馆中最重要的展厅，它被誉为"形象艺术杰作的圣殿"，这里收藏了150尊瓶器，其陈列方式可谓匠心独运，将每一尊瓶器的每一个细节都毫无保留地展现在观众面前。几乎所有的瓶器旁边都会有一个简短的描述，介绍与之有关的历史和神话。

除了代表着高度发达的工艺水平，这些瓶器也代表了一种独特的人类文明。

希腊人习惯于用图画来描绘他们的神话故事和生活方式，他们的描绘十

分具象。

有必要指出的是这些阿格里真托瓶器的创造者至今大多佚名而无从考证，因此，器皿旁边信息栏里的制陶工人或绘制人一栏大多是"柏林画匠"或是"爱丁堡画匠"这类的标注，这是根据与其图画风格相类似的地区画匠来推断的。还有一些诸如"画匠潘"这样的标注，表明制陶工人的名字叫作潘。

五

在大英博物馆和大都会博物馆等国际性博物馆中，经常可以看到古希腊的器皿，因为要看的展品太多，总是匆匆而过。这次在阿格里真托地区考古博物馆，时间充足，可以比较认真地看一下了。

带有立柱状手柄的罐子

希腊葡萄酒，尤其是西西里葡萄酒，口感十分浓郁，且酒精度很高。为了能够多喝一点，人们通常会将其稀释，用来稀释葡萄酒的容器就是这种罐子。这种形状的瓶器，外表看起来大腹便便，是因为里面还嵌有一个根据想要的葡萄酒温度而专门用来放置冰雪、清水或是热水的瓶子，这个瓶器里装着的就是葡萄酒本身。通常的稀释比例是三分之一的葡萄酒配三分之二的水。

这只装饰了黑色图案的罐子来自公元前550年，画面上描绘的是狮

带有立柱状手柄的罐子，公元前550年，阿格里真托地区考古博物馆藏

子们在袭击一头公牛，制作者用这个图案象征春天的节日。而狮子袭击公牛这个主题源自珀塞波利斯的大流士王宫。

有专家认为，这个场景应该用天文学来解释，因为它代表了春天的节日，三月的最后一个星期，狮子座星象上升到最高点，金牛座星象的位置则低于其水平线。

装饰有健身场景的罐子，画匠梅森制作，公元前580—前480年，阿格里真托地区考古博物馆藏

描绘死亡场景的罐子，佩齐诺艺术家制作，公元前5世纪，阿格里真托地区考古博物馆藏

装饰有健身场景的罐子

画面上，我们可以看到赤裸的青年男子正在准备投掷标枪，还能看到地面上那用于跳高的手把。

希腊人的教育体系中，体育并不是必修课目，但这对每一个公民来说却是最基本的能力。

描绘死亡场景的罐子

这个近似于高脚杯形状的红绘罐子的制作年代可以追溯到公元前5世纪，佩齐诺艺术家在罐子亮黑色的背景上为我们描绘了一幅关于死亡的场景，展现了纪念普特洛克勒斯的庄严葬礼仪式。

场景中，英雄普特洛克勒斯的尸体横陈于灵柩台上，而他的灵魂正离开尸体去往冥府。

其他人物头上的长发表明他们都是斯巴达人，这是拥有正常公民权利的斯巴达城民的象征。

描绘酒神节场景的罐子

这个带有立柱式双手柄的高脚杯形红绘罐子的制作年代在公元前440年前后，卢浮艺术家为我们描绘了两个正在进行体育竞技的男青年以纪念酒神。

对于希腊人而言，体育竞技是一项宗教性的庆祝活动，参与者都是全能型运动员，他们天赋异秉，是上帝选中的人中之龙。艺术家对于人物的描绘堪称完美，极富动态感的人物看起来栩栩如生。场景左侧的人物在掷铁饼，右侧另一个人则在投掷标枪，两个人在长笛演奏者的伴奏中刻苦练习。

描绘酒神节场景的罐子，
卢浮艺术家制作，约公元前440年，
阿格里真托地区考古博物馆藏

描绘着给阿波罗献牺牲的高脚杯形状的罐子

这个高脚杯形状的罐子很有可能是在公元前430年左右由克莱芬艺术家制作而成的。人们在波焦·吉亚切的坟场中发现了它，上面画着头戴月桂树叶编成的花环的人们给阿波罗献牺牲的场景。

最左边的人正在吹奏长笛，给这个神圣的仪式伴奏。然后是一个牧羊人站在圆形祭坛的旁边看管着即将成为牺牲的动物。

描绘着给阿波罗献牺牲的高脚杯形罐子，
克莱芬艺术家创作，公元前430年，
阿格里真托地区考古博物馆藏

第九章 阿格里真托地区考古博物馆

这是仪式正式开始前最重要的一个环节,屠杀牺牲的时候要将动物的头向后扭转,让喷溅而出的血液洒落在祭坛上。

画面上的两根立柱代表神庙,阿波罗坐在王座上,手持一根象征他自己的月桂树枝叶。

阿波罗是象征光明、真理的主神,也是主掌了春季复苏、维护四季秩序的神祇。

阿格里真托的人民非常信奉阿波罗,周围的臣民也会来到阿波罗神庙寻求建议和帮助。

描绘释放安德洛墨达场景的白绘陶器

这个罐子是1940年在克利尼迪的坟场发现的,罐身高44厘米,直径为45厘米。罐子制作于公元前440年—前340年间,制作人是制作希腊浅底碗的波斯顿艺术家。

描绘释放安德洛墨达场景的白绘陶器,波斯顿艺术家制作,公元前440—前340年,阿格里真托地区考古博物馆藏

安德洛墨达是埃塞俄比亚国王刻甫斯的女儿，她像男子般强壮，因此得名（"安德洛墨达"希腊语的意思是"男子、雄性"）。她的母亲、美丽的卡西奥佩娅不断炫耀女儿的美丽，甚至吹嘘说自己的女儿比海神之女涅瑞伊得斯还要漂亮。这得罪了海神波塞冬，波塞冬派海怪来折磨安德洛墨达。后来，路过的柏修斯拯救了安德洛墨达，并且杀死了海怪，于是两人喜结连理。

白绘陶器画面上的柏修斯身穿无袖的白色希顿古装，头戴帽子，脚穿翼鞋，他的右手拿着两根长矛，这是他用来释放被绑在三根杆子上的安德洛墨达的武器。

仔细看，柏修斯一只脚踩在岩石上，目不转睛地看着被捆在杆子上的安德洛墨达。这一幕场景极具舞台效果，寥寥几笔就将场面调度展示得淋漓尽致。

两只描绘了铜盘游戏场景的红绘罐子

第一只罐子的制作年代约为公元前420年，画面上描绘了一群人喝茶聊天的场景。聚会的组织者负责派发酒类饮料，旁边还有歌舞娱情。

客人们手持酒杯，听着交际花们演奏的乐曲，趴在设于桌面上方的横榻上玩起了铜盘游戏，获胜者可以享受晚宴当日交际花的热情服务。他们头上戴的花环据说是用来保护自身健康、避免身体因为饮酒而产生发热和不适的。

那些交际花是受到法律保护的高级妓女，她们的存在满足了男子滥情的需求，所以生意兴隆。

她们通常出现在私人宴席上，有时也出

描绘铜盘游戏场景的红绘罐子，约公元前420年，阿格里真托地区考古博物馆藏

第九章　阿格里真托地区考古博物馆

没于公众场合，她们的活动是正常社交生活的一部分。

　　铜盘游戏是典型的希腊游戏，此游戏最为风靡的地方当属西西里，玩法也相当多样：有的是将自己杯底的残酒洒到自己心仪的交际花的酒杯里，没溅出者获胜；有的是将自己杯子里的酒洒到漂在宽碗上的酒杯里，酒杯沉下去则获胜。

　　另一只展示铜盘游戏场景的红绘罐子由潘托克斯涅艺术家制作于公元前5世纪的最后25年。罐子高33厘米，直径为38厘米。罐身上描绘的主要人物正在玩铜盘游戏，这个版本的游戏玩法是用一根细棍子的顶端顶着一个小圆盘，玩家在一定距离外用拇指和中指捏住酒杯，将杯子里的葡萄酒洒出去，击落棍子顶端的小圆盘。

描绘铜盘游戏场景的红绘罐子，潘托克斯涅艺术家制作，公元前5世纪末，阿格里真托地区考古博物馆藏

坎帕尼亚鱼盘

　　这只鱼盘的制作年代大概在公元前350年，上面装饰有做工非常细致的鱼，这样的主题在今天看来是非常典型的。

　　三条一模一样的鱼首尾相连围着一个小洞，这个小洞是用来盛鱼酱的。所谓的鱼酱是用不同种类的鱼的内脏熬制而成的酱料，这是地中海地区非常盛行的佐餐调料。

　　这种调料（如今的意大利特拉帕尼

坎帕尼亚鱼盘，都柏林艺术家装饰制作，约公元前350年，阿格里真托地区考古博物馆藏

人还在使用与之相类似的酱料）最早来自迦太基人，他们用这个来给牛、羊、鱼和鸡等肉类食品调味。

六

阿格里真托地区考古博物馆四号厅陈列着古希腊用于排水和建筑装饰的水槽建筑。

展厅的墙上展示了9个狮子头，狮子们大张着狮口，有着猫一般的眼睛。这些狮子头大多来自赫拉克勒斯神庙和黛美特神庙。这些狮子是神庙的卫士，也是展示雕刻师傅高超技艺的最好载体。除了装饰神庙外，它们还担负着吓退恶灵的职责。

七

五号展厅陈列着装饰圣殿的用火泥制作的雕塑。

这些工艺精良的展品堪称博物馆的骄傲，体现了那个遥远年代的宗教历史。

要寻找这些展品的内在含义，需要试着去想象其背后所掩藏的人文和宗教内涵，这些层面的理解会因为时间的流逝而改变或遗失。

小型黑人面罩

这个制作于公元前6世纪的古老面罩非常有特色，逼真的人脸设计和精致的细节刻绘，尤其是那一头寸短的头发（奴隶的特征之一，罗马战败后，罗马的士兵也被剪了头发作为投降

小型黑人面罩，公元前6世纪，阿格里真托地区考古博物馆藏

第九章 阿格里真托地区考古博物馆

者的身份特征），宽阔的头部和丰满的嘴唇为这个面具增添了迷人的表情。

描绘了逃跑的戈耳工的木匾画

制作精良的戈耳工模型。戈耳工拥有半人半魔鬼的外形，鼻子扁平，狡诈的脸上，两只眼睛一闭一睁。

戈耳工可以把所有看到她的人变成石头，据说戈耳工有着让年轻人误入歧途的能力。

希腊的烘焙师傅将这种描绘有戈耳工的木匾放在烤箱上方，以阻止那些想要打开烤箱从而破坏里面食物的人。此外，希腊人还会把戈耳工头颅的仿制品放在城门或是家门口来阻挡恶灵的眼睛，那些试图入侵这些受到戈耳工保护的房子的袭击者则被列为女神雅典娜的敌人。

戴着"莫迪悠思"的黛美特像

这件展品可以追溯到公元前6世纪前后，莫迪悠思（modius）译为"斗"，是谷物的容量单位，相当于蒲式耳。这里的"莫迪悠思"指的是一种类似于斗的杯形头饰。在被拿到供奉黛美特这位丰收女神的神庙之前，人们会在斗里装满小麦。

女神的胸部挂着三条项链，项链上面装

描绘了逃跑的戈耳工的木匾画，阿格里真托地区考古博物馆藏

戴着"莫迪悠思"的黛美特像，约公元前6世纪，阿格里真托地区考古博物馆藏

饰着象征丰收的饰品。饰品包括公牛的头骨（一种多利亚式建筑图案）、圆盘饰（用来祭酒的无柄瓶器）、水怪（拥有神力，通常被当作幸运装饰品或者瓶器图案）。

棕叶饰装饰屋瓦残片

这些精美的瓦片来自公元前6世纪前后。这些瓦片色彩斑斓，就像阿格里真托的陆地、天空和海洋一般。

古希腊人在视觉享受方面的品位非常高，他们十分钟爱色彩装饰。他们在建筑上添加色彩的目的主要有三个：一是即使从很远的地方远眺，神庙等建筑也能和陆地区分开来；二是为了体现崇拜者们对于色彩的品位；三是用来保护建筑结构中的黏土和石膏。

棕叶饰装饰屋瓦残片，约公元前6世纪，阿格里真托地区考古博物馆藏

戴着头盔的雅典娜头像

这个戴着附有宽护头盔的女神雅典娜头像来自公元前5世纪前后。

头盔部分因为随时间剥离以及完全契合头部的造型几乎和头像融为一体，不仔细看，几乎发现不了头盔的存在。

雅典娜，主掌艺术、智慧、战争和科学的女神，她是从父亲宙斯的头颅里跳出来的，一出生就是一位体态婀娜、批坚执锐的成年女神。

戴着头盔的雅典娜头像，阿格里真托艺术家，约公元前5世纪，阿格里真托地区考古博物馆藏

喜神贝斯浮雕水壶

这个系列中最有意思的展品应该就是这个雕刻了古代埃及神话中的喜神贝斯的水壶，水壶的造型很像一个长了胡子的侏儒。古人将贝斯奉为家宅守护神，几乎每家每户都有他的画像或是雕刻。

52号展品柜的动物祭品

古代社会中，相当一部分的动物都有着神圣的使命和含义。

比如说，乌龟象征着贞洁，所以用来祭祀潘神；孔雀象征着骄傲，所以用来祭祀赫拉；鸽子和天鹅象征着纯洁，所以用来祭祀维纳斯；狗象征着忠诚，所以用来祭祀阿特蜜斯；公鸡象征着掌控和地底世界的复苏，所以用来祭祀阿斯克勒庇俄斯……人们在临终前要宰杀一只公鸡献给阿斯克勒庇俄斯——苏格拉底临终之前就是这么要求的。

喜神贝斯浮雕水壶，阿格里真托地区考古博物馆藏

动物祭品，阿格里真托地区考古博物馆藏

女性头部外形的容器

这一组7个用来盛放油料和膏脂的容器是在某种魔法仪式上用来清洁身体的，如果城池不幸遭遇了灾祸，人们就会用圣水在公共场合沐浴，将灾祸等负面事物从身体上清洁干净。

女性头部外形的容器，阿格里真托地区考古博物馆藏

八

六号展厅专门保存奥林匹亚宙斯神庙的文物，其中最重要的是神庙复原模型。

神庙谷内宙斯神庙前躺倒的巨人雕像是复制品，原件在这里，这个有两层楼高的巨大人物原来就竖立在神庙东墙台阶上的立柱上。神庙原本一共有38个这样的人物雕塑和立柱一起支撑其沉重的横梁式结构，今天只有这个雕塑得以幸存下来。

高达7.61米的雕塑原型是阿特拉斯，也是宙斯之子，因为他帮助巨人首领泰坦反叛奥林匹斯众神，所以被宙斯惩罚以双肩擎天。它象征着大自然难以驾驭的力量最终由宙斯掌控。这些男像柱每一根都包含26块砂岩石块，这些石块既起到了支撑作用，也有相当的装饰价值，一直以来都是专家们积极探讨的研究对象。

第九章　阿格里真托地区考古博物馆

神庙谷宙斯神庙的巨人雕像，阿格里真托地区考古博物馆藏

曾目睹过神庙的历史学家狄奥多罗斯的记录表明，神庙东侧的装饰图案上描绘的是巨人之战，西侧的装饰图案则是特洛伊战争。

展厅北侧的三个壁龛里展示了男像柱的头部雕像，雕像上的头发呈波浪形。它们是真正吸引人的杰作。

展厅中间陈列的是奥林匹亚宙斯神庙的一些复原假想模型，遗憾的是，多利亚式建筑的论述中并没有关于这一建筑制式的描述。

老实说，我昨天在宙斯神庙门前没找到什么感觉，可现在在博物馆，看着两层楼高的巨人像，想象有38个这样大小的雕塑支撑着神庙，神庙将是何等宏大！

奥林匹亚宙斯神庙复原模型，阿格里真托地区考古博物馆藏

九

七号厅里陈列的都是来自公元前6世纪到公元4世纪在希腊殖民和罗马殖民统治之下的文物，展现了当时的城市景观。这一时期阿格里真托的居民区建造在占地7700平方米的矩形平面上，建筑体呈网络状排布，这得归功于米利都的城市规划设计师希波达摩斯。这个城市规划是阿格里真托考古遗址中最为有意思的，这种针对殖民城市的规划甚至超过了很多母邦城市的规划。城区贯穿

东西的主干道（也叫东西大街）有10米宽，四条南北向的宽5米的平行道路与之相交，这些街道将城区划成不同的区域，每个区域的房屋和设施都有着统一的规划标准，房屋的占地面积总计6034平方米。

据说，城区每个人都有26平方米的居住面积，每个区大概可以居住232个人。展厅入口右后方展示的是图片，紧贴着墙壁的是一幅透视画，这上面展示了城市规划的许多细节性内容。

南面墙上陈列的是1961年在带隐廊的房子里发掘出的文物，这些文物向我们展示了希腊殖民时期和罗马统治期间的城区生活，南面墙上还展示了罗马粉饰画的残留画片，通过蜡画技术描上了各种不同的颜色。

十

八号展示厅里是古希腊和古罗马的铭文，后者的例子是公元2世纪利姆贝奥臣民（即今天西西里西部的马尔萨拉）献给谐和神庙的铭文碑刻。

九号展厅陈列的是一系列极为罕见的金、银和铜铸币，这些硬币大多来自古希腊和罗马时期，有的是来自迦太基、拜占庭、阿拉伯和诺曼时期。

阿格里真托四德拉克马银币，制作于公元前472—前413年，阿格里真托地区考古博物馆藏

精美的阿格里真托四德拉克马银币制作于公元前472年到前413年间，其正面是一只螃蟹，背面是一只老鹰，铸币上的符号象征着城邦。

展厅内还有在希腊议院浴场的水管中发现的52枚铸币，制作年份在公元前3世纪晚期。铸币的正面是战神马尔斯，背面则是展开翅膀的老鹰。这些铸币是围攻阿格里真托时期，军队里派发的军饷。

十一

十号厅展示希腊罗马雕塑，最著名的是阿格里真托青年雕像，蜷缩的阿佛洛狄忒和男性大理石躯体残像也值得一观。

阿格里真托青年雕像

这尊制作于公元前480年的小型裸体少年塑像（带底座）制作工艺简洁而精美，代表了古希腊对于男性美的理想审美标准。雕塑是在黛美特神庙南部的储水池里发现的。雕像高1米，肩膀处宽35厘米。

塑像并没有特意以某一个真人作为模型，它只是展现了完美贵族青年的理想化模样。

蜷缩的阿佛洛狄忒

全裸的美神阿佛洛狄忒是古希腊雕刻家普拉克西特利斯最喜欢的主题，他手中幻化出来的雕像身材比例协调，十分和谐。这尊裸体雕像看起来马上要去沐浴，从而重获贞洁。人们通过供奉全裸的阿佛洛狄忒来祈求丰收。

男性大理石躯体

这尊大理石躯体高34.5厘米，是非常精致的希腊雕塑。遗憾的是，这件杰作目前缺失了头部、前肢以及臀部以下的全部下肢。这尊雕塑是按照古典雕刻技艺雕刻成的，年代大概在公元前2世纪。

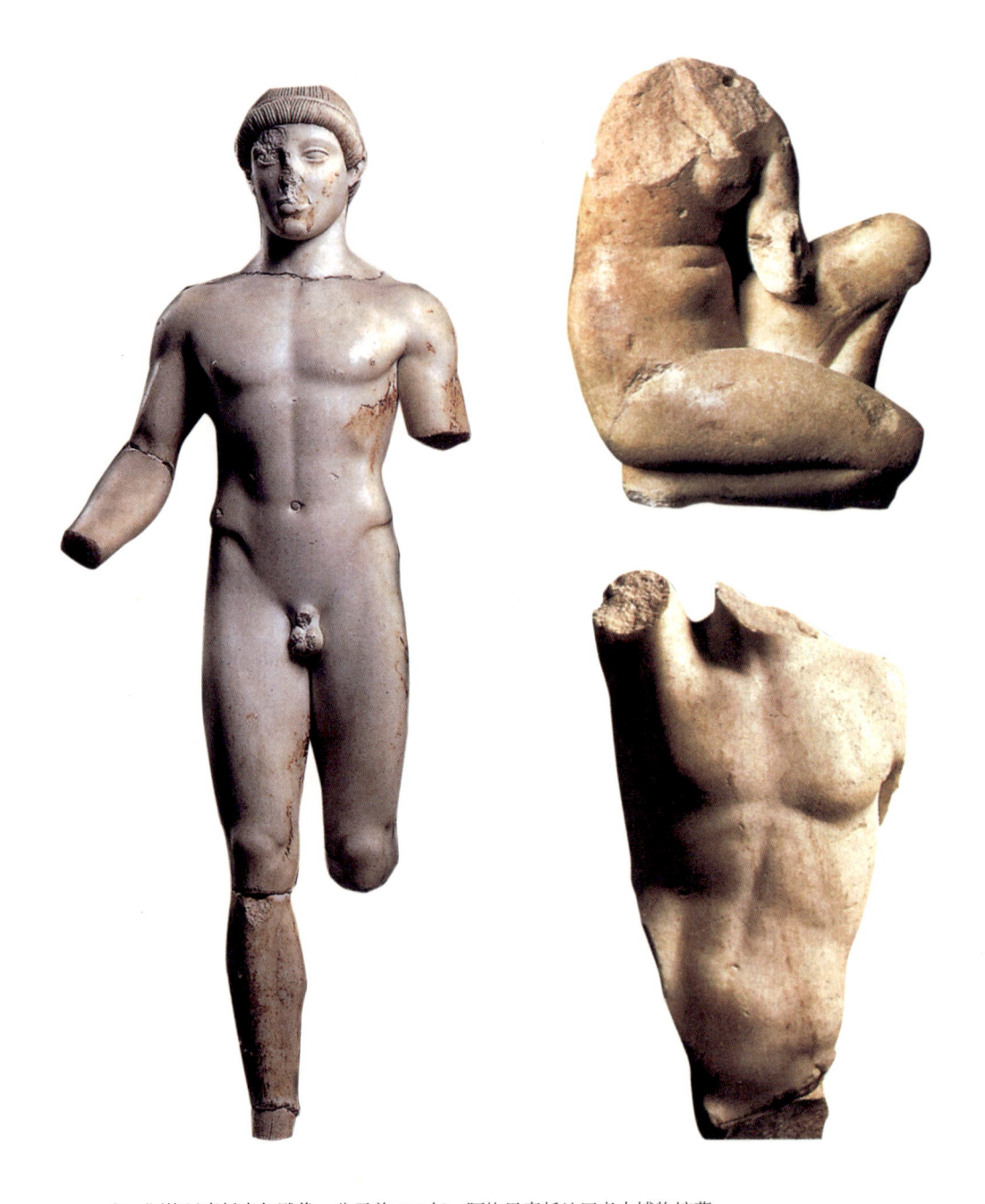

左：阿格里真托青年雕像，公元前 480 年，阿格里真托地区考古博物馆藏

右上：蜷缩的阿佛洛狄忒，普拉克西特利斯创作，阿格里真托地区考古博物馆藏

右下：男性大理石躯体，约公元前 2 世纪，阿格里真托地区考古博物馆藏

十二

V字形展厅展出了阿格里真托城邦的纪念性建筑模型，让我们得以了解古代城邦政府机构起到的作用。

市民议会堂（可容纳3000人）和议事厅（可容纳350人）的模型分别位于展厅两侧，这两处机构是多利安人（古希腊主要部落之一）政治的核心位置所在，阿格里真托仿效了这一简洁却高效的政治模式。"长老会议"或是元老院（在阿格里真托称为理事会）由国王和监督官组成，他们构成了城邦的最高权力机构。他们拥有最高行政权，对一切事物享有监察权，是法律的执行者和捍卫者，臣民的各项权力也受他们管辖。在这里，国王只是坐在王座上的"平等中的首席"，王位由嫡长子继承。每个月，监督官都必须发誓效忠律法，他们享有的司法权力和内部权力将会被重新分配。

五位监督官的职责是监督公民的日常生活，他们由人民集会（即所谓"公民大会"）选举产生，即五个多利安部族各选取一位监督官，任期是一年，任期结束则回归公民身份，和其他公民一样享有各项公民权利。

"长老"在阿格里真托被称为"Pritani"，他们负责规范和协助国王理政。他们也是通过公民大会选举产生的，上任便是终身制。能够成为长老的必须在60岁以上，是富有且德高望重的城民。

被选中的人都非常有能力，他们的任务是维护城邦政治体系不被动摇。他们监督着城邦的金融、税收和日常行政，此外，他们还负责召集公民举行公民大会。

市民议会的举办者须是30岁以上的成年公民，议会由国王主持（实际主持人为监督官），每月满月之时举办。

十三

十一号展厅展出的是阿格里真托大坟场出土的文物（从远古时代到拜占庭时期），展品中最引人注目的是形似匣子的石棺，埋葬着夭折的儿童，装饰有儿童嬉戏、学习和洗礼的场景画面。

1973年，人们在赫拉克勒斯神庙的南面偶然发现了一尊堪称杰作的石棺，石棺上装饰有4幅家庭生活场景的浮雕画：嬉戏时光、教育、死亡和洗礼。这件杰作的制作年代在公元前1世纪末到公元2世纪之间。由于这件展品刻画的是早夭的孩子的生活片段，题材独特，不由让人好奇。

左侧末尾（长44厘米，高44厘米）：一个孩子坐在一头公羊拉着的双轮车上，看起来他十分享受这一过程。

前端（长92厘米，高40厘米）：18个人物组成了两个不同的时刻：一个

石棺左侧：一个孩子坐在一头公羊拉着的双轮车上，看起来十分享受这一过程

是孩子在复习功课，另一个是孩子临死之前。其中最复杂的当属孩子临死前的"招魂场景"（三次呼唤死者名字）。

场景里最为逼真的人物形象应该是蜷缩在椅子上的祖父，他一脸络腮胡子，神色怅惘，注视着地面，给人一种悲伤到说不出话来的感觉。

孩子的祖母也蜷坐在椅子上，她头上盖着斗篷，一脸哀伤。

最令人动容的是母亲——哀伤与绝望布满她的脸庞。所有这些情绪都通过她伸出来触摸孩子下巴的手表现得淋漓尽致。

父亲的神态和表情是这件杰作里最有意思的部分，他负责呼唤孩子的名字。

这个人物体现了一种堪称卓越的内在平衡之美，他的身上有一种足以凌驾于其他所有人物之上的巨大力量。他应该是整个画面上比例最协调的人物。

他的手向上举起，脸上的胡子十分茂密，他举起手是要完成三次呼唤孩

石棺前端：招魂场景（三次呼唤死者的名字）

子的名字这一仪式，然后才宣布孩子死亡。

右侧末尾（长44厘米，高40厘米）描绘的是全家在一起的场景，这个家庭一共7个人，此时全家人都聚在一起给孩子进行洗礼。

这个洗礼代表了孩子对于冥府众神的敬畏。

裸体的孩子十分具有美感。他的身体被刻画得非常完美。

场景上的孩子正准备接受洗礼，孩子本人看起来也很期待即将浇在他身上的水给他带来的快乐。

立柱式祭坛上的球象征着孩子献给神祇的玩具。古希腊罗马的儿童都有这个习俗，所有的孩子都要将自己的玩具献给神祇。

石棺右侧：全家人都聚在一起给孩子进行洗礼

展厅的对墙上还陈列着一块用来覆盖墓穴的大理石柱槽板（高16.8厘米，长80厘米）。

石柱槽板上的死者肖像属于一位希望永世流芳的专业演员。

他的妻子手挽着他的手臂，脸上的表情十分哀伤，看起来像是无法承受天人永隔的离别之苦。

就是这样的组合给了这两个简单的人物不朽的灵魂。

大理石柱槽板，阿格里真托地区考古博物馆藏

十四

走出阿格里真托地区考古博物馆，天色大暗，山雨欲来，我们急忙赶回酒店。

我们住的阿西娜别墅酒店（Hotel Villa Athena）位置极佳，就在神庙谷内。当然，进真正的神庙谷还是要买票的，酒店专设一扇小门，直通神庙谷。

阿西娜别墅酒店的最精彩之处是房间乃至浴室都能直接看到谐和神庙的

全景，说得更准确点，谐和神庙就呈现在你的眼前，尤其是夜晚，打上灯光的谐和神庙煞是好看，熠熠生辉。

酒店平平矮矮的，我估计客房并不多，如果在旺季，未必能订到房间。

酒店房间不大，我们订了两套，价格并不昂贵，很合适。对过的酒店餐厅也让人惊喜，我们连续几晚都在那里吃饭，如果吃套餐，价格并不贵，水准却很高。神庙谷远离市区，酒店餐厅只此一家，出于垄断，它完全可以马马虎虎。但人家就是精益求精，要与酒店的水准相匹配，佩服。

如果风和日丽，阿西娜别墅酒店的花园一定很灿烂。遗憾的是，我们进入酒店的第二天下午开始就是狂风暴雨，直到第四天我们离开时，才出现蓝天。

从阿西娜别墅酒店眺望远处

正因为狂风暴雨，让我们多少体会到阿格里真托古人的心情。我们现在住在现代化的酒店中，玻璃窗至少都是加厚的两层，很多还是固定不能打开的。即便如此，我们还是感受到坏天气在神庙谷的狂暴劲。

阿格里真托人在山谷里大建特建神庙，恐怕还是出于对不可知物的畏惧吧。

十五

来阿格里真托的第三天早晨，我们从神庙谷坐出租车去城里。

这是个山城，建筑依山而建，有些地方透露着中世纪的格局。如果是好天，我们一定会很尽兴，可今天下着不小的雨，风也很大，味道就差了好多。

我们去了阿格里真托的圣格兰多大教堂（The Cathedral St Gerlando）。这座大教堂最初是由奥特维尔的罗杰一世建造的，他把阿格里真托的教区委托给贝桑松的大主教格兰多，后者在6年内完成了修建工作。这座教堂最初是为升天圣母而建，但在1305年将供奉的主神改成了圣格兰多。建成后的几个世纪以来，大教堂因山体不稳而遭受了多次损坏，修复最终在16世纪早期完成。

我们走进大教堂，它似乎又在进行一场重大的修复，里面黑黢黢的，只兜了一圈就出来了。

大教堂有个像模像样的博物馆，收藏了堂内的许多宝物。我们一般人比较熟悉的是巴洛克画家奎多·雷尼的《在十字架上睡觉的圣婴》和《圣母和熟睡的圣婴》。

我们在欧洲的大教堂博物馆经常会看到"圣体匣"，这里也收藏有装饰着小天使的圣体匣，是巴勒莫银匠在1755年制作的，具有巴洛克晚期风格。

《在十字架上睡觉的圣婴》,奎多·雷尼,阿格里真托圣格兰多大教堂藏

《圣母和熟睡的圣婴》,奎多·雷尼,阿格里真托圣格兰多大教堂藏

这件可以悬挂的精美艺术品装饰着生动的植物纹饰和圆形的涡卷纹饰，底座上雕刻的人物头像与装饰物完美地融合在一起。三段肋骨状的饰物把整个艺术品分成竖直三个部分，它的顶部装饰着玉米秆和葡萄束样的纹饰，上面的放射性饰物被覆盖了一部分。混合线性底座上装饰的洛可可饰物和人物头像以及涡卷饰物不仅展示了一些装饰图案的持久流传，也体现了银匠根据客户的需求受多种艺术影响的启发而产生的创新。（Cicala et al. *The Cathedral and Its Treasures: Agrigento*）

装饰着小天使的圣体匣，巴勒莫银匠，1755年，阿格里真托圣格兰多大教堂藏

今天是星期日，又是雨天，街道上空无一人。我们走进希腊圣母教堂（Chiesa di Santa Maria dei Greci），诧异是不是附近的居民都在这里了。虽然教堂活动已经进入尾声，里面的人还是热情地招呼我们，并问我们从哪里来。很特别的是，几个孩子站在门口，向离开的人们分发橘子，当然也包括我们。

这是一座11世纪的诺曼式教堂，它的原址是公元前5世纪的雅典娜神庙，今天我们还可以看到残垣断壁和玻璃地板下的神庙地基。

历史在西西里岛上层层覆盖，阿格里真托也不例外。

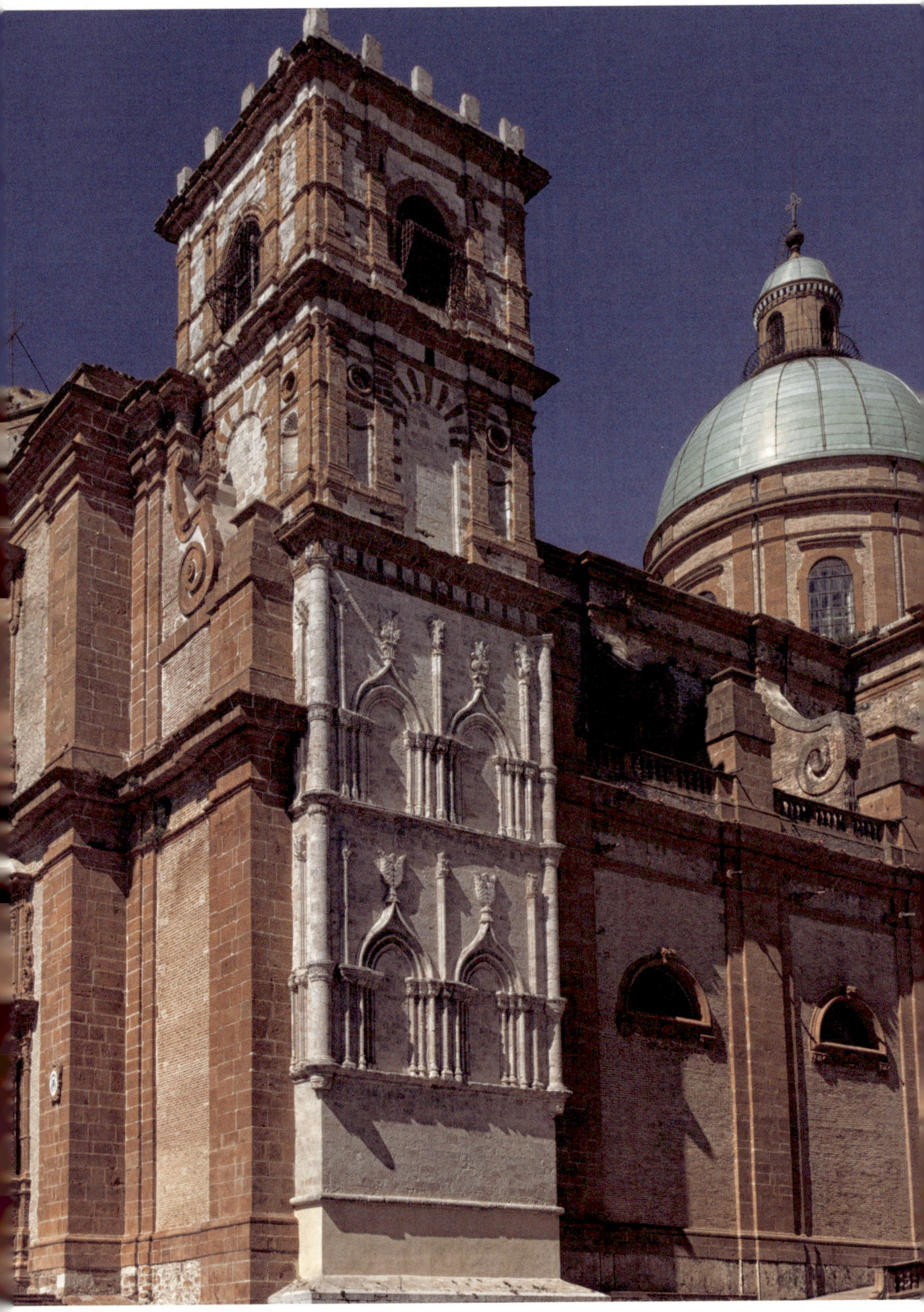

第 十 章

卡萨莱古罗马别墅

伴随着别墅一道重见天日的,还有那奢华精美的马赛克艺术,那一块块造型各异、色彩斑斓的马赛克地面装饰展示了当时罗马文明的各个方面:经济、宗教、政治和家庭生活。

一

　　我一直想去卡萨莱古罗马别墅（Villa Romana del Casale），刚到巴勒莫，就考虑去，但巴勒莫的包车司机安东尼说去那里的道路封山了。我到了阿格里真托，又向酒店前台咨询去那里的可能性，对方的答复是肯定的。

　　于是我设计了一张线路图，从阿格里真托出发，先去西西里岛的中心恩纳（Enna）看一下，然后途经皮亚扎－阿尔梅里纳（Piazza Armerina），去其附近的卡萨莱古罗马别墅，看完后，从西西里的中部去东部的锡拉库萨。然后让包车司机自己返回阿格里真托。

　　这条线路其实挺不容易的，要是让巴勒莫的司机安东尼出价，肯定惊人。但阿格里真托的包车价格还是很合适的，毕竟，现在是旅游淡季，有生意就很不错了。

　　我们特意关照派一位稍通英语的司机来，但第二天早晨我们坐到车上，才发现司机一点英语都不会。

　　坐在后面喜欢用英语交流的儿子着急了，他见我哼啊哈啊地与司机打哈哈，忙说："他什么英语都不会说，你为什么是啊是啊地乱说。"

　　这时，我还是挺自信的，因为我相信身体语言的重要性，到时候再配些英语单词，简单沟通还是可以的。

二

　　我在阿格里真托就一直在查恩纳附近的天气状况，恩纳最高处海拔1200米，下雨还不是最麻烦的，最麻烦的是大雾，能见度极低啊。

　　一路上，我一直在低头看手机上的恩纳天气状况。很讨厌，现在是大雾弥漫。

我看过人们去另一个山城埃里切的游记，他们也说早上山城雾气弥漫，伸手不见五指，但到中午，整个城市突然明朗了。

我希望到恩纳时，天空突然放晴。

但快到恩纳时，天气预报仍是大雾。

我觉得有必要与司机商量：我们不去恩纳了，直接走另一条道去阿尔梅里纳。

我想办法做出各种手势，希望说明我们不去恩纳了。这个司机很老实，只是朝我们微笑，车子还是往恩纳开。

恩纳分上城和下城，到了下城，雾并不大，眼见车子要往山上走，我拼命地摇手。司机好像懂了，他突然冒出了"Up"和"Down"。他的意思是："你不要着急，恩纳分上城和下城，我会带你去上城的。"

疯了，我只能看着自己的车子爬上山路，在大雾中前行。

我不知道司机会把我们开到哪里，我昨晚设计的线路图是去看一下恩纳最高处的城堡，在晴朗的天气下，能够看到辽阔的大地。

在目前这种情况下，还有必要去那里吗？司机老实得像台电脑，严格地按照输入的程序行动，这太玄了。

好在我们看到不断有车子从山上下来，说明上面还不至于有大问题。

车子好不容易进入上城，城中雾蒙蒙的一片，建筑物依稀可见。从雾中看去，好像有不少行人。在平日的西西里小镇，就是天气晴朗，也没什么人啊。

这有些类似电影中雾都伦敦的场景。我很喜欢这种雾中小镇的感觉，再次示意他在边上停一会儿。司机还是不懂，认真地向行人问路，最后冲向城堡。

车子终于停了。

城堡总算到了，除了眼前的城堡，什么都看不见。我登上去干什么？

我和司机比画了一番，意思是说我们原路返回，经过上城街道时停一下，让我们看看。

司机好像听懂了，然后开上另一条道路，在大雾中下山，直接往阿尔梅里纳奔去。

我放弃了与他沟通的希望，任由他吧，只是希望不要在大雾中出什么问题。

我们最终脱离了大雾，来到阿尔梅里纳。我什么也没说，车子倒是在大教堂前停下了。"巴洛克风格的大教堂建于17世纪，其所处的位置早先有一座15世纪的宗教建筑。教堂门前有一道台阶，具有16世纪矫饰主义的特征。教堂的正门十分独特，饰有文艺复兴风格的凝灰岩扭形柱。教堂的钟楼带有哥特–加泰罗尼亚特色，是那座15世纪古老建筑的一部分。教堂内部为巴洛克式，十分宏伟。引人注目的是华美开阔的圆顶。"（Valdes. *Art and History of Sicily*）

下雨了，我们不得不上车去卡萨莱古罗马别墅。

三

看来卡萨莱别墅不好找，司机问了不少人才找到目的地。

别墅深藏在山谷之中，让人难以想象这里有着伟大的古罗马马赛克艺术。

我们一开始在别墅的外边看了几处遗址，也看到了几块马赛克地砖，以为就是别墅的全部，有点失望，可终于找到了别墅的入口，才发现这真是一个巨大的宝库。

别墅上方都修建有木板通道，人行走在上面，居高临下地观赏房间墙壁和地板上的马赛克,这当然是为了保护文物。可不宜仔细欣赏,时间长了,很累。

回到上海,阅读了朱塞佩·狄·乔瓦尼所著的《卡萨莱古罗马别墅》(Di Giovanni. *Piazza Armerina: La Villa Romana del Casale*)。原书是意大利文,我看的是英译本,拼写错误不少,而且有些段落逻辑明显成疑,不知是译者还是原作者的问题。

以下内容即参考自本书,这应当是目前中文世界对被列为世界遗产的卡萨莱别墅最为详尽的介绍吧。

四

卡萨莱别墅坐落在一个田园牧歌式的清新山谷之中,盖拉河从旁缓缓流过,曼戈尼山环绕周围,依山傍水的地形构成了一道天然的屏障。

卡萨莱别墅遗址

卡萨莱别墅遗址的马赛克地面装饰

这幢晚期罗马式建筑结构的别墅早在19世纪初期就已广为人知，但完整的发掘是在几十年前决定将别墅改为博物馆的时候。

伴随着别墅一道重见天日的，还有那奢华精美的马赛克艺术，那一块块造型各异、色彩斑斓的马赛克地面装饰展示了当时罗马文明的各个方面：经济、宗教、政治和家庭生活。

这里有着罗马时代的西西里地区最为辉煌且最有价值的地面马赛克艺术，也是古代社会规模最大的地面马赛克：63个房间、42块彩色地面装饰、总计3500平方米、3000万块马赛克镶嵌块、37种颜色共同拼凑出如彩虹般绚丽多姿的图纹装饰。所有这些马赛克地面装饰是由来自北非的不同工匠队伍共同完成的，制作周期耗时21000天（一个工匠平均需要6天才能完成一个平方米的马赛克），也就是用了57年的时间。

五

别墅是由在四个不同层级的台地上建造的四座建筑组合而成，这四座建筑不论格局还是风格都是相一致的。最底层的台地上坐落着主厅的地下室、浴场和厕所；中层的台地上是列柱围廊和作为客房和起居室的贵族房间；第三层台地上是圆角长方形的列柱围廊和"三叶形"房间；最高层也就是第四层的台地上是带有拱顶和包间的长方形廊柱大厅，所有的包间都是面向长廊的。

这座别墅的美在于它蕴藏着几乎无穷无尽的惊喜，它就像是一个取之不尽的瑰宝，时时刻刻都能带给人们无与伦比的关于美的体验。

别墅的选址可谓尽善尽美，茂密的森林恰到好处地遮挡了西西里岛上的烈日，同时还为这一区域输送了新鲜的氧气。这里的日照时长平均为6个小时，这就意味着此地的日照时间一年要比米兰、都灵和伦敦等地多出1000个小时。

卡萨莱别墅的马赛克镶嵌画

六

卡萨莱别墅地处皮亚扎－阿尔梅里纳南面3公里处，位于卡塔尼亚－阿格里真托中央广袤的土地腹地。

我们没有确凿的证据证实别墅的实际建成年代，考古学家帕切认为其落成年代在公元4世纪到5世纪之间，而别墅的主人是公元335年的罗马元老贵族领事卢菲奥·阿尔比诺，他将这里建成一个度假休憩圣地。

帕切的学生G.V.真蒂利参与了1950年的考古发掘工作，他认为这幢别墅建于公元3世纪到4世纪之间，是罗马皇帝马克西米安的皇家狩猎场。

当时的古罗马有东西两位皇帝，均称为"奥古斯都"，各自拥有一名"恺撒"辅政，他们分别是东帝戴克里先和西帝马克西米安。

那个时代的大型别墅庄园在经济上自给自足，就像一个独立世界。然而，别墅自建成以来并非一帆风顺，公元346年的地震和公元1161年的山体滑坡彻底掩埋了别墅，不过这也保护别墅在此之后免受自然或是人为的损害。

七

这里再说几句有关马赛克艺术的常识。

所谓的马赛克艺术就是用一块块小型的镶嵌块拼接成图形的技术，这些镶嵌块大多是面积为1个平方厘米的颜色各异的大理石小石块或是五颜六色的小玻璃块。

马赛克艺术的起源应该在东方，马赛克来到希腊不久，就替代了地毯，成为风靡希腊的地面装饰。

古希腊时期出现了可以以"幅"来框定的马赛克镶嵌画，这些画作的制作耗时耗力，且成本高昂：先要按照买家的要求在纸板上绘出场景原稿，通过

多边形门厅周围的立柱

之后，工匠用一块块彩色玻璃、大理石和黏土等原材料进行实际操作。整个过程耗时漫长，工艺也十分复杂，拼凑一幅马赛克需要极大的细致和耐心。

八

卡萨莱别墅的入口呈罗马凯旋门的式样，带有三个拱门，拱门之间设有立柱和喷泉池。入口由石块垒成，大门朝西，进入大门就是多边形的门厅。事实上，当时的凯旋门是具有宗教意义的。

爱奥尼亚式的多边门厅中央有一座喷泉，门厅周围竖立着9根立柱。

多边形门厅左侧是半圆形厕所，厕所里用来冲刷秽物的小水管至今仍然保留在原地，流动清水的水管上有冲刷的痕迹，这应该是用来浸泡海绵的地方。海绵是绑在棍子上用于个人卫生的，使用过后会被清洗和晾干，以便再次使用。

这个厕所的空间和布局比我们想象中要舒适得多，进来解手的人在这里排排坐，两两之间也不设隔板，他们在这里一边解手一边社交，就好像他们在浴场里那样。

九

接下来就是浴场。

众所周知，古罗马人十分热爱公共活动，比如在圆形剧场看戏，但他们最喜欢的是上浴场洗澡。

从罗马暴君卡拉卡拉的沐浴方式中，我们可以了解古罗马人沐浴的过程：在更衣室脱了衣服来到运动室，在自己身上涂上一层药膏，然后做一些运动。之后要按照以下规矩开始沐浴：在蒸气浴室（一种土耳其沐浴方式）大量出汗后，来到汗蒸室，出完汗的他可以在这里的浴盆里洗个热水澡。然后来到温度相对适宜的暖室，这是从热水浴到冷水浴的过渡空间。

接着是来到按摩室接受按摩和刮毛，最后，来到冷水浴室，这是一个装修豪华但没有加热的八角形大厅。冷水浴是罗马人沐浴的最后一个步骤。

十

卡萨莱别墅的浴场是在早先的建筑上改建的，建筑师是来自大马士革的阿波罗多罗斯，他曾设计建筑了图拉真广场。这个浴场后来成为皇家浴场设计的典范，戴克里先和君士坦丁的皇家浴场均采用了别墅浴场的建筑规制。

别墅中开阔空间中那一条细长的建筑体原本是用来充作花园的，它和罗马那些宏伟的浴场一样，一直延伸到西南面，这样可以最大限度地延长日照的时间，浴场的开放时间可以从上午晚些时候一直延长到日落时分。

浴场里有14个大小不一的热水池，浴池上方是阿波罗多罗斯设计的穹顶。狭小的走道有效阻隔了热量的流失，巨大的窗户又给空间注入了日光和新鲜空气，也让里面的人得以饱览窗外的美景。

别墅浴场排列有序，房间配置对称的浴场结构采用的是皇家浴场而非私人浴室的规制。浴场东南部的日照最充足，汗蒸室和日光浴室在这里可以最大限度地获得阳光和热量。建筑规划简单而分工明确，房间分布十分合理，功能区之间的衔接也恰到好处，整体的设计既经济实惠，又极具装饰美感，再现了皇家浴场的恢宏与精致。

十一

别墅的更衣室是给沐浴的人们宽衣解带用的，这里装饰的马赛克镶嵌画上描绘的是正在穿衣或脱衣的男男女女（这就意味着当时的浴场是男女共浴的）。顺便说件趣事，我开始以为这就是别墅里最有名的比基尼女孩，试图拍照。但更衣室是面对室外的，当时的阳光让地板上的女子无论如何都是在黑暗中，无法拍照，急得我团团转。

据记载，别墅浴场的制热系统是由三个炉子组成的，这三个炉子给蒸汽浴室和汗蒸室提供了热量。长方形的蒸汽浴室位于中间，两边是两个汗蒸室。

蒸气浴室是一个炎热干燥的房间（4.21米×4.27米），它是用来蒸桑拿或是给那些需要治疗皮肤病的人使用的。浴室开有两个洞，这两个洞一直延伸到炉子的外围，热量通过这两个洞向内部扩散，导致房间的温度高达60摄氏度。人们在这里行走，脚上只能穿木底凉鞋。热炕上方悬空的木板至今仍保留着。

一间汗蒸室（4.25米×4.25米）和蒸气浴室相连，朝东，里面有个长方形的浴盆，是用来洗热水浴的。这间汗蒸室可能是给男人使用的，室内的墙壁和陶瓦管道相互隔离，管道内部有孔以扩散热量。

这间汗蒸室面向花园开设的窗户可以充分吸收阳光。用来保护浴盆的一层铅板至今仍保存完好，马赛克的图案上展示着一个戴着常春藤的年轻男子。外墙大窗户面朝东南方向，这是为了充分吸收阳光。

另一间带有半圆形浴盆的汗蒸室（4.21米×4.27米）和蒸气浴室的南部相连，是给女人和老人使用的。窗户面朝西面，输送水流的管道是铅管。

如今半圆形浴盆已经遗失，其功能和用处也成了未知之谜。

十二

一道大门将汗蒸室和暖室阻隔开来，暖室的温度相对适宜，它是进入冷水浴室之前用来调节体温的过渡空间。暖室是带有两个半圆形室的长方形空间

（17.2米×4.9米）。当时的温度控制在25摄氏度上下，这是为了避免沐浴者适应不了突然的冷热交替。

暖室的温度非常温和，适合沐浴者沐浴之后在此休憩，晾干身体或是阅读。两个炉子设在室内的两个半圆室，它们将热量均匀散布于走道的空间中，走道由两根陶土瓦片垒成的立柱支撑。现存的走道上装饰着马赛克，表现的是年轻人火把接力的竞赛，最快结束比赛、同时火把还未熄灭的人才能获胜。残存的马赛克上我们还能看到火把的光亮和火光下的手臂剪影，两队人马分别以红色和白色来区分。

十三

按摩室位于暖室旁，这是一个小型的四方形空间（3.35米×3.35米）。留存的马赛克上，一个奴隶正在给领主按摩，表明这里是给沐浴者放松身心、为接下来的沐浴做准备的地方。另一个奴隶手持一瓶油膏和一块刮身板，所谓的刮身板是一种类似于挂钩的青铜器械，当时人们也拿它做牙刷。我们在阿格里真托地区考古博物馆内也见过实物。

画面中，奴隶的腰带上写有古罗马皇帝提图斯和卡西乌斯的名字，身上是典型的奴隶装束，脖子上戴着长长的用来抵御恶灵之眼的项链。这些人很可能是浴室清洁工，他们右手提着水桶，左手提着拖把。侍浴的仆人数量惊人，每个人都有各自的分工：刮毛师、按摩师、侍浴者，还有专门负责为主人出浴后提供衣物的仆人。

十四

冷水浴室是一间带有圆屋顶的八角形浴室（每边长9米），地面中间的马赛克镶嵌画上描绘的是一支航海队伍：上面有四艘船只，船上装饰着海之女神涅瑞伊得斯、法螺，还有带翅膀的小孩子，这些形象都有一股自然的动态感。这间造型优雅的浴室里有两个游泳池、四个更衣室和两条过道。

这间浴室是罗马建筑的杰作，它和罗马附近蒂沃利的哈德良别墅里的八角形房间有很多相似之处。事实上，皇帝哈德良希望通过建筑的曲线感、圆屋顶、拱顶和半圆室等浪漫元素来增加自己别墅的活泼灵动感。

这间冷水浴室拥有精湛的立柱式结构，这种源自叙利亚的建筑核心概念在于将空间划分两个部分。其实，浴场里几乎所有的空间都遵循轴对称这一建筑法则：包括健身房、冷水浴室、按摩室、暖室、汗蒸室和炉子间。

冷水浴室的特别之处在于那两个没有遮盖的沉浸池，渡槽上的管道直接和池子连通。这两个池子是用来给沐浴者沉浸浴的，那些或是长方形或是半圆

浴室的马赛克镶嵌画

冷水浴室

形的池子则是用来游泳的。

这些沉浸池很有可能是专门给女人、老人和残障人士使用的，热炕系统会将池子加热，冷水池则是给健康的男性使用的。

八角形浴室四周有四间带有弦月窗的更衣室（3米×3.12米）。弦月窗上的马赛克描绘的是更衣的场景，G号弦月窗上描绘的是一个年轻人坐在豹皮装饰的凳子上，穿着一件浴袍等待奴隶过来服侍，他右侧的奴隶给他递了条腰带，左边的奴隶则准备为他穿上束腰外衣。F号弦月窗上描绘的是一个年轻人正在穿束腰外衣，装饰有希腊图案的衣服长度刚好到他的膝盖，他刚刚脱下自己的斗篷，旁边的奴隶正在给他脱凉鞋，右边的奴隶手上拿着他的浴袍。

十五

卡萨莱别墅的浴场虽然繁杂，但大多在露天。

下面才算真正的登堂入室，也是马赛克镶嵌画大放光芒的开始。

走上四层台阶就来到了前厅，其入口呈镊子状。之所以叫前厅，是因为这里供奉着家里的女灶神维斯塔，所有的来访客人（自由民或是穷亲戚）在这里按照各自的身份依次和主人见礼，而所谓的见礼是具有一定的目的的。事实上，主人在接受了来访之客的亲吻礼后，都会给来访者礼物或是金钱作为回礼。

大厅中间的马赛克是几何图形的，画面颇有些残缺，上面显示的是"adventus Augusti"，即给皇帝马克西米安的问候。一个穿着白衣束腰外衣（镶紫红边白长袍）的人手持烛台，他的身后是两个拿着橄榄枝的年轻男子：根据传统，这两个人是负责表达对于重要来客的热烈欢迎的。

大厅里的马赛克画面中还有一些奴隶，他们是给来客扶帷幔的。有一名通报官，他是向主人通报来访者的名字的。所有这些人都要听命于总管，有一名副总管负责协助总管，这些人在主人和来客的关系中扮演着至关重要的角色。

十六

拉里小神殿（lalarium）是每个古罗马家庭必备的元素之一，它是装饰了菱形马赛克的半圆室，马赛克中间是一个月桂树花环，花环中央是一片常春藤树叶。

拉里小神殿前坐落着家庭的守护神，家庭内部的供奉仪式就是在这里举行的。每一个古罗马家庭，为了家族的延续需要做两件事：要有一个装满粮食的粮仓，还要有健康强壮的后代。人口统计学家的研究数据是，奴隶的平均寿命是25岁，工匠的平均寿命是35岁，官僚则为37岁。

所谓的"拉列斯家族"，就是有家庭守护神和幽灵守护的家庭，他们看护着家里的粮仓和主人的灵魂，是古罗马家庭的真正精神支柱。

古罗马的家庭格局和我们现代家庭格局完全不同，所有的人都生活在同一屋檐下（父母子女，奴隶和自由民，甚至还有来访者的一家子）。即使是家族中故去的人也会化成幽灵（拉里）留在房子里守护着子孙后代，这里的祭坛就是用来供奉他们的：牧师通常会在祭坛前集合众人举办特殊的祭祀仪式。例如，男子到17岁就要穿上宽外袍，他们会把一直带在身边的两块黄金奖章制成的大奖章环饰放到拉里的脖子上；当奴隶恢复自由身的时候，会把曾象征奴隶身份的旧链子放在拉里的面前，以示恢复自由。

十七

古罗马房子之间是通过列柱围廊来连接的,列柱围廊也是古罗马房屋的重要组成部分之一,可以在人们会面时作为起居室使用。

由32根柯林斯式立柱围成的长方形开放式列柱围廊缔造了优美的景致,光影在这里错落有致,别具美感。庭院里优雅的喷泉更是让来访者对这座精美绝伦的贵族宅邸留下了深刻的印象。

宽敞而优雅的列柱围廊占据了别墅的主要区域,其周围环绕着13个房间:东边的房间展现了别墅的风格,西面的房间更注重功能性。列柱围廊地面上装饰的马赛克镶嵌画上描绘了160个戴着桂冠的动物头颅圆形浮雕。

古罗马人热爱花卉和植物,经验丰富的植株和景观园艺师将庭院里的植物修剪成两两对称的模样,喷泉水流淌于植株、雕像、微型柱和精致的庭院装饰物之间,共同创造了一个精致而和谐的居住环境。

浩大的庭院坐落于四堵高墙之间,特殊的设计使得庭院空间里拥有永久的"清凉",这种清凉感就好比现代的空调制冷。想来,当时的领主非常享受在这样的庭院里和自己的朋友边走边聊,顺便还能享受美景和清凉。

除了金碧辉煌的装修,别墅主要能提供舒适愉快的生活环境。出于这一目的,别墅在设计的时候只允许阳光从一面透过来,另一面则沐浴在凉爽的阴影之中。

庭院的周围是走廊(长138米,宽3.8米),这让别墅里的人在任意时间都可以自由选择是沐浴在阳光下,还是在阴影处享受沁凉。当时有特制的医学表格用来提醒人们每天饭后要花多少时间来走廊散步消食,以维持健康的体魄。

十八

走过步行桥，穿过一个三角形的院子，我们来到了一个小型的私人厕所，其地面上的马赛克描绘着奔跑中的动物。厕所里沿着弯曲的墙面设置了10个便池，便池里也设置有用来冲洗的活水管道，管道顺着墙壁的方向，便于将秽物冲走，这个厕所的设置几乎和普通的现代厕所如出一辙。厕所里甚至还有我们现在称为"净身盆／坐浴盆"的长方形坐盆，它取代了现代的厕纸，当时是专门用来清洗下体的。复原图中人物手持的条状物末端是块海绵，这是用来擦拭的，用完之后，人们会将其洗干净放在一边晾干，以便再次使用。

小型私人厕所复原图，资料来源：Di Giovanni. *Piazza Armerina: La Villa Romana del Casale (Morgantina)*。

十九

紧随厕所之后就是竞技室，或者可以称为健身房。这里的马赛克装饰画描绘了竞技场中四马二轮战车赛跑的热闹场景。

竞技场里有12辆战车，分成4个分队：绿队象征维纳斯，代表皇帝和臣民供养；红队象征战神，代表对反对派的歌颂；白队象征朱庇特，代表反对派；蓝队象征涅普顿，代表参议院和贵族。马赛克上的竞赛画面成为令人难以忘怀的历史记忆，这也许是古罗马慵懒生活的体现吧。

所有这些场景都位于竞技室的半圆室及其延伸的狭长区域，长度为21.7米。主题则是四辆刚刚离开马厩、通过了障碍物的马车，6名小腿上绑着带子的助手拿着双耳瓶给车轮浇水，以避免摩擦导致车轮过热而自燃。领先的战车以非常快的速度在前方飞驰，后面紧跟着的战车也没落后多少。驾车的车夫兴奋得几乎喘不过气来，他的右手持鞭、左手拿着缰绳，正不遗余力地赶着马儿朝前飞奔，试图激发出马儿的最大潜力，同时他的目光看向后方，以确保自己不被轻易超越。比赛的激烈和兴奋无一不在感染着观众。

第二幅图是胜利者到达终点的画面，绿色战车率先越过了终点线，红色的战车稍稍落后于绿队，位列第二。

描绘竞技场的马赛克镶嵌画

冠军头戴皮革制的头盔，穿着绿色的短外衣，从下巴到胸前是一条条极具特色的皮制腰带，这是为了防止选手在高速前进时坠落。

冠军获得了象征胜利的棕榈树枝。站在裁判旁边的是一个穿着宽外袍的人，他是负责比赛调度、发号施令和颁奖的。拉战车的马匹仍然处于兴奋状态，但还是驯服地停了下来。马赛克艺术家非常精准地刻画了四马二轮战车中的马儿形态，让人一眼就能看出哪匹马最重要——左侧肌肉发达的那匹。这匹活力四射而勇敢的马是决胜的关键角色，参赛的马知道如何绕着Meta（比赛场地上的某个标志物或障碍物）奔跑，同时还能巧妙地避免碰触它。选手和马匹之间要存在一定的默契和信任度。艺术家为了体现关联性，用红色来刻画马儿的腰部，将其和其他马儿区分开来。

马匹的身上装饰着金色的配饰和铃铛，鬃毛编成了辫子，连同背部都撒上了金粉，这样马儿在奔跑的时候，远远看去金光闪闪的。马尾巴打了结，防止奔跑的时候和其他马儿的尾巴缠绕在一起，这些马的尾巴上都装饰有常春藤枝丫，这些枝丫是用来阻挡恶灵的。

第三幅画作上描绘的是两辆并列的战车绕过Meta时候的场景，这主要仰仗最左侧（内侧）的马，相当于一个180度的大转弯。热衷于比赛的选手通常会拿自己的性命来冒险。战车后面的男子脸上流露出的极度痛苦的表情透露出选手内心的恐惧，也表明了这个转弯的危险度。

这幅马赛克画作的制作者非常清楚应该如何掌控人物内心深处那种骄傲、焦虑、喜悦、痛苦、勇气和自信混合而成的复杂情绪，通过情绪的渲染，画面上呈现出来的欢愉气氛远远比不上死亡这个主题制造出来的危机感。

继续向北，我们可以看到边上的两队战车——分别是蓝队和白队。这是胜利的时刻，一位骑士带领诸位选手来到位于裁判席下方的颁奖台，获胜的选手可以享受古罗马最高的荣誉，他们可以享受人们致以的最高礼遇。

二十

我们接下来看到的是梯形私人更衣室，地面上铺满了马赛克镶嵌画，沿着墙壁则摆放着长凳。马赛克镶嵌画描绘的是别墅女主人带着两个孩子去洗澡的画面，随侍在侧的是一对奴隶，他们手上拿着装有衣物的盒子，还有装有香膏、瓶器和雪花石罐的篮子和袋子。女主人的头发向后梳起，这是古罗马帝国流行的发式，可以充分展现鹅蛋脸的美。

画面中女主人的无名指上戴着一枚婚戒，据说古罗马人相信无名指上的小血管直通心脏。

下面是服务室、内房（奴隶的房间）和厨房，服务室地面上的马赛克是八边形几何图案构成的希腊十字组合。在阿拉伯-诺曼时期，这间服务室被改造成炉子间。

内房和厨房相连接，地面上的几何图案是由六角星和六瓣花组合成的六边形。

二十一

描绘了掳奸萨宾人的卧室令人印象深刻。

这里的马赛克描绘了正在跳舞的6对新婚夫妇，每位新娘的舞姿曼妙而优雅，女子的头发用头纱束起，身上的衣裙色泽艳丽，手上还戴着手镯，看起来更像是东方人而非罗马人，画面上生动的颜色突出了舞者的舞姿。

画面右侧的一对男女，男子试图抓住正在用右手拼命抵抗的女子，下方一幅破损的马赛克图案上描绘的是一个男子正拖着一个女子离开，其左侧的画面上描绘的是一个男子从地上举起一位女子。

有专家认为这些画面只是普通的舞蹈场景，也有人认为画面上描绘的是拉丁山区住民掳奸萨宾人的传说，也是古罗马的由来。

就在古罗马建立后不久，城邦里的女人非常少，古罗马的创建者罗穆卢斯向城邦周围的村庄派出使者，但没有人愿意献出自己的女人。为了繁衍后代，罗穆卢斯修改了婚姻法则，从原来的同族通婚修改成允许任何非正常手段（如强暴）而产生的异族通婚。

之后，罗马在庆祝涅普顿盛典时举办大型游艺活动，邀请许多外邦人来参加观礼，每一个来到罗马的外邦人都对这个新建的城邦充满了好奇心，特别是萨宾人，罗马的城民甚至邀请萨宾人参观自己的私宅。等到所有人的目光都聚集在游艺活动的时候，罗马的年轻人就开始强奸前来观礼的外邦女子。这些女子的父母见罗马人如此张狂，都逃走了。萨宾的男人事后感到无比愤怒，于是他们拿起武器向罗马人发起进攻。在决战的前一刻，萨宾女人因为无法忍受双方亲人的死亡，纷纷抱着和罗马人生下的幼子来到两军之间，阻止双方厮杀。故事结局皆大欢喜，罗马人和萨宾人从此和平相处，两族人一起缔造出了辉煌的古罗马文明。

二十二

小狩猎室（起居室）是个高潮。房间朝南，根据它的地理位置，这间房间是非常适宜冬季起居的。马赛克上描绘的是狩猎的场景，这是我们研究当时流行的娱乐活动的重要参考资料。

狩猎是罗马上层阶级的娱乐项目之一，他们十分热衷于骑马或是徒步去搜索森林、田野或是沼泽地，以期捕获一些珍贵的猎物来给自己加餐。如果是

小狩猎室的马赛克镶嵌画

猎鸟,他们通常还会使用猎鹰。

马赛克上表现的狩猎不是为了加餐或是保护植被不受狼群踩踏,而是为了享受和消遣。猎人们都穿着带有斗篷的短外套,穿着长袜子,他们或是在用武器狩猎,或是在用网准备套住猎物。

野猪和野兔是非常受欢迎的猎物,鸟类也是不错的狩猎对象。马赛克场景上的猎人带着套索和猎网,还让猎鹰去追捕那些小型动物。

这里的马赛克画可以分成五个部分,看起来就像一幅巨大的画作(长7.3米,宽5.9米),每一个人物都被刻画得栩栩如生,色彩的应用、艺术技巧的娴熟无一不展示着创作者那惊人的艺术功底。

从北部开始,向西的第一部分,我们看到的是一个牵着一灰一褐两条猎狗的仆从,他前面的另一个仆从正在激励猎狗去追逐狐狸。

第十章 卡萨莱古罗马别墅

第二部分的画面上描绘的是两个仆从正在试图拖动被猎网困住的野猪，他们快要靠近供奉阿特蜜斯的祭坛了。而那头身上戳着杆子的野猪全身都被绑住，一条猎狗正试图撕咬它的头部。然后是人们将这头野猪作为牺牲供奉给狩猎女神阿特蜜斯的场景，这位处于祭坛上的女神一手举着弓，另一只手则拉着一支箭。祭坛场景的两侧各有一个年轻人拼命拉住准备飞奔而去的马儿。这一部分场景的最后一幕是一个猎人手上拿着一只刚刚被杀死的野兔子。

第三部分描绘的是在猎鹰和粘鸟胶的帮助下猎捕画眉的场景。画面正中央的一些猎人正在准备大型户外野餐，系在两棵橡树上的红色大帐篷下，五个人围坐在条纹褥子上，一个黑奴在看着烤鸭子的火，仆从们从篮子里拿出面包和两瓶红葡萄酒摆在猎人们面前。右侧的场面描绘的是猎狗在土洞周围围捕野兔，两条猎狗冲出去，追捕那只躲在树丛后面的猎物，猎人骑着马正准备用双尖长矛去刺杀猎物。

小狩猎室马赛克镶嵌画：人们将野猪供奉给狩猎女神

小狩猎室马赛克镶嵌画的细节图

最后一部分描绘的是猎鹿的场景，猎人将猎网铺在森林间的小径上，当鹿跑过的时候，就可以收网将其困住。场景右侧描绘的是猎捕野猪的场景：一个猎人用石头砸野兽的脑袋，后者正试图袭击另一个受伤躺在地面上的猎人。

二十三

主题为"大狩猎"的马赛克镶嵌画装饰的是一条狭长的走廊，走廊长59.63米，宽3米。这幅镶嵌画代表了别墅艺术的巅峰，对于主人而言，这幅庄严的画作上描绘的场景必然是和他的日常生活完美契合的，所以他要求这幅画必须具有逻辑性、真实性和连贯性。

之前我们看到了很多单独的狩猎场景，这里的系列场景却是将狩猎活动提升到经济活动的层面上。

大狩猎马赛克图景上呈现的狩猎远征很有可能持续了一整天，而且辗转了几个地区。之所以这么认为，是因为南、北两个半圆室里展现的是两个不同的地区：北部半圆室是拥有熊和豹子的阿非利加地区，南部半圆室是拥有大象和老虎的印度地区。

两片海域的中间是罗马港口，所有的野生动物都是从这个港口抵达罗马的。为了让图像上的故事更加生动真实，画面的背景满满都是山丘、树木、岩石、山谷、海洋与河流。阿非利加地区的五个省区从左往右依次排开，我们首先看到的是人们在阿非利加北部猎捕野生动物：毛里塔尼亚（摩洛哥）的带着标枪和盾牌的猎人们正在用一只死山羊作为诱饵试图诱捕豹子；努米底亚的猎人们正在捕猎羚羊；阿非利加总督区的猎人们正在围猎一头狮子；而在比扎彻纳·瓦莱利亚·阿非利加，人们正在捕猎一头野猪；的黎波里塔尼亚的猎人则在猎马。

主题为"大狩猎"的马赛克镶嵌画

所有捕获到的动物都会被装进一个个牢固的笼子里，扛在肩上，或者被安置在叫作angarias的牛拉货车里，被运到迦太基，然后在海上航行三天，从迦太基运往罗马。

整个运输过程是由一名长官抽打着一名奴隶来完成的。那些被带到步行桥的动物货物是两只鸵鸟和一头羚羊，当它们到达罗马港，这些动物就会被卸下来。

另一边的半圆室里呈现的是一个具象的印度寓言故事，其主题也是狩猎远征。

首先登场的是一个叫斯诺特的带翅膀的动物，它抓住了一个被人们放了诱饵的笼子。

这种叫斯诺特的动物长相神奇，有着老鹰的头，狮子的身体，是用来献给阿波罗的。罗马人认为这些礼物居住在印度群山上。

接下来的场景是猎捕老虎幼崽：一名骑士被老虎穷追不舍，情急之下扔出了一颗水晶球，母虎在水晶球上看到自己的映像，认为这个映像就是自己的幼崽，便不再追骑士。另一个骑士就悄悄接近幼崽将其捕获，并将它们带上了船只。

画面的上部分描绘的是一头狮子咬住了一头野驴子，还有一头豹子正在袭击山羊宝宝。再往上的左侧，一头母狮子杀死了一只羚羊后，转过头，目光威胁地看向猎人。画面上羚羊的动作和色彩堪称完美，羚羊跑得非常快，可即便如此，仍然无法逃脱猛兽的追杀。一个穿着制服的水手，他的衣服上装饰着古印度的万字饰，这是古代象征太阳的符号，它代表了太阳的周期和四季的循环，是用来抵挡恶灵之眼的。

画面的下方是去港口的牛拉货车，货车上有一个类似烟囱的管道，这个

母虎在水晶球上看到自己的映像

一名长官抽打着奴隶将被捕获的动物运走

羚羊的动作和色彩堪称完美

沼泽地里的河马和犀牛

画面中间的三个男人,其中有胡子的长者很有可能是别墅的主人

一头被困在猎网里的大象

管道是用来给里面的动物补充水分的。

再往下中间的画面上，我们可以看到三个男人，其中一个是有胡子的长者，他的手撑在蘑菇状的棍棒上，戴着潘诺尼亚式样的帽子（真蒂利等学者一致认为这是罗马皇帝马克西米安的画像，其他人认为这只是一名罗马高级官员的画像，很有可能就是别墅主人）。关于马克西米安画像的假说并没有什么说服力，因为罗马城民永远也不会接受把自己君王的画像踩在脚底。

整幅画面的中间部分，那精妙绝伦的马赛克上描绘的是沼泽地里的场景。笨重的河马活力十足，犀牛被牵往运输地。

极具动态感的画面上，野牛在不遗余力地抵抗，试图挣脱捆绑自己的绳索。因为一块木板，公牛角丧失了攻击力，与此同时，一头被牵住的老虎的嘴巴里也塞上了类似的木板。此外，画面上的一头小羚羊和一头单峰骆驼以及一头被困在猎网里的大象看起来也都非常漂亮。

二十四

装饰有比基尼女孩的卧室是卡萨莱古罗马别墅马赛克的招牌。

列柱廊南面的走廊边上是隶属于主人套间的两间服务室，第一间的地面设计类似走廊地面上的几何图形，上面装饰的是这幢别墅里最有意思也最令人好奇的马赛克图案：十个年轻女子穿着洗澡用的衣服站在池子边上锻炼。真正让我们觉得不可思议的是她们身上那少得可怜的衣物。画面上的女孩们在竞技奥林匹克五项运动，呈现出来的是其中三项：跳远、掷铁饼和跑步。

整个画面由上、下两个部分组成：

画面上方的左侧，一个女孩抓着扶手准备好弹跳，另一个女孩在掷铁饼，最右侧两个女孩正在赛跑。

马赛克镶嵌画：比基尼女孩

　　画面下方左侧的马赛克上描绘的是一个女孩获胜的场面，裁判正在给她颁奖。获胜的女孩右手正准备接过奖项，左手则在旋转着黄金圈。她旁边的女子处于场景中央，头上戴着一顶玫瑰制成的花环，她的左手拿着象征胜利的棕榈树枝。最右的两个女孩在玩彩球，球的外表五颜六色，是洗浴时通常会用到的健身器械。

　　这些镶嵌画展现了古罗马艺术大师们非凡的艺术功底和对希腊元素的完美借鉴，此外，还呈现出伊特鲁里亚特有的真实感。画面上的女孩非常年轻，她们的身体表明只有二十来岁。

二十五

装饰着小丘比特收获和压榨葡萄场景的奢华餐室。

古罗马人十分重视农业,将农业视为其社会发展的根本。每一个上层社会家庭的财富都和土地密切相关,农业也一向被视为贵族产业,和其他任何产业截然不同。

马赛克场景上展示了主人的丰收成果,其作物也不再是奥古斯都时期仅有的小麦了。

那时只有贵族才种得起葡萄、橄榄树和其他水果,因为这些作物非常昂贵,需要生长好几年才能结出第一批果实,当时只有贵族才能等得起。为了获得品质优良的葡萄,一个种植户每25公顷葡萄田至少要有15个奴隶劳作。

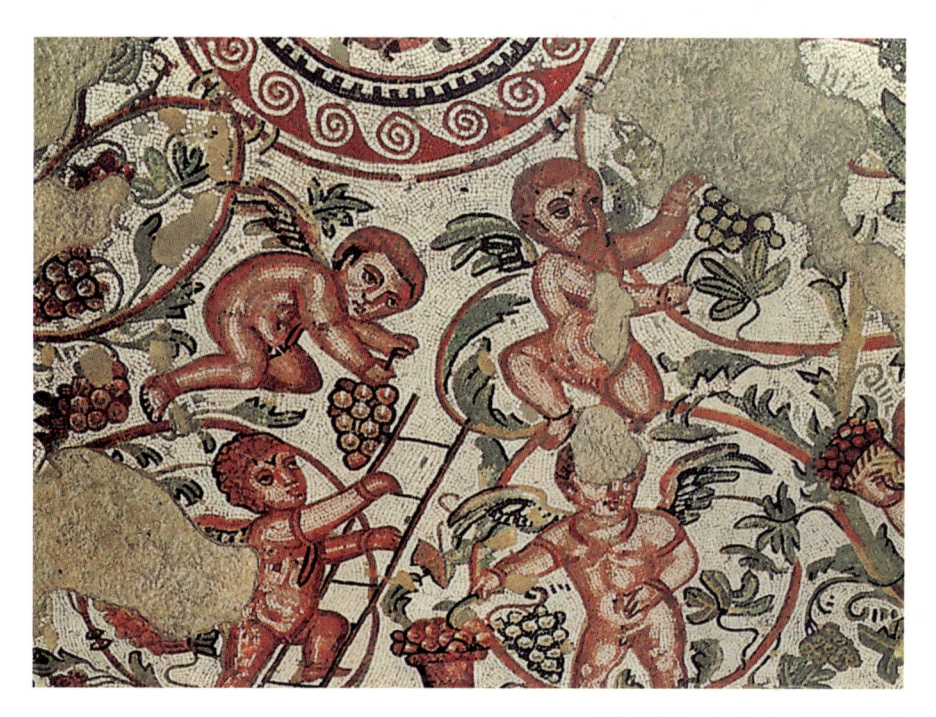

马赛克镶嵌画:小丘比特收获葡萄

二十六

三叶草房间。

之所以称其为三叶草，是因为正方形的主体房间（12米×12米）三面设置有半径为2.5米的半圆室。

三叶草房间的马赛克装饰让我们回到大力神赫拉克勒斯的故事，传说他打败了恶魔，甚至战胜了死亡。这幢别墅相当一部分的地面马赛克装饰主题都和大力神有关，他是皇帝马克西米安的守护神。这里的大力神也可以解释为象征着马克西米安为了帝国的福利而做出的努力。

地面马赛克上描绘了大力神的种种功绩：先是驯服了戴奥米底斯的母马，据说戴奥米底斯喜欢吃人，后来被一群骑士拉下了马。大力神在一条叫拉多尼斯的龙和一条身上长着彩虹色鳞片的蛇的指引下，从金苹果园里获得了象征财富的金苹果。

赫拉克勒斯又驯服了马拉托纳的公牛，这头公牛是海神涅普顿的，它曾经战胜涅灭斯的狮子，解救了世界；据说这头狮子的表皮无坚不摧，一般的武器根本伤不了它（但画面上的狮子已经奄奄一息了）。

三叶草房间的马赛克镶嵌画

大力神还杀死了勒尔纳九头蛇,画面上的这条雌性水蛇朝向后方的一个头正被大力神斩断。

他带走了穿着鳞片盔甲的热里翁的公牛群,热里翁有三个身体,他用一条七头龙和一条有两个头的狗控制了数量可观的动物群。

他捕获了专门为祸乡里的赫利曼图斯的野猪和瑟里涅那拥有金鹿角和铜足的母鹿。

他清理干净了奥吉亚的马厩,把积攒了30多年的粪便清理干净,这些粪便是跨越了两条河流而来的3000头牛拉下来的。此外,这幅马赛克画面上还有一个干草叉。

最后,大力神从地狱带走了一位阿提卡的英雄提修斯,避开了带着锁链的冥府三头犬刻耳柏洛斯。

二十七

画作的中央是色雷斯的国王戴奥米底斯坠马的场景,我们甚至可以看到他眼睛里流露出来的恐惧,因为他知道自己已在劫难逃,注定会沦为自己骏马蹄下的一摊肉泥。

画面下方右侧描绘的是大力神加入阿尔戈英雄的远征队伍,后者是一群觅取金羊毛的希腊王子。

在餐厅左侧的半圆室里,我们可以看到主神朱庇特在奥林匹斯山欢迎凯旋的大力神。

其下方左侧是达芙妮的变形。达芙妮是月亮女神狄安娜的信徒,她为了逃避阿波罗的求爱正在变成一棵月桂树,阿波罗就用这棵月桂树的树枝给自己打造了一顶冠冕。这顶冠冕在很多艺术作品中都出现过。

右边是库帕里索斯的变形:他为了逃避阿波罗的求爱而逃到了叙利亚奥纳提斯河边,在那里他被变成了一棵柏树。这是一棵象征着哀悼和深深的悲伤的树木,所以人们通常会在坟墓旁边种植柏树。

房间正中(东边)的半圆室内描绘的是巨人的战争:5个身形巨大的巨人——被大力神撂倒,他们绝望、愤怒,试图将那些致命的箭矢逼出体外,摆脱那些恼人的蛇的缠绕。画面十分具有戏剧性,巨人的绝望和大力神的果断形成了鲜明的对比。这个传说象征了大自然的残忍和大力神的胜利。

巨人的战争(细节图)

马赛克镶嵌画:巨人的战争

二十八

罗马人热衷于正式的晚宴，当时的主人在自家的宅邸里宴客，服侍在侧的奴隶仆从人数众多，宴会规模十分庞大。

别墅里设有好几个宴客的餐厅（躺卧式餐厅），每个餐厅都有自己的名称，每个餐厅的设置和给出的菜单也不一样，别墅的主人会先说出餐厅的名称，这样一来，管家就会知道主人这次宴客的级别，人数规模，要做哪些准备。

假设这次是在大力神餐厅举办酬神晚宴，客人们进入别墅就会受到最好的礼遇和款待，侍奉的奴隶先将客人带去盥洗室，伺候客人在贵金属打造的水池里洗手。一些奴隶会帮客人提鞋，另一些则给客人递上毛巾擦汗。奴隶们虽然人多，但侍奉起来井井有条，客人们脱下厚重的制服，换上了奴隶们奉上的轻便袍子。他们披着袍子，却从不打结，因为结上闭合的圆圈象征着坏运气。出于同样的原因，这些客人也不会佩戴戒指或是穿带有结或索套的长袜。穿着外袍的客人穿过椭圆形列柱廊，主人就在尽头餐厅的入口处迎接他们。

二十九

这间餐厅在别墅里扮演着非常重要的角色：客人可以从这里看到列柱廊和别墅那辉煌的罗马式建筑，主人用在别墅上的心思尽善尽美，但最重要的是他希望得到仁慈神祇的护佑。

餐厅不仅是活人的世界，也是死灵的世界。阿萨托拉的马赛克装饰面板（收藏于梵蒂冈格里高利波罗法诺博物馆）展示了一种非常古老的传统：掉在餐厅地面上的食物是不能清理的，因为这是给死灵的食物。

餐厅的三个半圆室可以容纳三桌人，也就是能容纳27个人同时用餐。

宴会上的话题必须轻松愉悦，如果有个客人不小心说到了火，另一个客人马上要把水浇在桌子下的地面上，假装扑灭火，将坏运气从餐桌上踢走。

晚宴过后的庆祝活动就是给客人奉上美酒和美人，一般来说，每个人喝酒的杯数要和自己名字的字母数量相一致，通常是20杯上下。漂亮女人的加入使得这场晚宴正式结束——客人和美人寻欢作乐去了。

帝国时代的别墅是享乐的天堂。"浴场、美酒、女人，这就是生活"——这是古罗马帝国时代的丧葬铭文。

三十

一间带有半圆室的餐室兼起居室。

地面上的马赛克镶嵌画上描绘着海豚解救乐师阿廖内的故事。阿廖内是那个用竖琴迷惑了梭尾螺、小丘比特、河马和一众海洋生物的乐师。看到这些马赛克镶嵌画，就好像是在阅读奥维德的作品："哪一片海、哪一块土地是阿

马赛克镶嵌画：阿廖内坐在海豚的背上弹奏八弦竖琴

里翁（也就是阿廖内）不知道的？他曾是那个用歌声让流动的水流静止的人啊，狼听见了他的声音，就会停下追逐羊的步伐；羊也会因为听见他的声音而停止奔跑，忘记自己正在躲避贪婪的狼的追逐。兔子和狗一道停下了脚步，紧挨在一起聆听他的声音，母鹿和雌狮一道站在悬崖边上。"

半圆室里的马赛克上描绘了海神、父神创作万物的场景，古人认为我们的土地和海洋被一条巨大的河流环抱，古罗马人认为台伯河就是罗马的守护神河。马赛克上的阿廖内舒适地坐在海豚的背上弹奏八弦竖琴。他头戴弗里吉亚帽，身穿带有海浪波纹的斗篷。画面上诠释了水生生物和内陆的陆地生物：鱼、兀鹫、梭尾螺、半人马、河马、豹子、老虎、狮子和狼。

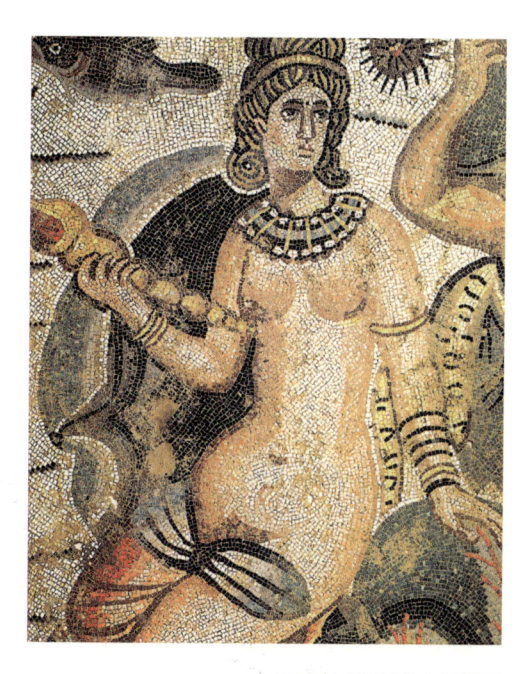

餐室地面的马赛克镶嵌画

三十一

接待室大厅。

这个开放式大厅里装饰着爱奥尼亚式立柱和一个半圆形的前厅，通过前厅就能进入各个房间。

这个开放式的大厅是精彩的罗马式建筑，中间还设计了个喷泉，别墅主人在地面装饰和大厅装潢上可谓用心良苦，精美绝伦的马赛克上描绘有小丘比特乘船捕鱼或是和鸭子嬉戏的场景。大厅后面则是一道长长的柱廊。

卵形的柱廊装饰着捕鱼场景，用作躺卧式餐厅。古罗马帝国时期，捕鱼是个非常繁荣的行业，除此之外，它还是十分流行的运动。

马赛克镶嵌画上描绘的是日常生活，小丘比特取代了人类成为这些场景里的主角，画面上的细节呈现出当时古罗马人对于田园牧歌式生活的品位。画面背景上描绘的是别墅门前的捕鱼场景，捕鱼的工具有渔网、三叉戟、鱼钩和渔栅，这也是我们现在还在使用的工具。这些场景也许发生在别墅里修建的人工鱼塘中，当时的上流社会人士会在自家的别墅周围开凿鱼塘养殖鱼苗，罗马富人吃的鱼可比渔民吃的贵多了。

喷泉池子的水面上盛开着荷花，花瓣上玲珑的水珠表明了清新凉爽的环境，体现出古罗马人的审美意趣。

卡萨莱别墅接待大厅

和古罗马其他领主一样，主人也将卡萨莱别墅修建在河边，以确保别墅里的喷泉能得到充足的水源，喷泉是每一个花园里必不可少的装饰元素，它能在视觉上和听觉上给行走和驻足的人们带来绝妙的享受和愉悦感。

那些负担不起在河畔或是海边建造别墅的人群，则会在别墅周围修建人工河道，并为其取一个极具异域特色的名字。

三十二

装饰着乐师和演员的房间是别墅主人女儿的卧室。当时音乐属于希腊艺术，并不是古罗马教育的一部分，相比演奏乐器，古罗马人更喜欢在家里或是剧场里享受音乐。

这间长方形卧室里的音乐戏剧主题的马赛克镶嵌画一共有三个部分：最上面的部分描绘的是西塔拉琴、风琴、双簧管和胫骨骨笛组成的四重奏；中间的部分描绘的是用定音鼓伴奏的欢快合唱，画面上的希腊字母代表乐谱；最下面的部分描绘的是一个诗人正在用竖琴为悲歌合唱伴奏。

壁龛上，一棵开满了花的树上挂着一片巨大的、有两种颜色的常春藤树叶，真蒂利认为这个符号代表厄库里恩王朝。另一位专家的观点则与之相反，他认为这只是个抵挡坏运气的符号。

装饰入口处的马赛克画面：树的两边各有一个年轻女子坐在树枝上编织玫瑰花环。一张桌子上摆放着两顶皇冠、两片棕榈树枝叶和两大袋子金钱，这是给获胜者的奖赏。

这个入口将前厅和半圆室分隔开来。有专家将这些场景解释为在花神节举办的比赛活动，这个节日是用来祭奠弗罗拉这位春之女神的，她也是花神。每年的4月27日，人们会举办一些娱乐活动，整个地区都会处于愉快而兴奋的氛围中。

三十三

　　小竞技室（门厅）的马赛克组合都是非常原始的，它包含了两个主题：四季和驾驭竞技战车的年轻人。马赛克上描绘的四季的内容是在赞美大自然的造物能力，以及展示自给自足的独立王国。

　　在这幅充满寓言象征的马赛克画作里，创作者用鸟儿脖子上的花环来代表四季。年轻人驾驭着由鸽子、蓝孔雀、红色或白色的火烈鸟或是鹅拉着的双轮战车绕着方尖碑比赛。红队的鸟儿戴着的花环代表春天，穿着白色衣服的年轻人驾驶着两只鹅拉着的战车，鹅脖子上装饰的穗状花环代表夏天。

　　蓝队的年轻选手驾驭着蓝孔雀战车，孔雀脖子上是葡萄做成的花环，这代表秋天。最后是驾驶着代表冬天的鸽子战车的绿队选手，绿队获得了胜利，拿到了棕榈树枝叶。画面上还有一些奴隶拿着双耳瓶在为车轮加湿。

三十四

　　左侧是通往主人卧室的门厅，门厅地面上绘制的马赛克镶嵌画上描绘的是厄洛斯和潘神决斗的画面，这两个人的前面是留着一撮小胡子的见证人，他头上还戴着一个花环制作的王冠，这顶王冠意味着见证人的神圣不可侵犯。在厄洛斯身边的是两个孩子和三个女人，潘神则带领着酒神节游行队伍，其中有森林诸神首领西勒诺斯、萨梯们和酒神巴克斯的两个女祭司。

　　画面的最上方，也就是决斗人物的身后，我们可以看到一张放置着为获胜者准备的奖品的桌子，上面有棕榈树的枝叶和两袋奖金。

　　一些专家认为这间房间就是主人的卧室，主人的贴身侍从在这个门厅里为主人守夜，天热的时候还要给睡着的主人扇扇子。这间11平方米的卧室只占据别墅四百分之一的面积，当然，这并不会影响参观者对这间卧室留下深刻的印象。

三十五

即便是在冬天，古罗马人也更喜欢寒冷，而非温暖。自童年时期开始，古罗马人就睡在没有制热系统的小房间里，卧房也不设房门，只挂了一层帷幕分隔卧房和外间，因为这样可以保持卧房内的通风，最大限度地避免呼吸道疾病的侵扰。

睡床就安置在凹室的后面，然而睡床从来不是正对着房间入口，只有安放尸体的灵柩台才是如此摆放的。凹室可以说是卧室里的卧室，四周都挂上了帷幔，这一西西里传统一直延续到了20世纪50年代。

卡萨莱别墅内的房间

三十六

装饰着年轻猎人的花之凹室是别墅主人儿子的卧室：前厅里有他的形象，前厅装饰的马赛克上面描绘的是儿童和家养动物嬉戏打闹的场景。

马赛克镶嵌画：儿童与动物嬉戏打闹

  凹室地面的马赛克上描绘有别墅的商业活动，主人在别墅里培植鲜花，然后编织成花环售卖出去。这里培植的鲜花清一色是玫瑰。

  这些玫瑰被小心翼翼地固定在花枝上，然后放在柳条编成的篮子里。马赛克画面的上方是两个女孩在采摘玫瑰，她们的下方是另外两个女孩：其中一个坐在凳子上、将编成的玫瑰花花带挂在树上，另一个则拿着两个放满了玫瑰花的篮子。旁边的场景描绘了一个男孩子肩上挑着担子，担子两头是两篮鲜花。

  古罗马人热爱玫瑰，玫瑰也是神花，玫瑰的芳香可以抵挡巫术和恶灵。

马赛克镶嵌画：女孩采摘玫瑰并制作花带

三十七

接下来就是极具王室气概的廊柱大厅，大厅为长方形的内殿（23.3米×16.3米），大厅入口处有两根立柱和一截楼梯，地面上装饰有两大幅马赛克镶嵌画，上面描绘着象征古罗马城的建立和人民团结的大狩猎场景。大厅后面是直径为6.5米的半圆室，这里原来可能竖立着救世之神赫拉克勒斯的塑像，那时人们总是会向他祈求保佑，以避免沉湎于情色之中无法自拔。正中是地方长官的主席台。

这里也叫世纪大厅，是贵族私人宅邸的宴会厅，宅邸的主人就是在这里向他的客人展示自己的社会地位的。异教徒的廊柱大厅和基督教的廊柱大厅之间的区别不是十分清晰，但可以确定的是，后者是前者的继承。大厅两边是别墅的主要套间：北面的是小套间，用作门厅（44号）、一间带有半圆室的躺卧式餐厅（45号）和一间带有凹室的卧室（46号），这些都是属于别墅女主人的。南面的套间是属于别墅主人的，房间的规划是沿着半圆形的柱廊依次排布，有一间半圆室（37号）、两间门厅（40号、41号）和一间带有凹室的卧室（42号）。

三十八

44号、45号和46号房间都是属于别墅女主人的，门厅（5.5米×5.3米）直接与女主人凹室的卧室相连。门厅的地面上装饰着情色内容的马赛克装饰画，后面还有一个半圆室。马赛克的画面看上去好像是凹陷的，画面上坐着的波吕斐摩斯满脸络腮胡，头发也是乱糟糟的，还打了结。地面上的马赛克画着尤利西斯的荷马式场景：一位希腊英雄正在迷惑波吕斐摩斯，这个独眼怪兽用三顿饭的时间吃掉六个人。入夜，独眼怪物被尤利西斯的美酒灌醉，沉沉睡去，尤利西斯趁他睡着戳瞎了怪物的另一只眼睛，让他从此彻底看不见，然后带着剩下的人逃了出去。这个故事宣扬着人类的伦理道德：审慎、机敏、口才和尤利西斯击败巨人的勇气和力量。画面上的巨人坐在巨石上，他的前额上有第三只眼睛，脖子上缠着羊皮或是驴皮制成的饰物，他用左腿固定住一头公羊，这是他的食物。与此同时，他伸直了右手，让尤利西斯把手中的酒杯斟满葡萄酒。

三十九

装饰着水果图案马赛克的半圆室房间是女主人套间的一部分，其马赛克描绘了12个装饰了月桂树枝叶的圆形图章，图章上描绘的是各种各样的水果，图章周围装饰着几何图案：画面上饱满而多汁的水果体现出当时的人们对农业的崇拜。

马赛克上描绘的水果饱满多汁，好似在取悦别墅主人。画面上的无花果有44个品种，苹果有32个品种，葡萄品种更是数不胜数，还有从迦太基引进的石榴，帝国初期经由波斯从中国引进的桃子，从非洲引进的甜瓜，还有可入药的柠檬和栗子。

四十

29号、30号和31号房间应该是女主人的私人套间，在带有长方形凹室的卧室正中央是一块巨大的圆形情色马赛克：画面上两个半裸的男女拥抱在一起，男子的左手拿着容器和水果篮子。女子梳着王室的发式，前额绑着一条红带子，戴着耳环，右手手腕上还戴了手镯，脚上戴着脚镯，上身绑着一个护套作为胸罩。

古罗马的女主人从不佩戴领带或头巾，但这个女人全身上下戴满了珠宝，金光闪闪——项链、头针、耳环、金手镯、女式冕状头饰和贵重珠宝。古罗马的女子不在乎那些珠宝是否美丽，只在乎这些珠宝有多重。女人们佩戴这些珠宝是为了展现家里的财富、丈夫的地位和家族经济贸易的繁盛。

环绕在圆形马赛克周边的4个六边形图案里展现了4位女性的半身像，她们分别代表了四季：头上戴着金属钉王冠的女子代表夏天；手上拿着一枝花的女子代表春天；手上拿着树枝的女子代表冬天；周身环绕着葡萄藤的女子代表秋天。

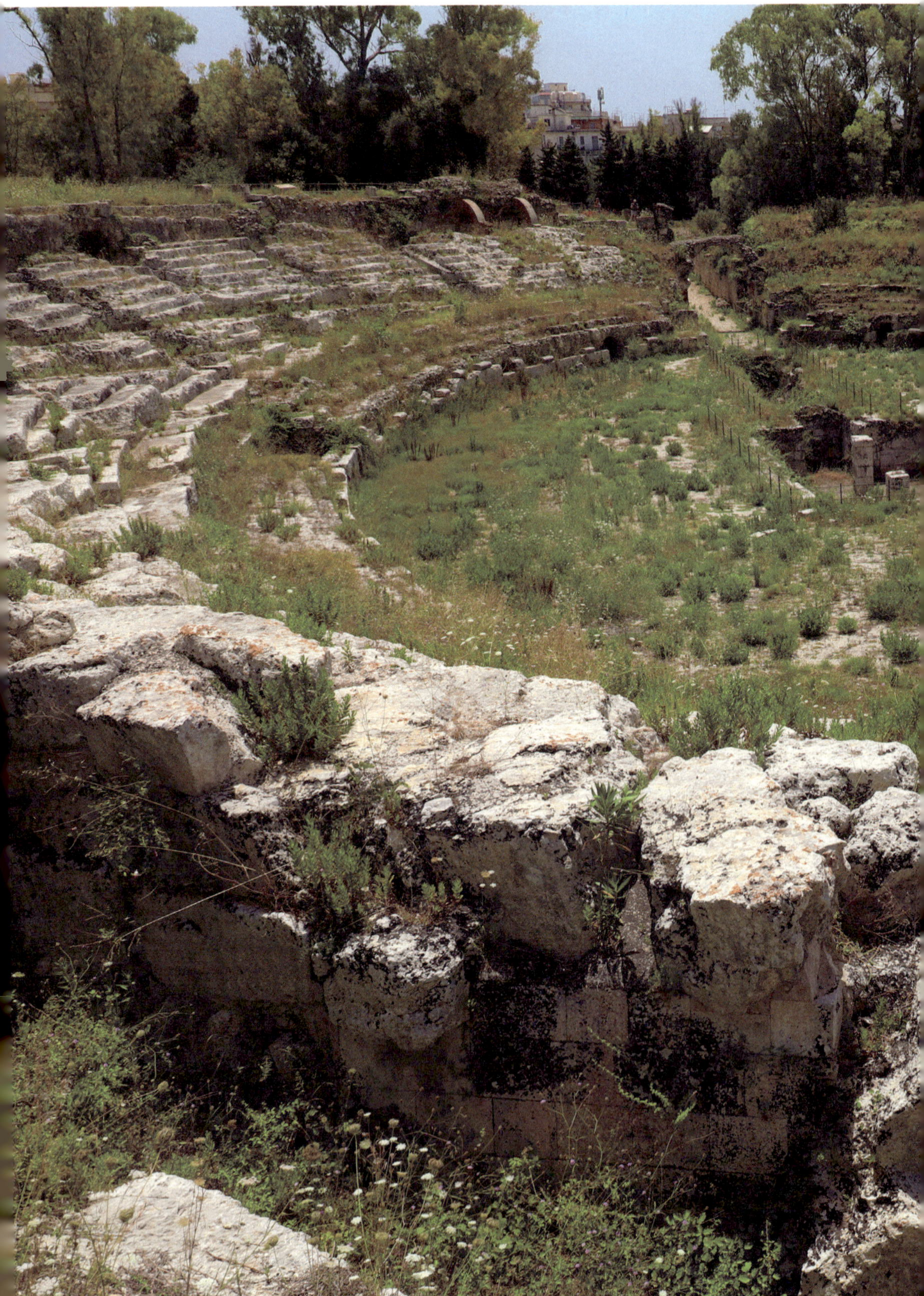

第 十 一 章

锡拉库萨（叙拉古）

罗马人从叙拉古抢夺了数量惊人的雕塑、绘画和其他艺术珍品来装饰罗马城。所以后人评论，罗马人是通过获取该城的大规模战利品，才开始懂得鉴赏希腊艺术的。西塞罗写道："罗马因为偷来的物品而生辉。"

一

我们从卡萨莱古罗马别墅到锡拉库萨的古城奥提伽岛（Ortygia）时已是夜色低沉，我们在酒店门口与阿格里真托的司机告别，他至少还要开一个半小时才能回到家。由于语言不通，我们没法交流，一路上家人总有些不安。司机从卡萨莱别墅出发，绕了一个大圈子，开上去卡塔尼亚的高速公路。家人没看到去往锡拉库萨的指示牌，有些紧张。司机也感受到了紧张的气氛，说了一些我们没法听懂的话。还好我已经熟悉西西里的地形，觉得大方向正确，都在西西里东岸，没觉得有什么异样，一直到车子终于从高速公路驶向锡拉库萨方向，车子里的气氛才平静了下来。如果双方能用语言交流，这些误会就没必要了。

对我来说，锡拉库萨是西西里最熟悉的地方，因为我无数次在各种历史政治的书籍中看到过它。在这些书中，它没用"锡拉库萨"这个名字，用的是"叙拉古"。为了恢复我的感受，在下面的历史叙述中都采用"叙拉古"，直至回到现实，再用"锡拉库萨"。

在我的心目中，古希腊的城邦，雅典第一位，叙拉古第二或第三（有时是斯巴达第二）。我读过太多叙拉古的故事，借着此情此景，试着把它们串联起来。

二

古代的西西里与意大利南部合称"大希腊地区"，公元前734年，来自科林斯的希腊移民在叙拉古建立了该地区最重要的殖民地。

公元前505年到前466年，西西里出现了最早的僭主制。僭主是古希腊独有的统治者称号，指通过政变或其他暴力手段夺取政权的独裁者。僭主政治是专制制度的极端形式，也可以说是君主专制的一种变态。

奥提伽延伸到大海的城墙

格隆（公元前491—前466年）原为格拉城僭主，后征服叙拉古并使其强大。格隆与他的盟友不断向西西里岛上的其他希腊城市扩张，公元前483年将北部城市希梅拉的独裁者提里卢斯赶走。

我们前面提到，迦太基人也是西西里岛重要的一支殖民力量。提里卢斯向其密友、在迦太基拥有重要政治地位的马戈尼德家族的领袖哈米尔卡求援，迦太基于是决定军事干预。

公元前480年，哈米尔卡率领一支盟军在西西里登陆，为了出其不意，马不停蹄地进军希梅拉。不幸的是，叙拉古人截获了对方战术方案的密信，在希梅拉彻底击败了迦太基人。据古希腊史家希罗多德的说法，哈米尔卡在战役爆发期间待在军营内，他把一具完整的动物尸体放在一大堆祭用的柴堆上焚烧，虽然获得的是吉兆，但看到自己的军队四处逃窜，他就跳入烈火中，成为祭品。最后，没几个迦太基人逃回北非。

而格隆与其盟友获得了丰厚的财富与声誉。

格隆死后，他弟弟希耶罗（公元前476—前467年）继任僭主。

公元前466—前405年，西西里各地推翻了僭主，建立了民主制。叙拉古最初由贵族掌权，其间最大的事件是由贵族领袖赫莫克拉底领导叙拉古人，在公元前415—前413年大败雅典人的西西里远征。

三

这场战争非常有名，可谓不可一世的雅典人的滑铁卢。

西西里远征发生在伯罗奔尼撒战争的间歇期，当时的雅典领导人尼西亚斯倡导和平，但他的政治对手亚西比德却是个好战分子，屡屡冒犯雅典最大的敌人斯巴达。虽然亚西比德老是失败，可一部分雅典民众仍然纵容这个哗众取宠的人的折腾。

这时，赛杰斯塔人来到雅典，要求雅典干预西西里岛的局势，因为叙拉古有称霸当地之势。我们在考察赛杰斯塔的古迹时说过，赛杰斯塔欺骗了雅典人，假装自己的城邦很有钱，足够支持雅典人的军费开支。

经过激烈争论之后，雅典决定出征西西里。不可思议的是，不想挑起战争的尼西亚斯与亚西比德和另一位叫拉马卡斯的将军一起被任命为庞大的希腊舰队司令。

当然也有部分雅典人反对冒进，但他们担心在公民大会公开反对会被人指责不爱国，只能保持沉默。

四

公元前415年6月下旬，60艘三桨座船和40艘运兵船的全部水手、1500名重装步兵、700名担任舰上步兵的四级公民和30名骑兵从雅典港口出发，途中又汇集了雅典盟友的34艘三桨座船，2900名重装步兵，1300名弓箭手、投石手和轻装步兵等。

整个远征大军分3支舰队出发，有30艘装有粮食和工艺匠人的供应船只和100艘小型辅助船，另外还跟随着许多与远征军做生意的商船。

雅典人率领舰队到叙拉古的港湾前耀武扬威。

可是一年过去了，雅典人并没取得胜利——远征大军面临严重的后勤保障问题，赛杰斯塔人的资金也不如承诺中那样丰厚，其间还发生了亚西比德叛逃斯巴达和拉马卡斯牺牲的事件。尼西亚斯十分悲观，认为应该召回舰队。

可悲的是雅典公民大会没召回这个无心恋战的统帅，反倒承诺来年春天派一支新舰队来支援西西里的希腊舰队，并派了战斗英雄狄摩西尼斯来统帅部队。

与此同时，斯巴达在西亚比德的游说下派军去支援叙拉古的防御，并切断了雅典人的供应和陆上交通。

接下来的形势对雅典人越来越不利，虽然狄摩西尼斯援军赶到，但越战越勇的叙拉古人照样战胜了他们。

这时，富有军事经验的狄摩西尼斯建议全军由海上撤退。尼西亚斯得知斯巴达军队已经对雅典人有合围之势，也同意了这个建议。公元前413年8月27日，准备出航的前夕，满月前突然发生月食，占卜师认为军队必须27天后才能移动。

但没到27天，叙拉古人就反守为攻，在海上与雅典人决斗，雅典人竟然大败。狄摩西尼斯坚持翌日早上在海上与叙拉古人再战，因为他们仍然拥有比敌人更多的船只。

但是，雅典人已成惊弓之鸟，他们只想在陆地逃命。

这天晚上是叙拉古人宗教祭日，当地人喝得酩酊大醉。叙拉古的领导人赫莫克拉底知道自己的队伍不能作战，就故布疑兵，雅典人再次上当，不敢开拔。等到他们磨磨蹭蹭地开路，已至绝境，尼西亚斯和狄摩西尼斯虽投降，仍被杀。其他人死伤累累，剩下约7000人被囚禁在叙拉古的采石洞窟，不少人在风吹雨打中死去。

叙拉古重创雅典及其盟友。

五

雅典人远征西西里的故事，我多次读过，每次都会扼腕叹息。这个故事透出的是民主的所有弱点和悲剧。

《希腊史》作者哈蒙德也认为它反映了雅典民主政治的诸多缺陷："人民大会对西西里的面积和军事实力都知之甚少——人民大会在斯巴达还未被打败之前就决定进攻叙拉古，它显然是在不清醒的狂热冲动下做出这一决定的。不顾尼西亚斯本人的意愿而硬要他和亚西比德共事，这种对国内政治分歧的妥协办法，在军事上却是一大蠢事，因为军事行动需要明确干脆的决断。不给亚西比德澄清自己的机会，对他是不公平的，也为远征军的指挥带来偏见。当时雅典的各种政治领导人物都是出于私心，有时甚至出于贪婪的动机，他们只关心自己的飞黄腾达而不顾国家的利益。那些选举他们的人民也不见得比他们好一些，公元前415年的雅典民主政治以机会主义、不讲信义、摇摆无常为其特色。"

六

叙拉古虽然大胜，之后城内的极端民主派却驱逐了功臣赫莫克拉底及其追随者。

公元前410年，迦太基距上次惨败70年后再次干预西西里岛，并于公元前405年，迫使叙拉古签订了一份不利于后者的和平协议。

叙拉古开始出现政治动荡，这时老狄奥尼修斯，"一位出身低微但拥有与生俱来的领袖气质与非凡政治直觉的年轻人，成功地登上了叙拉古独裁者的宝座"。（理查德·迈尔斯，《迦太基必须毁灭》）

老狄奥尼修斯开始储备兵器，打造战舰，雇用士兵和水手。公元前397年，以希腊解放者自居的他召开叙拉古公民大会，发布宣言，要求迦太基退出它所征服的叙拉古城市，否则将发动战争。与此同时，叙拉古迦太基人的财产遭没收，并被驱逐出去。在老狄奥尼修斯的煽动下，全西西里的希腊城镇都对迦太基人进行种族清洗。

七

时隔60年之后，西西里的僭政复归。老狄奥尼修斯统治南意大利和西西里多数城邦长达38年（公元前405—前367年），他因此成为后世"僭主"的代名词。

老狄奥尼修斯生性多疑，在他生命的最后阶段，叙拉古的物质繁荣达到鼎盛。"叙拉古在西部希腊具有像雅典在公元前5世纪的爱琴海区域那样的领导地位，只不过是规模较小而已。它是一个帝国的首都，这个帝国包括三分之二的西西里岛和意大利的脚尖部，扼制着通向西部地中海的商业要道。它是希腊、意大利和迦太基之间的商业交易中心，它的钱币是西部最硬的通货，无

锡拉库萨老城的建筑

论是银币还是公元前387年以后发行的琥珀金币。它成为希腊各地最大的设防城市，拥有50万以上人口，保持着一支拥有300—400艘战舰的海军，足以控制西西里海域，保卫它在爱奥尼亚和亚得里亚海的商人。"（哈蒙德，《希腊史》）

老狄奥尼修斯的政治成就引起了希腊人的注意，柏拉图和亚里士多德都曾来到叙拉古研究这个一人政权。

八

公元前264年开始，地中海的两大强国罗马与迦太基展开长时间的战争，它们的主战场有时在西西里岛，作为迦太基宿敌的叙拉古只是在第一年支持过它，然后就成了罗马的忠诚盟友。

公元前215年，长期支持罗马的君主希耶罗二世去世，叙拉古出现反罗马风波。公元前218年爆发第二次布匿战争，因迦太基名将汉尼拔所向披靡，罗马似要灭亡，西西里已有城邦脱离罗马。所以，叙拉古在老君主死去不久，倒戈到迦太基一边去。

罗马必须马上干掉叙拉古，否则西西里会全部落入迦太基人之手。公元前213年，当时唯一能与汉尼拔抗衡的罗马名将马克卢斯率领军队先洗劫了叙拉古邻近的城市莱昂提尼，然后从海陆两面攻击叙拉古。

马克卢斯亲自带着60艘五排划桨的战船，上面配备了各种武器和投射装置，还有一个用8艘船连起来的门桥平台，架设着可以发射石块和标枪的弩炮，可以用来攻击城墙。

然而，这些作战行动就叙拉古伟大的科学家和工程师阿基米德（公元前287—前212年）和他的机器而言，可以说是不堪一击。讽刺的是，这些机械是应老王希耶罗要求所制，是为了防范迦太基人的。

罗马人围城后，叙拉古人惊慌失措。但据普鲁塔克在《马克卢斯传》中的记载：

阿基米德开始运用他的机具，立即对陆上部队发射各种不同类型的箭矢，造成重大伤亡，巨大的石块带着不可思议的啸声和能量，从空中向敌人的头上掉落下来，血肉之躯被压得粉碎，攻击的队伍和编组受到可怕的打击，恐惧扩展开来，罗马人乱成一片。就在同一时刻，粗大的木桩像标枪一样，从城墙上直戳下来，挟带着极重的力道，使得船只碎裂而沉没；他们用像鹤嘴形的铁钩抓住船只，然后高举到空中，船头被拖起来以后，船尾向下撞击到水面，很快就会沉入海底；还有一些船只被机器拖向海岸，失去控制，撞击城墙下方陡峭的悬崖，那些搭乘的士兵全都随着丧生。（普鲁塔克，《希腊罗马名人传》）

一番挣扎后，马克卢斯最终知道自己不是阿基米德的对手，决定长期围困叙拉古，迫使城里人因饥饿投降。罗马人粉碎了迦太基的救援，惩治西西里其他反罗马的城市。

公元前212年，叙拉古人因节庆疏忽，被马克卢斯率领的一支武装攻占叙拉古近郊，但还是无法突破内城。直到有一名西班牙雇佣兵叛乱，打开一扇关键的城门，叙拉古才告沦陷。

罗马人对叙拉古采取屠城，阿基米德也未能幸免。这个故事大家很熟悉，阿基米德仍在绘制机械图样，罗马士兵拖着他就走，阿基米德沉醉在研究中，呵斥士兵不要碰图样，结果士兵杀了这个75岁的老人。

据说，马克卢斯对此感到很悲痛，厚葬阿基米德，并处死了那个罗马士兵。

不过，这事得仔细琢磨。如果马克卢斯想继续使用阿基米德，派兵保护他还是有机会的。问题是阿基米德的机器杀死了无数罗马人，马克卢斯要让他活着很难做到，还不如让这老头死于乱战之中。

即便阿基米德让罗马人损失惨重，罗马人还是很敬重他。公元前75年，罗马雄辩家西塞罗在叙拉古寻找阿基米德墓，当地人已经对此一无所知。西塞罗披荆斩棘，总算找到了顶端竖有球体和柱体的阿基米德墓，据说这两种形体是阿基米德生前要求放在其墓穴上的，他认为几何学研究才是自己一生最为重要的贡献。

罗马人从叙拉古抢夺了数量惊人的雕塑、绘画和其他艺术珍品来装饰罗马城。所以后人评论，罗马人是通过获取该城的大规模战利品，才开始懂得鉴赏希腊艺术的。西塞罗写道："罗马因为偷来的物品而生辉。"

九

到达锡拉库萨时，天色已暗。我们住的是奥提伽岛上一家海边小酒店，地理位置是不错的，每天可以在海边走走。

可酒店的房间还是小了点，从性价比来说，差些。我是看到缤纷网上的一位中国游客把它夸得花好稻好，才住进来的。我发现这里的中国游客不少，也许都是这位游客的功劳吧？

不过，酒店的服务确实不错。酒店自知房间小，在大堂设置了开放式的空间，我们可以在这里读书、喝酒、饮茶，弥补了不足。

尤其是前台男服务员的热情是我少见的，他第一天接待我们就忙上忙下，后来每天晚上照样热情洋溢，让我看到了与巴勒莫司机安东尼截然不同的另一种西西里人真正的热情。我发现他天生就是个热心幽默的人，乐于助人，虽然我能察觉到他口中的酒气以及微醺红润的面容，却不会认为他在工作时喝酒有何不对。

从第一天起，我们就让他推荐附近的晚餐厅，结果味道不错。后两个晚上，我们又让他推荐，尤其是第三晚阿基米德广场附近的一家海鲜店，由一对夫妇经营，非常用心。可惜，我们只住了三晚，否则还想去尝尝。

这位服务员推荐我们餐厅后，马上为我们打电话订座，然后画地图告诉我们该怎么走。看到我们还是有些踌躇时，他就走出酒店，在路边指示我们左拐直行等等。

这种员工是任何企业求之不得的，他为酒店加了许多分。我有时怀疑他是不是老板，但观察下来，应该不是。

与他相比，前台的两位服务员就很平常了。

十

本来在锡拉库萨安排了两个白天游玩，绰绰有余。但临时起意，准备花一天时间去附近的巴洛克城市诺托（Noto）和拉古萨（Ragusa）。

这样时间就紧张了，更紧张的是天气预报说明天只有上午是多云，下午有时有雨，基本上是阴天。

这也就意味着上午必须玩完锡拉库萨最精彩的景点。

锡拉库萨分奥提伽岛（老城区）和大陆部分，由桥梁连接。大陆主要有一个希腊罗马时代遗迹所在的奈阿波利考古公园（Parco Archeologico della Neapolis）。

老城区以大教堂为中心，面积其实不大，一个小时就可以逛完最主要的地方。

老城区街道逛起来很有味道，但十分狭窄，如果不是事先看过图片，大教堂广场突然出现在眼前，会让我无比震惊的。它是我在西西里岛看到的最壮阔的一座教堂，即便在整个意大利也殊为难得。

我看过的电影不多，能记得的更少，《西西里的美丽传说》是一部。美丽性感的少妇玛琳娜与丈夫过着幸福的生活，让全镇上的男人羡慕女人嫉妒。但她丈夫不得不参加"二战"，而且传闻阵亡了。玛琳娜先是被一个军官抛弃，然后被一个死胖子律师占有，最后流落风尘。战后，玛琳娜又以通敌的名义被众人侮辱。结尾是原来的丈夫回到了她的身边。

影片是通过一个13岁男孩的眼光叙述和跟踪的，他后来也在玛琳娜的床上享受了春光。

但让人印象最深刻的是玛琳娜穿着高跟鞋在锡拉库萨大教堂广场走来走去的风姿，广场空旷迷蒙。

锡拉库萨主广场

第十一章 锡拉库萨（叙拉古） 249

锡拉库萨大教堂

十一

大教堂广场上最重要的当然是锡拉库萨大教堂（Duomo di Siracusa），它那壮观的大门和立有圆柱的外立面由安德烈·帕尔马（Andrea Palma）建于1728年到1753年间，也许它成了锡拉库萨最重要的巴洛克建筑代表。

大门前的雕像都是用普勒密里奥采石场的石灰岩雕刻的：中间为圣母像，两边为圣马尔斯像和圣露西像。正门共有三个入口，主入口上面悬着一只皇家雄鹰。

大门挡着的古代建筑在大教堂北边的密涅瓦街（Via Minerva）上都能看见，这条街道和大主教宫的庭院都被彻底发掘过，使得雅典娜神庙（公元前5世纪）重见天日。雅典娜神庙当时闻名于地中海，公元前1世纪，罗马雄辩家西塞罗曾经到访过这里。神庙顶上装饰着一尊雅典娜的金色雕像，曾是海上水手的指向标。

公元6世纪，为了响应拜占庭帝国皇帝查士丁尼对基督教的号召，雅典娜神庙变成了一座基督教教堂，顶上的雅典娜雕像也换成圣母像。在此同时，雅典的帕台农神庙和阿格里真托的谐和神庙都发生了类似的转变。

从中间的门进去，教堂正殿两边朴素的走廊出现在我们的眼前。这里有着木制屋顶和1518年的横梁，1645年又增加了一些锡拉库萨贵族的徽章。

我们在正殿的墙上可以看到18世纪的窗户，地板则铺设于1444年。入口处有两个大理石圣洗池，都装饰有小天使。正殿后面有两个中世纪风格的讲坛，一个是供大主教使用的，另一个供牧师使用。

大教堂南、北两面的围墙都是在拜占庭时期修砌的。从右边的过道，我们可以看到外墙那里的八根多利亚式石柱，石柱中间为拱形的门廊。这应该是雅典娜神庙的遗风。

锡拉库萨大教堂的彩绘天花板

锡拉库萨大教堂主祭坛

长方形的圣露西礼拜堂里的壁画是1926年制作的，银制祭坛上的壁龛小门只有在展示圣露西的银雕像时会打开。壁龛两边各有一尊雕像，分别代表"圣安东尼和圣婴"和"纯洁始胎"。

　　右边的地板上保留着一颗炸弹，1734年西班牙军队围攻锡拉库萨时，这颗炸弹本来是要轰炸奥尔西尼将军（General Orsini）的府邸的，但它竟然奇迹般地没爆炸，所以人们将它保存起来作为许愿地圣物。

　　在教堂内这一切都环绕在红绿蓝黄紫等各种色彩之中。我刚进教堂，就产生人工舞台效果的错觉，所有的事物都洋溢着圣洁活力的色彩。我们当然知道这是上面的彩色玻璃营造的，可大教堂的玻璃并不是很大，效果会这么明显吗？

　　我们对大教堂色彩缤纷的印象实在太深，所以下午又抽空来到这里。但里面暗淡无光，早上的氛围像被使用了魔法，消失了。我们有些失落。

锡拉库萨大教堂内部

锡拉库萨老城阿基米德广场的阿特蜜斯喷泉

我仔细回忆，上次看到这般景象好像是在五年前的西班牙巴塞罗那圣家堂？后来我们去过不少大教堂，却没有这种感觉。

对了，我们去圣家堂也是在天气晴好的上午。

我们每到欧洲一处，一般总是住在大教堂附近，按理说，近水楼台先得月，我们应该很快会参观大教堂。可总是比较奇怪，往往是在傍晚或者天气不好的时候进入大教堂，也许觉得它可以随时随地进去吧。即便是米兰大教堂，我们也是头一天下午参观完一家博物馆后去的，结果里面光线昏昏暗暗的，根本没法体会著名的彩色玻璃带来的光的效果。我知道大教堂也是色彩的天堂，可临了却忘了。今后要把早上最精华的时间放在杰出的大教堂上，那个时刻它们才是最伟大的。

十二

按常理，我们应该继续游玩老城区。我心里老惦记着中午会下大雨，到时去大陆的考古公园就麻烦了。所以赶紧去有着狩猎女神阿特蜜斯喷泉的阿基米德广场，在那里叫了辆车去考古公园。

考古公园占地24万平方米，是地中海最大的考古遗址之一，显得非常空旷，我们只能选择剧场和采石场进行参观。这里的古罗马竞技场（Anfiteatro Romano）是西西里岛上最大的，大约建于公元前1世纪，椭圆形，与古罗马斗兽场相似。还有公元前3世纪的赫农二世祭坛，长方形，长198米、宽22.8米。祭坛同时可以容纳450头待宰的牛，那是何等壮观血腥凄迷的场面。

我们直奔古希腊剧场（Theatro Greco）。

由于锡拉库萨是个历史悠久的大城，关于这座剧场的故事比较多，下面的介绍多来自赛缇娜·沃扎的《锡拉库萨指南》（Voza. *A Guide to Syracuse*）。

有关锡拉库萨剧场的第一次清晰记录是在公元前5世纪，哑剧创作者索夫龙（Sophron）提到了剧场建造者的名字，他叫达摩克里斯（Damocopos），昵称米瑞拉（Myrilla）。其他古代作者也记录了剧场的位置，让我们得以了解剧场的规模以及它在古代城市生活中的重要性。

这座剧场与当时人们对月神阿特蜜斯的崇拜有关，牧羊人和农民常常会带着畜群到这里歌颂神灵。

其他一些资料记录了剧场在锡拉库萨的社会和宗教生活中的重要性。西塞罗在《论演说家》一书中提到剧场最上面有农神黛美特神庙，附近还有缪斯女神的圣所。希腊剧场不仅具有极高的宗教意义，还有很高的文化价值，由于在这里仍旧上演古希腊戏剧家创作的古代戏剧，使得剧场享有国际声誉。古希腊伟大悲剧作家埃斯库罗斯的《波斯人》也是在锡拉库萨首次演出。

锡拉库萨考古公园的古希腊剧场

雅典的埃斯库罗斯数次来西西里岛，最后在西西里岛的南部城市格拉（Gela）去世，并埋葬在那里。据说，那天有只老鹰抓到一只乌龟，乌龟在天空中缩着头，老鹰没法下口。老鹰看到地下有块明晃晃的东西，以为是岩石，就把乌龟摔下去，砸死了可以吃啊。没想到这块明晃晃的东西是埃斯库罗斯的头顶，于是作家一命呜呼。这当然是编造出来的故事，大概是在调侃埃斯库罗斯的光头吧。

十三

古希腊剧场由阶梯状的石灰石围成，建在奥提伽岛对面的滨海平原上。剧场的梯形看台与神庙山（Temenite hill）的斜坡形状几乎相同，这样可以最大限度地利用自然地形。

现在保存下来的只有那些堆砌的结构，梯形看台上部的结构和巨大的石块搭起的舞台建筑已在15世纪上半叶被查理五世征用，用于修建奥提伽岛的堡垒。但是这座建筑的完美结构仍旧体现了人工与自然的和谐统一。

这座古希腊建筑连同它旁边的神庙一起展现了当时宗教文化和社会文化的最高水平。

十四

现在人们认为，这个剧场是赫农二世在公元前3世纪建造的。梯形阶梯直径138.6米，有67排座位，由8个楼梯分成9个区域，走道的后墙上刻着很多希腊文字，它们与每个座位区相对应。中央座位区前面刻的是奥林匹亚宙斯，东边为赫拉克勒斯，然后是黛美特。在中央座位区的西边，我们可以看到赫农二世、其王后和儿媳的名字；这边最后一个座位上刻的大概是赫农二世的儿子的名字。

现在，梯形座位的上部一半都看不到阶梯了，在古代，这些地方都是用石灰岩石块铺成，今天这里都被青草覆盖，石灰岩石块也只是若隐若现。最后一排阶梯的后面有很多洞，这些洞大概是埋支撑凉篷的柱子的。

在中央座位区的第四到第六排座位那里有一个石块砌成的特殊座位区，大概是为招待贵族或重要官员设置的。

社会或行政等级的不同也是座次不同的一个因素，我们从低处座位的空间和舒适度就可以看出这种划分。

十五

表演区在阶梯底部的半圆形区域内，这个地方铺了两层不透水的水泥，里面掺有大理石和赤陶瓦碎片：水泥路上边曾经铺着大理石板，只是这些石板已经不在了，只留下一些铺设的痕迹。

人们可以用水平面、裂缝、洞口和坑道这几种元素来描述舞台区域的特点，它们说明在不同的阶段，舞台幕景的设置也不同，同时可以证明戏剧在不断发展。最清晰、最重要的设计元素是那条贯通剧场中央的南北走向的暗槽，这条暗槽穿过舞台，通向表演区中央，最后在一个小的方形暗室结束。这就是所谓的卡隆特台阶，它可以制造特殊的舞台效果，比如演员突然从地下出现。

最老的横向设计元素是沿着南墙的那条深沟，规则的石块前的沟槽和竖直的深沟应该是为了移动舞台布置的。综合大多数研究，包含两根高大的矩形石柱的古罗马舞台就建在表演区的旁边。北面的方形设计是为了开幕和闭幕装置服务的，较远的东边的圆形房间可能是控制室。

人们认为，古罗马帝国晚期，为了在剧场里开展水上运动，古人在表演区的三条直线排水沟上修了个水池。

据说，剧场上还有角斗表演。看台上最低的12级台阶高度的减少也使表演区的直径增加到了29米之多。

很多学者说剧场从没有当角斗场用过，石块上的洞也是这座古老的剧场建成梯形看台时留下的。

据史料记载，剧场最后一次调整发生在公元5世纪，调整的是舞台前面的部分。

看台西北部有个石块铺成的露台，演员的候场区大概建在那里。

剧场的中央有人造喷泉洞穴，泉水从洞中喷出，它是剧场供水系统的一部分。

就像赛杰斯塔的剧场那样，锡拉库萨的剧场在夏季夜晚也有表演。有朋友见我在剧场里，马上通过微信发来了他去年夏天在锡拉库萨观赏戏剧的照片，果然很赞。

没有演出的锡拉库萨剧场很枯燥，由于当年的许多装饰和建筑形式消失了，今天看这些古希腊剧场，还要参考周遭的环境。锡拉库萨的剧场没法与陶尔米纳的剧场相比较，甚至比它小多了的赛杰斯塔的剧场在环境上似乎也胜过它一筹。

十六

天堂采石场（The Iatomia del Paradiao）只是部分对外开放，原因是现在西北部正在修缮。在采石作业中，小山的整个侧面都被搬走了，从这里运走的石块不下85万立方米。采石场里的柑橘园证明，这里被公开收购之前曾是农业用地。

采石场虽然是露天的，但人们为了获取更多的石料，只能将下面的石块挖走，这就形成了很多石洞（有些洞的石壁有40米高）。地震曾导致采石场最远处的一些石洞的坍塌，采石场东边围墙附近的巨石柱和西北部的大石块就是地震留下的。

"狄奥尼修斯之耳"洞穴高29米，深70米，形状为S形。洞穴以其神奇的音响效果令人惊叹，不少游人在洞里齐声歌唱，外面的人听得非常清晰。

1608年，巴洛克大画家格拉瓦乔曾流亡西西里，把这里取名为"狄奥尼修斯之耳"，并叙述了一个暴君的故事。就是我们前面说到的叙拉古僭主狄奥尼修斯利用山洞内完美的音响效果，在上面的一个小房间偷听关押在山洞里的犯人谈话。第二次世界大战时，美军就窃听关在监牢里的德国军人的谈话，还出了一本书。

之所以会有这么巨大的山洞，是因为人们发现这里的石头质量是如此之好，继续将它扩大，继续深挖。这可以根据岩面留下的标记和一层一层的采石痕迹得到证实。

"狄奥尼修斯之耳"洞穴东边还有一个卡达瑞洞穴（Grotta dei Cordari），它是根据在这里工作的一个制绳匠的名字命名的。

这个洞穴也很大，里面有很高的石壁和在石壁上开凿的黑暗的壁龛，洞顶上面支着天然巨石柱。当这里受到雨水的冲击或有水滴漏下时，石洞发出的声音效果更加独特。

这个石洞里的采石痕迹仍然很清晰，石壁和洞顶上有许多化学药水留下的彩色印记，石面上的一些地方也能看到挖下石块的轮廓和采石匠留下的斧凿的痕迹。

考古公园东边有一些罗马帝国时期的墓室，最高处的两个墓室里装饰着多利亚式的半圆形石柱。从环绕公园的小路上看到的那个面朝南的墓，传统上称作阿基米德墓。

如果出公园后向北行，不妨在迷人的嘉布遣会采石场（Latomia dei Cappuccini）停留片刻。这个采石场很大，有很高的石面，19世纪的作家曾赞美它的壮观和石壁的戏剧效果。它与建在采石场内的嘉布遣会修道院有关。

19世纪中期，一位叫塞拉蒂法尔科的公爵曾对嘉布遣会采石场做过一些描述："采石场的石壁形状奇特，有的挖了很深的洞穴，有的周围种着柠檬树、橘子树，还有其他的小树和绿色植物；嘉布遣会修道院悬于石壁之上；西西里晴朗的天空，修士素净的衣服和长长的胡须，既让人感到安宁，又能勾起很多思绪，这样的情景深深刻在我的脑海里……"

雅典人西西里远征失败后，这里是关押他们的囚笼，有数千人死在这。

然后经过迪奥尼伽城墙，来到坚不可摧的欧利阿罗城堡。古城的疆界比今日的锡拉库萨面积要广阔得多。据说，古锡拉库萨的面积是如今这座城市的五倍之大。

十七

接着还应该去附近的保罗·奥尔西考古博物馆（Museo Archeologico Regionale Paolo Orsi）。旅游指南说那里东西实在太多，热衷考古学的人甚至要去玩两天。我生怕陷进去出不来，还是先回奥提伽岛吧。

我们只是在考古公园门口喝了三杯血橙汁（西西里的鲜榨橙汁口味一流），又坐车回到老城区。

我们先去靠近大陆的潘卡利广场的阿波罗神庙（Temple of Apollo）。

在一个小小的篱笆花园里，我们可以看到神庙的基座，两根完整的石柱、几段残缺的石柱、几段额枋的残片和内殿的一段南墙。这些是这座公元前6世纪初的多立亚神庙的遗迹。

神庙沿东西方向而建，下面是一个有四级台阶的基座和一个狭长的列柱走廊，最高的一个石阶上的雕刻文字表示这座神庙是为阿波罗而建的。

神庙用的石块是典型的钙质石灰岩，这些建筑材料是从锡拉库萨的采石场通过水路运回来的。

内殿由两排石柱分成三个过道，原来的木质建筑物的表面都涂有一层有几何和花朵图案的赤陶土护墙，这些石块上也粉饰了一层灰泥。山形墙的中心大概装饰着一张戈耳工女妖的巨大赤陶土浮雕面相，因为人们在这里发掘了一些赤陶土残片。

神庙西北角的石灰岩大石块表明这里有一座拜占庭时期的高塔，而那些残墙表示那里曾是一处圣所。神庙的北面也发现了一处早期的建筑，后来，人们又在建筑的下方，也就是神庙的南面发掘出了一条古代的街道。神庙东边的一条街是南北走向的，当时应该是那个城市的宗教之路。

几个世纪以来，基座经过了多次改建，使得修复工作变得十分困难。神庙也先后改成了拜占庭教堂、清真寺和诺曼式大教堂，最后在西班牙人的统治下成为士兵的营房。

我们一路上看了太多的神庙，这里的神庙已经很难引起兴趣了。而且，神庙与当地建筑风格极不协调，有种突兀感。我比较同意罗兰·马丁在《希腊建筑》中的看法：

这些神庙中最早的也是最粗糙的一座，是公元前570年至前560年建于叙拉古奥提伽岛的阿波罗神庙。平面布置是常规做法，环廊6柱式（正面6根柱，侧面各17根柱），尺寸为22米宽、56米长。这座建筑既表现出建筑师兼石雕匠克莱奥梅内斯和埃庇克莱斯的笨手笨脚，同时也体现出他们的自豪——两人都把自己的名字镌刻在从整块巨大岩石上雕凿出来的台座的台阶上。柱子密集而笨重（柱径2米，柱距4米，柱高8米）。这座叙拉古建筑的早期实例配得上称为令人难忘的严重浪费建筑材料的典型，永远也不会摆脱炫耀力量和权势的恶名。

十八

沿着海边，在奥提伽岛随意逛着。锡拉库萨有15公里的海岸线（诗人维吉尔曾在其《埃涅阿斯纪》中大加赞颂）。中午的天空果然乌云侵蚀着蓝天，最后有些雨意，可并没有降下我们所担心的大雨。

这时在海边见到一个大池塘，有不少芦苇之类的植物（后来知道这是纸莎草），还有些白天鹅。有几位游客在认真地拍照。仔细一想，这是阿瑞托萨泉（Fonte Aretusa）。

虽然阿瑞托萨泉的流经之地近来已发生改变，但那个有关爱与美的神话故事依然令人动容。著名的古罗马诗人奥维德记录了河神阿尔斐俄斯（Alpheus）和仙女阿瑞托萨的故事：

有一天，美丽的阿瑞托萨正在阿尔斐俄斯河里沐浴，河神被其美貌吸引且深深地爱上她。为摆脱河神的追求，阿瑞托萨在月亮神阿特蜜斯的帮助下，化身为一股清泉，在奥提伽岛上日夜不息地流淌，但痴情的河神没放弃追求，他从大海下面流过，从希腊一路流淌到奥提伽岛，就是为了让自己的水流与阿瑞托萨的水交织在一起。

公元前734年，古希腊科林斯的殖民者历经大海的狂风大浪，终于登上奥提伽岛，竟然发现这么一汪池塘，如获至宝，因此对它神话化。

这个神话故事不仅在古代流传，它也将锡拉库萨和希腊连接起来。

这个地方不仅给古往今来的诗人带来很多灵感，也成为游客和艺术家的必游之地。

十九

沿路看看晒着五彩旗似的服装和几家不错的艺术气氛浓厚的小店，我们又回到大教堂广场。

肚子有些饿，便在广场上的一家餐厅吃饭。虽然点的都是意面之类很简单的食物，味道还是一般般。

不要在大教堂广场之类最热闹的地方用餐，这种地方的食物一般很难吃。我们早就拥有类似的经验，可还是屡屡重蹈覆辙。这种地方不缺乏游客，而游客来一次就走了，所以餐厅没必要追求饮食的质量。

应该去小巷子里的餐馆，他们面对的是附近的市民，需要回头客，不供应美味佳肴不行。

吃完后，走去附近的贝洛莫宫地区美术馆（Regional Gallery of Palazzo Bellomo）。这个美术馆的外观很典雅，庭院的墙上挂着大理石的锡拉库萨徽章，如城堡的徽章和城市总督的徽章，但里面的展品实在不能吸引人，只有墨西拿的安东内洛的《天使报喜图》可以一看，它体现了哥特与佛来芒绘画元素的和谐统一，也具有文艺复兴的特点，是画家成熟期的作品，也是他艺术生涯顶峰之作。这是我们在西西里看到的第三幅墨西拿作品，它的尺幅大得多，但破损比较严重。

二十

贝洛莫宫地区美术馆原来有一幅镇馆之宝——卡拉瓦乔的《圣露西的葬礼》。这幅画是从广场上的圣露西教堂租借的，可惜的是，现在它又回到原来的地方。

圣露西教堂建造在圣露西殉道的地方。

圣露西，也被称为锡拉库萨的露西（283—304年），她是一位年轻的基督教殉道者，死于古罗马皇帝戴克里先迫害期间。她是圣母玛利亚身边的8位女性之一。

据传说，公元283年，露西生于一个富有的贵族家庭，她的父亲拥有罗马血统，在她5岁的时候过世。自此，她和母亲过上了颠沛流离的日子。她的母亲名叫优蒂伽，据说有希腊血统。

和其他早期的殉道者一样，露西将自己的贞操奉献给了上帝，希望将自己的嫁妆分发给穷人。然而她的母亲并不知道露西的这一誓约，对露西将来的担忧令她患上了出血性疾病，于是，她为露西安排了同来自富有的异教徒家庭的年轻男子的婚姻。

露西劝说日渐沉疴的母亲去到卡塔尼亚朝圣，以祈求治愈。某一天晚上，圣阿加莎（卡塔尼亚的荣耀，52岁死于迫害事件，从而成为殉道士）来到露西的梦中告诉她，因为她的信念，她的母亲将会痊愈，而她会成为锡拉库萨的荣耀。在母亲痊愈后，露西找了个机会劝说母亲允许自己将她分得的财富发给穷人。

优蒂伽认为这笔钱毕竟是一笔不菲的遗产，但露西反驳道："临死之际留下财产做善事那不叫善事，因为生不带来死不带去。在自己健康的时候将财产分给真正需要的人，那才是真正的救世。"

露西分发财产给穷人的事情传到了未婚夫的耳朵里，愤怒的他来到锡拉库萨总督帕恰索斯面前谴责露西。帕恰索斯命令露西在皇帝的画像前焚烧牺牲祭祀，露西拒绝了。总督下令将她送往妓院接受玷污，就在警卫官过来带她走的时候，他们无法移动露西分毫。于是，他们在她脚边周围架上了柴火试图烧死她，可是无论怎样都点不着火。最终，露西用一把剑结束了自己的生命。

《圣露西的葬礼》，卡拉瓦乔，1608—1609年，圣露西教堂藏

直到15世纪，露西被剜眼的故事才浮出水面。原来，露西在临刑前曾预言帕恰索斯将会遭到惩罚，而戴克里先的迫害活动会加速他的灭亡，马克西米安的统治也将走到尽头。这个预言激怒了帕恰索斯，他当即下令警卫官剜掉露西的双眼。还有一个版本是露西自己挖掉了眼睛，以阻止求婚者的死缠烂打。就在她的尸体准备埋入家族陵墓时，人们发现她的眼睛已经奇迹般地恢复了。

二十一

伟大的巴洛克画家卡拉瓦乔脾气暴躁，在1606年5月的一天，带头群殴，杀死一人，自己也身负重伤，1606年秋天逃离教廷控制的罗马，来到西班牙统治下的那不勒斯。

卡拉瓦乔在那不勒斯停留了9个月，创作出"阴暗且令人瞠目结舌的祭坛画作品"《基督受鞭刑》和《七善事》。他本可以在这座城市安身立命，但马耳他方面开出了极有诱惑力的条件，卡拉瓦乔不但可以获得宽恕，而且还能获得当地最有权势的圣约翰的圣殿骑士团骑士的称号。

卡拉瓦乔1607年10月来到马耳他岛，1608年7月凭借着杰作《施洗约翰的斩首》，获得了骑士地位。

但4个月后，卡拉瓦乔又卷入了与另一名骑士的争斗，被关入近4米深的地牢。他不得不坐船逃亡西西里岛。

卡拉瓦乔在西西里待了一年左右。马里奥·米尼蒂是他在罗马的旧相识，曾为他的画作《水果》和《鲁特琴》担任模特，如今已是锡拉库萨的大画家。米尼蒂为卡拉瓦乔在工作和食宿方面提供了帮助。

为了准备即将到来的锡拉库萨的守护者圣露西的节日，市政府委托卡拉瓦乔为新装修的圣露西大教堂创作一幅大作品。

1605年，卡拉瓦乔曾创作了现藏巴黎卢浮宫的《圣母之死》，由于把圣母的尸身处理成颜色发绿肿胀，极具争议。

这次《圣露西的葬礼》描绘的也是一群送葬者围在死去的女子身边，"但卡拉瓦乔似乎从他早期创作经验中吸取了教训，躺在地上的纤弱、苍白的圣露西是一个无辜而纯真的殉道圣女，没人会误把她当作'来自奥塔西奥的肮脏妓女'。教会官员和旁观者站在那里，带着深深的悲痛和怜悯之情望着她。但尽管有一老妇人以手掩面，他们的悲痛却并不像《圣母之死》中的悲痛那般让人感同身受、难以承受"。（弗朗辛·普罗斯，《卡拉瓦乔传》）

二十二

《卡拉瓦乔传》的作者弗朗辛·普罗斯继续分析道：

如同《施洗约翰的斩首》，（《圣露西的葬礼》）整个故事场景都挤在巨幅画作的底部，这又一次反映了卡拉瓦乔毕生着迷于为奇迹而辛苦劳作的劳动者，在这里他们是掘墓人，其中一人把宽阔的背朝向我们，好像保护我们免受恐惧，又或是在隐藏他和同伴们正在干的羞耻的事情。除了挖掘工作，他什么都不感兴趣，他扯动着的肌肉、斜盖过臀部的衣物和圣女美丽的下巴、羸弱的肩膀，捕捉并反射着光线，是场景中最生动的地方，打破了此刻的静默与沉寂。

圣露西是光的中心，也是画中隐藏的秘密，你不得不去寻找她。看她身边富有活力的掘墓人，如同《施洗约翰的斩首》一样，你不得不强行把注意力从伸出的看守人的手指和拉扯圣徒头发的行刑人身上拉开。这里没有类似《施洗约翰》的残忍和暴力，只有她喉部一道清晰的伤口，告诉我们她是怎么死去的。早期版本的伤口更令人毛骨悚然，更血腥。贝洛里评论说，画作同《施洗约翰的斩首》一样是带着狂暴的激情创作的，因为画布透过半色调仍然依稀可见。

尽管对圣露西和送葬者的描绘可能没有《圣母之死》中那么悲痛欲绝，却似乎更大胆而感人。产生这种效果的原因是占据画作上方三分之二的空旷、阴暗、尘土色的大幅空间。如果圣母是躺在飞舞的深红幔布和简陋的房梁顶之下，这里则空无一物，只有泥土、大地和黑暗，很难想象出一幅更阴郁、更让人不舒服的作品。但是让我们感到欣慰的是它的勇气、它的真实以及它的美。看着《圣露西的葬礼》，想到同一位画家在不到十年前为红衣主教画的那些美貌的鲁特琴手，真是太让人吃惊了。

二十三

圣露西大教堂的大门外墙上有文字告知我们，这里拥有卡拉瓦乔的名画。

我充满期待地走进教堂，径直来到祭坛前，《圣露西的葬礼》就在那里。但它前面还有一个圣母像，几乎把画面全部遮蔽了。

什么意思？我目瞪口呆。

我已经看过许许多多意大利教堂的祭坛画，最差劲的也只不过整个空间暗暗的，需要投币到旁边的小盒子，然后灯亮了。

这是故意不让我们看，为什么？

我观察一下周围，明白了。门口有一个醒目的出售各种纪念品的所在，里面有几种《圣露西的葬礼》的印刷品。

为了卖印刷品，不让人看真迹。

这是我在西西里遇到的最糟糕的事情，比绵绵的冬雨还要糟糕。

二十四

赶紧把不愉快的事情忘掉吧,这是在旅途中,必须会调整自己。

我们又去了一次大教堂,前面说了,里面已经没有早晨的五光十色。我们坐在凳子上发呆。

今天为了逃避下雨,一路匆忙,下午3点不到已经把该看的景点逛完了,本想再去大陆的奥尔西考古博物馆,家人觉得太远,不想去了,我也没坚持,就回旅店休息了。

回到上海,翻阅在锡拉库萨考古公园买的城市导览,发现奥尔西考古博物馆还是值得一去的,只是在上海根本没法找到类似的介绍,被我忽视了。为了让后来者不要有遗憾,我摘编一些该博物馆的信息。

奥尔西考古博物馆1988年1月16日向公众开放,博物馆的一些收藏品在18世纪末就已存在,现有文物18000件,分A、B、C三个陈列区。

A区的展品有西西里岛洞穴出土的动物化石、矮象石膏模型、旧石器时代的石器工具。

奥尔西考古博物馆的展品

西西里东部出土的公元前10到前8世纪的青铜矛枪头、短剑、小刀、镰刀、搭钩、斧子和臂带等都非常具有标志性，它们反映了当地工匠极高的金属制造工艺。

B区的主题是古希腊殖民地，这里展出的标志性展品是爱奥尼亚（古希腊时代对今天土耳其安那托利亚西岸地区和爱琴海东部诸岛的称呼）殖民地出土的文物。

墨伽拉希布莱阿（Megara Hyblaea）和锡拉库萨这两个西西里岛的古希腊殖民地所占的空间更大，墨伽拉希布莱阿殖民地出土的大多是古希腊时期的陶器；锡拉库萨展区入口处展出的是著名的兰多利纳维纳斯（Landolina Venus），它源自罗马时期，是对一尊希腊雕像的模仿。

1804年1月7日，这尊雕像在锡拉库萨的郊区出土，它是由其发现者的名字命名的。维纳斯像并不完整，她的头、右小臂以及海豚的头和尾巴都遗失了，她下面的基座是现代的。

我们始终不知道发现这尊雕像的确切位置，所以不能确定发现她的地方是原始遗址还是后来被移动到那里的。

现在，人们对她的评价已经有所降调，因为她只是古希腊雕刻家普拉

兰多利纳维纳斯，锡拉库萨出土，奥尔西考古博物馆藏

第十一章 锡拉库萨（叙拉古）

克西特利斯（Praxiteles）制作的尼多斯的维纳斯的其中一尊仿制品。许多雕刻家根据他的维纳斯像制作了很多维纳斯变体，比如梅迪奇的维纳斯、卡比托利欧的维纳斯、海中升起的维纳斯，以及这尊兰多利纳维纳斯，这些复制品基本上都经过雕刻家的重新塑造，"充满自信又不可亵玩"，妩媚动人。

兰多利纳维纳斯的效果由维纳斯身上波动起伏的衣服表现出来，在飘动的衣袂下，维纳斯美丽的胴体显现出来，让她看起来就像是从贝壳里升起来一样，衣服并没把她的裸体隐藏起来，反倒是凸显了整个身体。艺术家们对维纳斯身体的局部尤其是皮肤给予高度重视，他们用光滑完美的线条来表现维纳斯带给人的愉悦和性感。

这位艺术家技艺高超，他将普拉克西特利斯优雅的风格发展到了极致。根据这尊雕塑的风格特点，人们将她归为2世纪爱琴海岛屿上的作品。

二十五

锡拉库萨古希腊墓葬群里出土的随葬品也占据了很大的空间，它们是锡拉库萨在地中海地区扮演的重要角色，特别是那些来自叙利亚、塞浦路斯、埃及、希腊、埃特鲁斯坎和小亚细亚等地的陶瓷，表明这里的人们曾与异域的制陶商人进行过频繁的贸易。今天在锡拉库萨的一些地方发现了很多科林斯湾、罗德岛、希腊东部和雅典等地绘有红色和黑色图案的罐子。

C区最前面展示的是埃尔奥罗（Eloro）的文物，它是公元前8世纪末锡拉库萨的一个军事重镇。接下来为锡拉库萨三个附属殖民地的文物：阿克莱（Akrai，公元前663年）；卡斯梅奈（Kasmenai，公元前643年）；卡玛利纳（Kamarina，公元前598年）。前两个殖民地出土的一大批雕像在这里展出，比如阿克莱出土的公元前6世纪的两尊石灰岩人体像以及卡斯梅奈出土的一尊坐着的女人像。

考古学家在特拉维齐奥·迪·格拉米切勒（Terravecchia di Grammichele）发现了三尊有趣的雕像——坐在宝座上的黛美特（公元前6世纪下半叶）是博物馆里最大的一尊赤陶土女神像。

C区的展示以格拉和阿格里真托出土的文物结束，格拉出土的文物都在公元前7世纪到公元前5世纪之间，有科林斯湾、爱奥尼亚和雅典精美的红色和黑色人物陶罐。阿格里真托的文物都和宗教有关，比如著名的黛美特胸像。

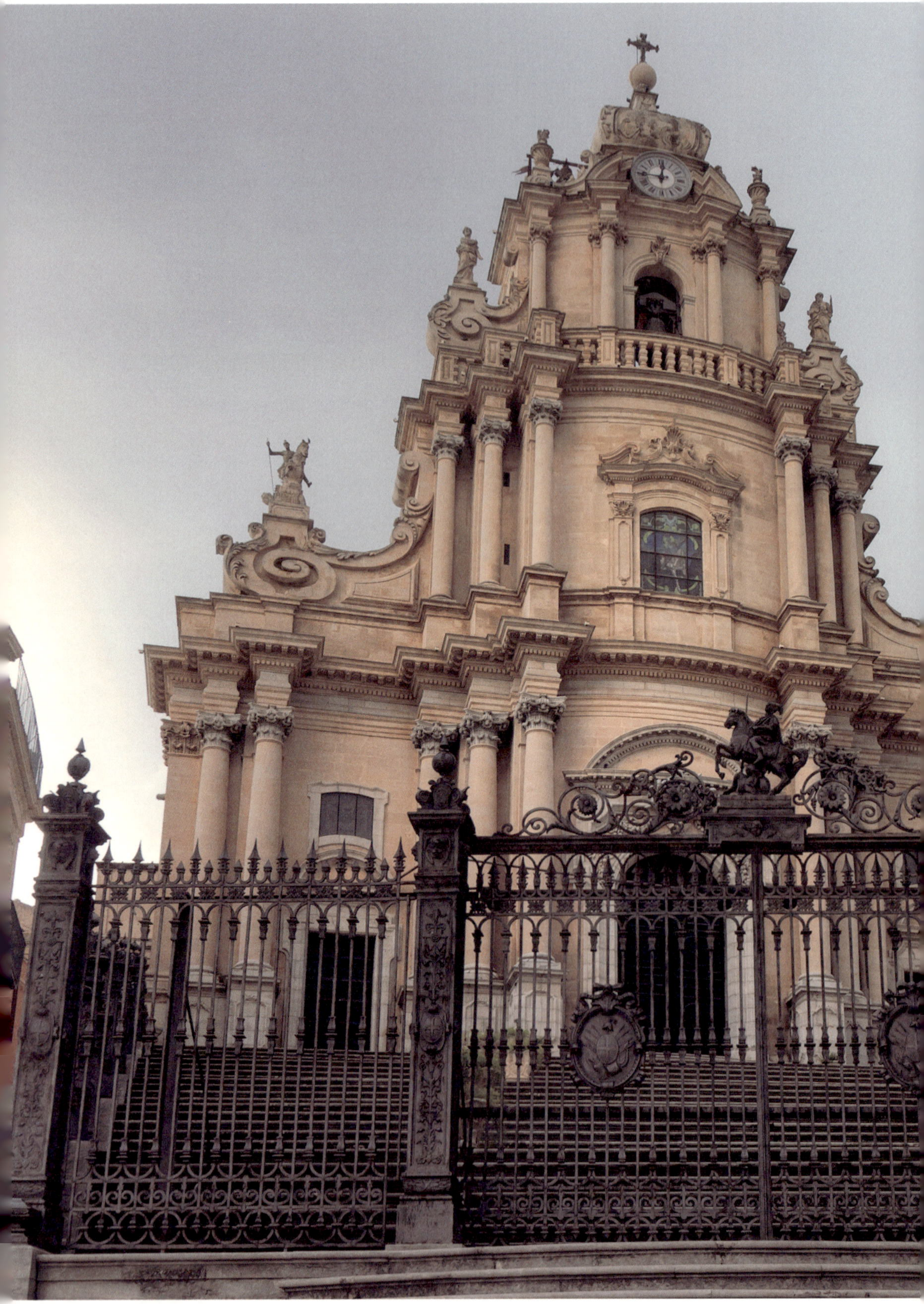

第十二章

诺托和拉古萨

在各处，你都可以看到这个工程乐观主义的证明，看到一种信念：借助精确调节的科学管理、周到思考和积极防御所起的不可思议的作用，是可以阻止大自然过去的那种野蛮和残忍重演的。

一

早晨，让锡拉库萨酒店联系了一辆包车，去诺托和拉古萨。

公元9世纪，拜占庭帝国的势力衰落之后，阿拉伯人占领了西西里，掌管地中海第一大岛的第一项措施是把这里分成三个省，也叫"谷"——即德蒙谷、马扎拉谷和诺托谷。诺托谷的主城镇是诺托镇。

阿拉伯人离开后，诺曼 - 斯瓦比亚王朝（公元11—13世纪）和阿拉贡 - 西班牙王朝（公元13—18世纪）一直保留着这样的划分方式。1817年，波旁王朝试图追求现代化的行政管理，西西里岛又被分成七个小的分区。

于是诺托不再成为这个谷地的主要城镇，它开始依赖附近的锡拉库萨镇。

二

1693年1月11日晚上9点，西西里东南部发生了一场11级的超级大地震，此次地震造成了93000人死亡，诺托谷和德蒙谷南部60多座城市几乎全部被摧毁。幸存的人们与西班牙总督帕切科积极应对灾难，迅速开展灾后重建工作，其中一项措施是赋予兰扎公爵全权，令他监督德蒙谷和诺托谷两地的修复工程。

重建后的诺托谷镇是现在的抗震城市的代表，这一切要归功于兰扎和他的属下。

由于重新修建的建筑气势宏伟又典雅美丽，既有古希腊风格、罗马风格，又具有阿拉伯 - 诺曼风格，所以西西里有幸再次经历了这三个时期。

当然，在地震后同一年进行的居住区重建工作经过了激烈的讨论和艰难的抉择，不得不放弃有些已沦为废墟的城镇，只能在靠近旧城的地方重新修建，因为当地人大多不愿离开这片区域。为了完成这项艰巨的工作，兰扎挑选了当时最优秀的建筑师。但兰扎的权力只是在诺托和卡塔尼亚这样的州市有影响力，这些地方是按照最新的城市设计图规划的。而那些典型的封建市镇（如米利泰洛）的规划权则在当地封建统治者的手中，他们选择了老旧的17世纪城市规划模型。

但是，因为这些中世纪的旧城街道弯曲狭蹙，才导致地震伤亡严重。为了应对新地震，新的城市规划都选择了有大广场和宽阔主干道的设计。

三

正如罗尔夫·托曼在《巴洛克艺术》一书所言，欧洲控制和调节城市发展的理念起源于古典时代，最重要的里程碑是由古希腊米都利的希波达摩斯发展起来的栅格状规划。公元前479年，他的家乡刚经历了波斯人的掠夺，他以纵横交错的街道为基础重新设计自己的家乡。

1585年，建筑师多米尼克·丰塔纳提出了一个伟大的设想，按照这个设想，罗马这一永恒之城的主要宗教场所将由宽阔的大道连接，而这些可以用于游行队列的道路将辐射到周边的区域。公共广场、街道、整齐排列的建筑物以及方尖碑和喷泉等历史遗迹，吸引着人们的视线，并将这些各式各样的建筑结构视觉化地组织在一起。

可以说，罗马的重建奠定了巴洛克城市发展的基础。而在法国，新的城市规划理念在其集权君主精神中再次表现出来，作为皇家宝地的皇家广场和凡尔赛宫形成了一种新的城市模式，在全世界被陆续采用。

我曾在欧洲看过大量的巴洛克建筑，感受是雄强夸饰，立面是动态的，有着富丽堂皇的装饰性雕刻与强烈的色彩，将环境作为舞台，大规模地展示出来。

安新民在《西西里狂想曲》里介绍诺托等巴洛克建筑风格时写道：

除了也具备一般巴洛克典型的曲面和繁复的装饰之外，最明显的莫过于在建筑体的楣梁上或窗台下点缀了许多亮丽的或露齿而笑的人物脸孔，要不然就是些怪诞的、兽类的头像雕刻，有点像哥特式建筑常见的笕嘴装饰。另外，此地的教堂建筑最特殊的地方就是钟楼的位置，在意大利，一般是将钟楼搁置在钟塔之上，而钟塔和教堂常常是两栋分开的建筑，但是这里的钟楼常放置在教堂的主体建筑的顶端。有的只有一口钟，有的却有好几口，而每一口钟有各自的拱弧。规模较宏伟的教堂甚至不止只有一层钟楼，有两层甚至两层以上，繁复已是如此，若再伴随那层层的雕刻和连续弯转的纹饰，会让教堂看起来更加高挑，更加尖耸，更像火焰一般向上翻腾飞舞。

还有，大型的府邸或公共建筑在临街的一面通常有巨大的甬道，好让四轮大马车可以直通大门而抵府邸的中庭，中庭里华丽的大台阶左右两边对称，

诺托的街道

直到主体建筑的贵族层（Nobile Piano）。这种弧状且对称的大台阶可能有好几层，先是向内缩，再向外张，再向内缩，如此，最多连续四次才到达第一层大厅的正门。有的教堂建在地势较高的地点，这种现象在地形极为崎岖不平的诺托谷地很常见，需要相当长的阶梯才能到达教堂门口，这时候，宽广、宏伟、长级数的大理石石阶成了相当重要的装饰元素。长梯上免不了附着各式建筑上的装饰，就像罗马的西班牙台阶一样吸引人，有的阶梯甚至还会配合主建筑体，展现出凹凸有致的曲线。

这些论述有些抽象，可如果你面对这些西西里的巴洛克式建筑，会马上觉得很直观，很有道理。

四

2002年6月26日，西西里东南部诺托、莫迪卡（Modica）、拉古萨和卡塔尼亚等8个城镇被联合国教科文组织以"诺托谷的晚期巴洛克风格城镇"之名评选为世界文化遗产，理由是地震后的城镇规划非常独特，而且其宗教和城市建筑都极具价值，是"华丽卓绝的晚期巴洛克艺术和建筑的杰出代表"，欧洲巴洛克艺术的"顶峰之作和最后的绽放"。

锡拉库萨是个例外，它位于诺托谷，在1693年的地震中也受到严重的摧残，18世纪时才完成修复。这个城市的巴洛克遗址，尤其是那些面向大教堂广场的巴洛克建筑使之具有"巴洛克城"的美誉，但锡拉库萨没列入上述晚期巴洛克风格城镇的文化遗产系列。

古老的锡拉库萨城在公元前8—前3世纪曾自诩为地中海西部最重要的希腊城市，所以，它在2005年被联合国教科文组织以"西方古希腊殖民地的重要

"石头花园"诺托

代表和地中海的非凡体现"之名被评为世界文化遗产。

<h2 style="text-align:center">五</h2>

旧诺托位于阿尔维利亚山顶上,是在公元前9世纪左右的斯库拉人的一个定居点上建立的,周围是伊布雷群山,避开了古希腊人的侵扰。

在古希腊时期的旧城遗址中,有希腊风格的城墙、体育场废墟和被英雄化了的死者祭祀地。到了阿拉伯时期,诺托被建成一座难以攻克的大城池,在很长一段时间内保持着经济和文化的繁荣昌盛。1503年,西班牙国王费迪南德授予诺托"天才城市"的称号。

1693年的大地震后,兰扎决定将新诺托建立在距旧城15公里的美提山(Mount Meti)的斜坡上。这个决定受到了当地贵族的支持,不过重建工作在18世纪的前十年进展十分缓慢,因为大多数人不愿意搬离旧的居住地。但这一决定还是得到了执行,贵族和神职人员分布在诺托城南北轴线上,普通百姓沿着东西轴线分布在一个长方形的区域里。

<h2 style="text-align:center">六</h2>

今天参观诺托城非常容易,它的市中心就一条艾玛努埃尔大街,城市的主要建筑和教堂都位于这条街上。建筑材料是当地的白石灰,在太阳的照晒下,变成了蜜褐色的石灰石,金光闪闪,煞是好看,"石头花园"名不虚传。

联合国教科文组织确认诺托的遗址建筑有14座,其中有8座教堂。

十月三十日广场自东向西延伸,我们可以看到广场上的圣弗朗西斯科无玷教堂(Church of San Francesco All'Immacolata)和旁边的萨尔瓦托修道院(SS. Salvatore Convent)。1705—1745年间,教堂建在一个雄伟的阶梯上,从这里可以俯瞰主街的美景。教堂的大门有一个漂亮的入口，两边是珍贵的大理石柱，精致的壁龛和装饰着柯林斯柱头的壁柱，阳光透过中间的一个大窗户把后面的房间照得通亮。教堂内部只有一个正厅，上方为弯曲的拱顶，尽头是一处优雅的礼拜堂。

修道院有一座美丽的观景塔和一座顾长的钟楼，18世纪的正面风格典雅，两排壁柱和十三座锻铁凸阳台为其增添了节奏感。

修道院旁的圣萨尔瓦托教堂规模宏大，线条优美。教堂1706年开始修建，1791年完工，所以与修道院相比，它的巴洛克特色就没有那么强烈，反而倾向于新古典主义的风格。

圣基娅拉教堂（Church of Santa Chiara，建于1730—1748年）在主街左边，与圣萨尔瓦托修道院平行。现在的大门建在西边，18世纪末才开放，原来的大门在主街上，早就已经遗弃不用了。从外面看，线条简单，观景塔的壁柱上装饰着美丽的复合式柱头。

教堂内部为椭圆形结构，装饰着列柱和珍贵的大理石祭坛。里面还有一个小的中庭和一个四方的后殿。

人们从后殿左边的楼梯可以登上教堂的二楼，站在楼梯圆形的开口处可以清晰地看到穹顶上的拉毛粉装饰和壁画。据说，在阳台上可以尽情欣赏这座华丽的巴洛克小镇和周围的美景。

我们中午特意去教堂，却被告知二楼不开放，非常扫兴。原因不明。

七

接下来的杜彻泽欧宫（Ducezio Palace）就是现在的市政厅，由建筑师文森佐·西纳特拉花费将近10年时间设计，他同时还设计了前面的圣弗朗西斯科教堂和圣萨尔瓦托修道院。尽管这只是一座单层建筑（第二层在20世纪50年代才完成），但无疑是西西里巴洛克建筑的最高成就，尤其是那些由爱奥尼亚石柱组成的门廊最能体现这点。

宫殿内部结构与17世纪法国建筑很像，特别是主室和椭圆形大厅，里面摆放着保存完好的路易十六风格的家具。天花板上装饰着丰富的拉毛粉饰画和黄金装饰物，里面的壁画描绘的则是"杜彻泽欧王指着诺托城升起的地方"。

杜彻泽欧是领导斯库拉人抵抗希腊殖民者的领袖，我没深究斯库拉人的底细，估计和当年西西里东部赛杰斯塔的艾勒米人一样，也有丰富的故事吧。

八

背阴的市政厅总是黑黢黢的，不像对面阳光照射下的诺托大教堂（Noto Cathedral）那样静谧庄严。

大教堂建造于18世纪（1700—1770年），它那壮观的大门无疑是西西里巴洛克艺术的标志性建筑。

大教堂可能是西纳特拉的老师罗萨里奥·加格利亚迪设计的，古典式正门，两侧有两座钟楼，左侧钟楼挂着一口大钟，右边钟楼里挂着城市时钟。大教堂耸立在广场的最高处，门前有宽阔的台阶，分成三段。

整个建筑从柯林斯石柱的空隙里吸收光线，四位福音书作者的雕像和鼓室上的石头花瓶仍然高高地屹立在大教堂上方。

20世纪80年代中期，人们发现即使轻微的地震都会对这些巴洛克建筑造成严重的损害，于是赶紧抢修，禁止小汽车驶入中心城区（它的排气和震动逐渐损坏了建筑物的结构稳定性）。但大教堂的穹形圆顶还是在1996年的一次雷阵雨中倒塌了。当然，现在早已修复。

诺托的巴洛克风格建筑

支撑大教堂三个正厅的高大壁柱都装饰着柯林斯式柱头,里面还有诺托圣人圣科拉多的遗体陵墓。

九

再走过去是兰多利纳宫(Landolina Palace),建造于1710年前后,是兰多利纳家族桑特·阿尔法诺女侯爵的府邸,该家族是西西里最古老的贵族之一,其祖辈可以追溯到诺曼时期。

西纳特拉最初只设计建造了两层宫殿,1800年,侯爵夫人又在原宫殿的基础上增加了一层。在波旁家族的费迪南二世及王后玛丽亚·特蕾莎造访此地时,该家族又在宫殿旁边修建了一座翼楼来接待他们。

十

尼古拉奇宫（Palazzo Nicolaci）是上层贵族贾科莫·尼古拉在1737年让人开工修建的，宫殿坐落于主街一侧的尼古拉大街的西边，也是诺托城最宏大的一座建筑。

每年五月的"迎春庆典"上，人们都会在尼古拉大街的台阶上铺一条由鲜花组成的地毯。这是当地最著名的节日。

我们被尼古拉奇宫吸引完全是因为它阳台周围的那些繁复的雕刻和装饰，有梦幻的小天使、充满神力的马、美人鱼和狮子，一些奇形怪状的事物，以及那些独具特色的"天鹅胸"铁栅栏。据说，这些栅栏原是专门为了衬托18世纪女士们蓬松的裙子而设计的。

阳台中间那条宽敞的门道叫作"荣誉的嘉奖"，它是新古典主义风格的设计，下面有两根爱奥尼亚式的石柱，门楣上装饰着丰富的浮雕饰物。

我从来没见到如此复杂多变又好玩的装饰，非常好奇，后来知道尼古拉奇宫的这些装饰确实著名，是西西里巴洛克建筑的最精华所在。

弗朗辛·普罗斯在《西西里的传说》中提到了诺托的巴洛克城市规划和尼古拉奇宫：

受到（1693年）这个复兴机遇的鼓舞，主要是由西班牙政府给予资助，建设开始了。西西里的一些最伟大的建筑师被招来参与这个工程，这个工程被认为是个机会，可以应用基本的原则实现巴洛克建筑的审美目标，一个理性和怪诞、静态和动态，变化莫测的智慧和宏伟壮丽的舞台的混合体。

当地的工匠被雇来装饰这精心设计的广场，建造大教堂宽阔的楼梯以及桑迪锡摩·萨尔瓦多修道院和圣弗朗西斯科教堂。粉刷工们在教堂内壁制作装

尼古拉奇宫阳台周围精美的雕刻和装饰

饰性的线条和一群群带有翅膀的男小天使。圣坛是用色彩缤纷的大理石建造的，上面镶嵌了复杂的图案。根据预先设想的目标，整个城市被分割成一个个区域——教会区、居住区、商业区——以满足每个居民点及其居民的社会等级的需要。

在各处，你都可以看到这个工程乐观主义的证明，看到一种信念：借助精确调节的科学管理、周到思考和积极防御所起的不可思议的作用，是可以阻止大自然过去的那种野蛮和残忍重演的，这一点没有哪个地方比维拉多拉达宫（注：尼古拉奇宫）——一家奇异的糖果店更明显：在那石造建筑上描绘着渴望的美人鱼、奔腾的骏马、鹰头狮身带有翅膀的怪兽、庞大的怪物、永远难以读懂其表情的小丑面孔，他们是智多识广还是愚昧无知，是冷酷无情还是几近疯狂？还有，确切地说，他们正在嘲笑谁？

或许，他们在笑他们的创作者，他们对于城市建设的雄心在三个世纪之后大多数没实现。宫殿内的极度张扬，过于富丽堂皇，它的耽于幻想，那种不太容易界定的、全然不顾良好品味、实用性和普通常识的特性，会让你想起在岛上到处可以看到的糖果店中的糖果和奶油蛋糕，其中有几种还是诺托的名牌。维拉多拉达宫和出售胶凝冰糕的克拉多斯坦佐（注：西西里一家有名的甜点店）有个共同点：它们信奉为愉悦而愉悦，不关注、也不管我们是否认为它合理，对身体是否有利，能否延长我们的寿命和保护我们。

十一

我觉得普罗斯至少对那些阳台怪兽想多了，它们其实生机勃勃，幽默滑稽，但没任何嘲弄之意。诺托的巴洛克城市规划确实不像自然生成的城镇那么自然，可从今天的角度看，在300年后仍有其魅力，很不容易了。

尼古拉奇宫两边分布着很长一排房间，从宽敞的门道过去，你会突然在右边看到一个高大的楼梯，它的位置虽然有些突兀，但可以满足一些贵族的需要，因为他们的马车可以直接进入楼梯间。

另一个惊讶是，尼古拉奇宫拥有一个大型的院子，可以成为一个小型的停车场，这对诺托寸土寸金的地段而言简直是奢侈。

尼古拉奇宫内是个小博物馆，人们是可以上去参观的。

今天我们看到的楼梯仍然展现了它19世纪的设计，实际上，尼古拉家族当时对宫殿进行了大量改造，他们在宫殿北面新增了很多房间，又在大楼梯间的屋顶上装饰了本家族的徽章。

宫殿的内部在2006—2009年间经过了大范围的整修，原来的地砖、彩绘的拱顶和墙上的织锦壁纸又焕发出古时的光彩。

今天二楼房间有办公室、茶室、表演者的更衣室、壁厢、舞厅、音乐厅、蓝色房间、会谈室、台球室和抽烟室。

尽管这些家具不是最初的陈设，但那古色古香的格调还是能让我们联想到尼古拉家族的奢华生活。

当然，我最喜欢的还是那几扇落地窗，推开，就是诺托城镇的景致。

十二

主街的最后一景是蒙特维尔奇教堂（Church of Montevergine），西纳特拉为这座教堂设计了一扇华丽的凹面大门，这种设计效果由两边的钟楼凸显出来。

教堂花园外坐着或站着许多老人，且清一色是大爷。年轻人站在外面的不多，只有几个在市政厅门前，好像还是里面的工作人员。

有这么多的大爷晒太阳，我在西西里还是头一回见到。

按普罗斯的说法是：

今天的诺托是其先前模样的一个影子，就像一层罩在大教堂外面的纱幕，透过纱幕，你可以瞥到大教堂曾经有过的轮廓。市民们似乎知道，他们的城镇正在接近倒塌和建造、设计和衰败、建设和重建这个循环中的低点。或者说，有人希望，它正在从这个低点开始反弹。人口中绝大多数为老年人，在一个周日的早晨，镇上的年轻人站在人行道上闲逛、聊天——不工作。人们知道你不是本地人，不用对那种低层次的好奇甚至更低层次的抱怨向你保密。这不是一个特别舒适或者令人向往的地方，居民们似乎知道这个事实：尽管大量的旅游者、艺术爱好者以及巴洛克建筑的学生络绎不绝地经过他们的城镇，他们并不花费太多的钱在少数几个旅游纪念品商店和一些简陋的餐馆旅店中——或者说并不对推动当地经济起太大的作用。（弗朗辛·普罗斯，《西西里的传说》）

<h2 style="text-align:center">十三</h2>

从诺托去拉古萨比我想象的要远，途中还得经过岩石深谷中的莫迪卡（Modica）——这也是个经常有人拜访的巴洛克小镇。

我们到达拉古萨时，已是下午1点多，还没吃午饭。包车是有固定时间的，我们只能游玩拉古萨的一部分。

拉古萨位于伊布拉山（Ibla hill）上，高于海平面385米，艾米尼奥河与圣莱昂纳多河之间的河谷为其天然的保护屏障，几百年来，拉古萨一直是西西里东南部防御工事的基本范例。在诺曼时期，它成了一个重要的城镇，也是拉古萨郡的首府。但从1296年开始，它并入了大莫迪卡郡。

从石拱门俯瞰老城拉古萨

　　1452年时，拉古萨的大部分土地都被分割了，一个新的贵族群体在这个小镇发迹，他们渐渐想取代旧的封建贵族。

　　1542年的地震使拉古萨蒙受了巨大的损失，1693年的地震又几乎使其完全毁灭。

　　在这次重建时，拉古萨就和诺托不一样了，诺托的贵族比较团结，他们决定重新选址和规划新城镇。而拉古萨的新老贵族的斗争（若激化是会引起革命的）使得这次重建成为他们分道扬镳的最好理由。旧贵族仍然在保存着中世纪格局的伊布拉古代城市遗址居住，新贵族搬到帕特罗高地。这样，如今的拉古萨包括不同的两个市区：伊布拉（下拉古萨）位于东部的高处，有典型的地形特征和鲜明的中世纪风格；而西部的拉古萨十分现代化，城市布局十分规则。

这也就意味着，拉古萨比诺托复杂得多。不言而喻，我们最喜欢的是旧城区的拉古萨。

<h2 style="text-align:center">十四</h2>

我们走的区域不是很大，从伊博拉公园（Giardino Ibleo）到圣乔治大教堂（Cathedral of San Giorgio），也许是冬季，又是下午，这些弯弯曲曲的道路异常安静，几乎不见人影，这也让我们能从容欣赏周边的建筑风格和细节，比如建筑立面的装饰和铁窗以及铁栏杆的造型。

路上，我们看到了圣朱塞佩教堂（Church of San Giuseppe）。这座宏伟的教堂也是联合国教科文组织确认的遗址，它是18世纪下半叶加格利亚迪受当时极具声望且富有的本笃会的委托而设计建造的作品。

奢华的教堂立面上是由一条条凹凸线条构成的典型巴洛克风格，上面装点着一根根立柱和大理石雕像，为立面增添了垂直动态感，其中的人物雕像有五位圣人。

走过弯弯曲曲的街道，忽然出现了大教堂广场，让人感到豁然开朗。它的感觉要比锡拉库萨的大教堂广场逊色些，可比诺托的要好太多。

大教堂也是看不见人影，只有一家小饭店开着，我们赶紧去吃午饭，生怕过了饭点，小饭店关门了。小饭店里还有几桌人在吃饭，让我们觉得有些人气。这次来西西里岛，直到锡拉库萨，才看到有些游人出现。可现在又进入了极度寂静的状态。

圣朱塞佩教堂

圣乔治大教堂威武地矗立在广场的一头，背后往上是层层叠叠的房子和依山而建的道路。

原来的圣乔治大教堂位于小镇的东边，它在1693年的大地震中被严重损坏。

人们决定在老城中心再建一座新教堂，这里原有的17世纪的圣尼古拉教堂已被大地震彻底摧毁。

新大教堂工程由著名建筑师罗萨里奥·加格利亚迪主持，这位建筑师设计了诺托大教堂。

1682年，罗萨里奥出生于锡拉库萨，从孩童时期就在他父亲的工作室工作。搬到诺托后，他因重建诺托城、设计多座教堂而名声大振。1762年，他在诺托去世。

1744年，他设计并开始修建圣乔治大教堂，1775年，大教堂才完工。教堂有一个像塔一样壮观的正门，建筑主体上还包括一座钟楼。高大的正门使整座建筑显得异常雄伟，那段宏伟的楼梯更加凸显了这种效果。

分布在教堂正门三层建筑中间数量众多的石柱一直伸向天花板，但它们在纵向上的立体感由后来修建的拱顶渐渐缓和了，在拱顶那里我们可以看到圣乔治、圣彼得和圣保罗等人的塑像。教堂内部是双尖拱的构造，有一个拉丁十字架和三个正厅，由含沥青的钙质基座的壁柱撑起。

罗卡宫（La Rocca Palace）与圣乔治大教堂相邻，于1765年建造于旧城的主街上。豪宅唯一可见的那一面有漂亮的阳台，阳台建在一楼较低的地方，从阳台上可以看到大理石棚架上那些花卉雕刻装饰物。

从高处俯瞰普尔加托里奥圣灵教堂

十五

　　大教堂背后的屋子和道路曲曲折折的，像迷宫，每条小道的出口似有无限可能。这就是所谓的中世纪小镇的格局吧，它与巴洛克式的城市规划截然相反，生趣盎然。

　　可惜时间不够，我们无法深入下去。

　　我根据在当地购买的旅游资料，再推荐一些联合国教科文组织认定的遗址，有机会去那里的朋友可以作参考。

　　旧城的其他遗址大部分集中在与新城的交界处，如：

　　索蒂诺-特鲁诺宫（Sortino-Trono Palace），它建于1778年到1793年间，主立面有5个光滑的白色石灰岩石柱，这些壁柱界定了豪宅大门、窗户和装饰着优雅的大理石花架的阳台的大致区域。从其规则的建筑结构和18世纪早期不太华丽的装饰看，新古典主义风格在豪宅的重建时期最终取代了巴洛克风格。

　　普尔加托里奥圣灵教堂（Church of the Anime del Purgatorio），于17世纪中期建在一处巨大的台阶上。在1693年的地震中受到部分摧残后，教堂经过了修复且又增加了一座钟楼（1729年），后者与主体建筑分离。几十年后，教堂经过了扩建，并建造了现在的大门（1757年），大门被四个装饰着科林斯柱头的石柱分成三个区域，教堂内部由双排含沥青的钙质石柱分成三个正厅，这些带有科林斯柱头的石柱是用来支撑有丰富装饰线条的建筑物的，那里描绘着大量的宗教符号以及头骨等图案。

　　虽然我没去过普尔加托里奥圣灵教堂，但从它的内外照片看，真是漂亮，诺托没有此等教堂。

　　18世纪末，科森蒂尼宫（Cosentini Palace）建在拉古萨通向科米索镇与基亚拉蒙特镇的道路起点处，因此人们在豪宅纹章右下角的区域竖起了保罗圣方济（San Francesso di Paola）等旅行者保护神的雕像。宫殿主立面立着高大的壁柱，华丽的柱头中间是漂亮的贝壳，这是典型的巴洛克风格的装饰。装饰阳台的框架同样引人注目，那些棚架上的装饰物尤为奇特，有杰出的音乐家和名人的雕像，也有为这座豪宅的主人期盼繁荣和富足的各色物品的装饰等。

14世纪马耳他骑士兴建的指路圣母教堂（Church of Santa Maria dell'Itria），有贴着马赛克砖的华丽的蓝色钟楼拱顶，钟楼上还装饰着精致的多彩赤陶土制的花盆饰物。教堂的正门冷酷而具有学院风，入口的设计就像一个巨大的符号"Ω"，竖直的石灰岩上方是爱奥尼亚式柱头。

掌玺大臣府（Palace of the Chancellery）坐落在连接新城区和旧城区的主干道上，建造于18世纪上半叶。该世纪的下半叶，豪宅又经过大范围的整修。从侧立面看，华丽的巴洛克阳台向外凸起，装饰着有花纹图案的铁栅栏，入口大门则比较现代，大概是受了新古典主义风格的影响。

十六

拉古萨的新城区或者上城区有意思的建筑不多，其中的圣乔瓦尼·巴蒂斯塔大教堂（Cathedral of San Giovanni Battista）是能与旧城区的圣乔治大教堂分庭抗礼的产物。由于一般一个城镇只能有一个主教堂，这表明当时的拉古萨已经分裂。

1693年大地震前，圣乔瓦尼大教堂坐落于旧城区，我们今天看的圣安妮斯教堂就在那里。地震结束后的一年，大教堂在现在的地址上迅速重建，但建成后，人们发现教堂太小了，无法容纳日渐增加的大量信徒，所以人们拆除了教堂后，又建造了一座更大的教堂，1778年向信徒开放。

意大利语中的圣乔瓦尼就是我们通常说的圣约翰，他是福音书作者和耶稣的十二门徒之一。

另一处所在是扎科宫（Zacco Palace），建于18世纪下半叶，虽然面积不大，但装饰丰富且引人瞩目，尤其是阳台的悬臂上有着音乐大师和一些怪诞的人物面孔雕塑。

在这些人物面孔中，我们可以看到沙球（一种打击乐器）演奏者和一个面露讥讽笑容、取笑路人的人物形象；朝向维托里奥维尼托大街的阳台上刻画的是塞壬女妖和几个吹小号和笛子的小天使。

边整理这些文字，边感叹没有亲眼看见这些精彩的建筑。我在上海事先没对拉古萨做过仔细准备，因为一直犹豫着去还是不去。到了锡拉库萨，最终决定去拉古萨。

由于对拉古萨的内容没有把握，所以向汽车公司包车六个小时，最后延迟了一个小时才回到锡拉库萨。如果要完成拉古萨的上述计划，还需要加两个小时，也就是九个小时。

临走前，我们看了一下伊博拉公园，它不是什么名胜古迹，可很有气派，有些像热带公园。在寸土寸金的拉古萨，人们还辟出这么一个公园，真是不容易。在公园不远处，有圣乔治大教堂在1693年大地震前的15世纪的哥特－加泰罗尼亚式正门遗物，弦月窗上的一块浅浮雕表现的是圣乔治击杀恶龙的场景，多少让人回到拉古萨更久远的过去。

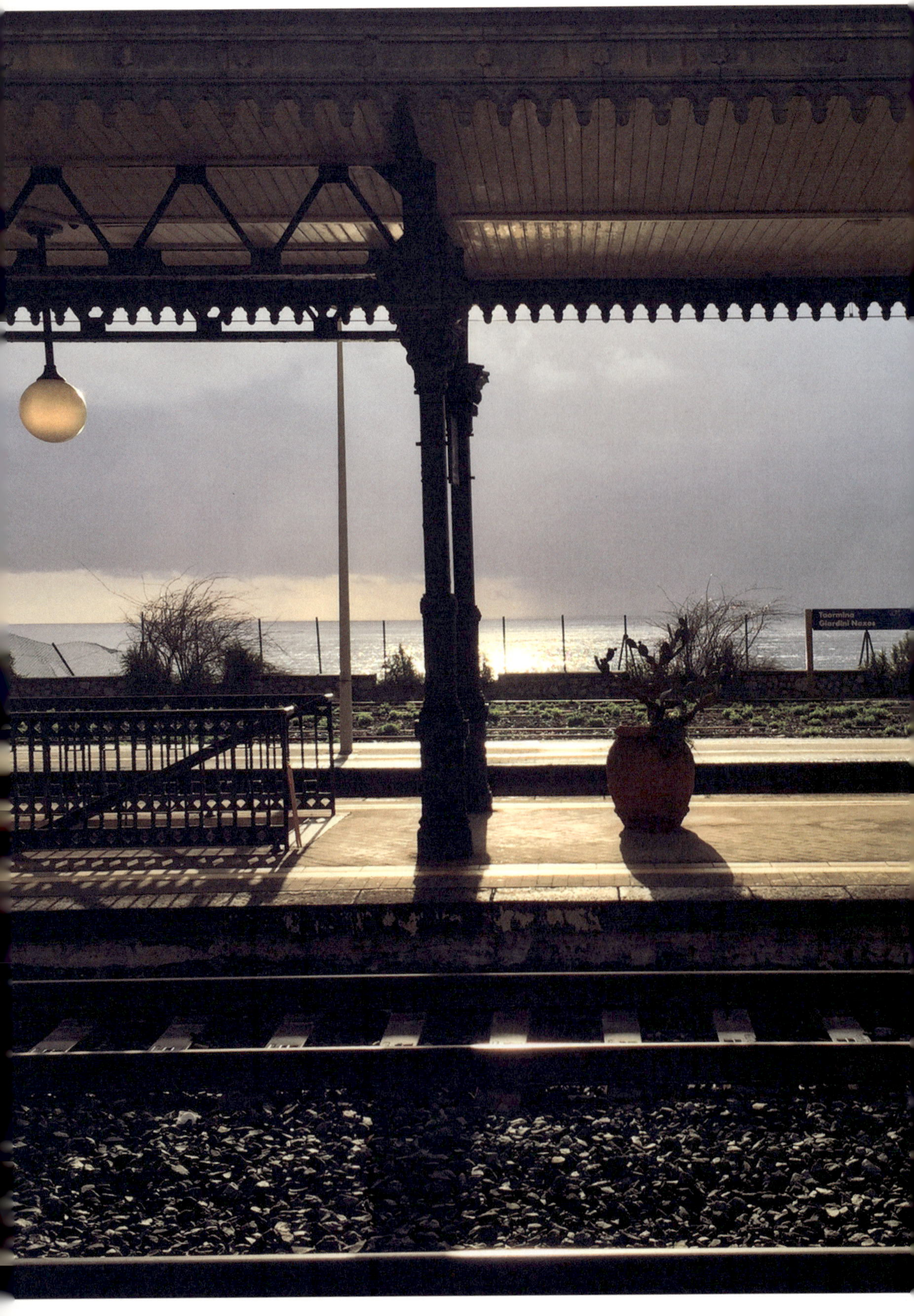
Taormina
Giardini Naxos

第十三章

陶尔米纳

陶尔米纳不仅控制着海岸入口,也占据了沿城邦的爱奥尼亚海岸线而修的通道的关键位置,这为陶尔米纳带来了名声和财富,但也给它招致不幸和最后的消亡。

一

从锡拉库萨坐火车去我们西西里之行的最后一站——陶尔米纳。

在火车上，我照例翻阅陶尔米纳的历史。

根据古希腊历史学家狄奥多罗斯的看法，公元前11世纪，东方的贝拉斯基部落（Pelasgyc）来到西西里，在有天然保护屏障的高地陶鲁斯山（Mount Taurus）上建立了陶罗门农（Tauromenion）城邦，也就是今天的陶尔米纳。

陶鲁斯山中部为高原，四周是伸向大海的悬崖峭壁，如此独特的地形为那些殖民者提供了修筑城市堡垒的理想位置。陶尔米纳就是这样建成的，它一直保存到现在。

大自然为这座城市的修建提供了良好的条件——位置极佳的中央台地，后有高山的保护，前无入口——但也不能忽略人工，封闭了较为薄弱的南、北两翼，这两处是通往山里的入口。这个城市不知不觉间成了极为重要的战略要地，由于从城邦的北边（墨西拿）到南边（卡塔尼亚和锡拉库萨）的必行之路被封闭了，人们只能爬到山上，穿过城镇，再从远处下山，返回时也是这样。

这样，陶尔米纳不仅控制着海岸入口，也占据了沿城邦的爱奥尼亚海岸线而修的通道的关键位置，这为陶尔米纳带来了名声和财富，但也给它招致不幸和最后的消亡。

二

后来，陶尔米纳的创建者不得不与希腊殖民者共同居住，公元前735年，希腊殖民者爬上陶鲁斯山占领了陶尔米纳，并把它变成了一座名副其实的堡垒。希腊人的防御工事建造水平肯定比原来的西西里人高超，他们通过建造三重围墙提升了这座城市的防御力量，今天只留下了残破的围墙遗迹。

山城陶尔米纳

继希腊殖民者之后，罗马人在公元前263年攻占了墨西拿和陶尔米纳。

陶尔米纳人将罗马人称为解放者并一直忠于他们，在罗马人与迦太基的布匿战争中受到他们的保护。

陶尔米纳随着罗马人的到来而兴旺，也随着罗马帝国的衰落而破败。公元535年，这座城市被拜占庭人占领并统治了三个世纪，直到撒拉逊人踏上西西里土地（公元820年）。

在西西里岛再次陷入动荡时，陶尔米纳曾是个例外，享受着和平与独立。但1078年，罗杰伯爵率领诺曼人终于攻克了这个固若金汤的小城。

在诺曼人看来，陶尔米纳不应该享受优待，因为它是一个负隅顽抗的穆斯林据点，那里的人民被大批杀害，只有基督徒和基督教堂躲过了一劫。

因为城里人口大幅缩减，罗杰王取消了陶尔米纳作为大主教所在地的资格，把它归入墨西拿教区。这就大大降低了这个城市的重要性。实际上，在后来的政治和宗教事件里，陶尔米纳已经不能引起大家的注意了。

三

陶尔米纳现在已经成为一个经典的海滨旅游小镇。在我们游玩的西西里城镇中，它是最没有"西西里"味的——干净整洁有秩序，是个很欧化的城市。

陶尔米纳是个适合发呆的小镇，精华是中世纪风貌的恩贝托主街（Corso Umberto），连接着两座历史悠久的城门：卡塔尼亚门（Porta Catania）和墨西拿门（Porta Messina）。

这两座门是进入小镇历史心脏的标志和边界，18世纪以前，这两座大门一直封锁着墨西拿到卡塔尼亚的唯一通道，从卡塔尼亚到墨西拿只能走这条路。

卡塔尼亚门是通往这个城市的古老南门，它是1340年在阿拉贡的彼得王（Peter of Aragon）统治时期建造的，门道上的纹章显示这座大门的维修状况良好。

我们住在卡塔尼亚门旁的一家民宿，生活很便利，附近有家超市，什么东西都可以买到。民宿有个小阳台，可以看到远处的大海，如果天气晴好的话，感觉十分惬意。房间也很舒适，老板娘是个装饰迷，墙面上挂满了各种廉价但并不俗气的艺术作品，房间里到处是各种台灯。我能想象老板娘是个购物狂，经常从恩贝托街上的小店里淘来各种各样的货色。

唯一要小心的是，我们不能乱放自己的东西，否则很容易找不到。

四

在多雨的冬日西西里，唯一幸运的是，每到一地，上帝总会赐予半天晴好的日子，让我们领略这些地方的美好，接下来的几天就会阴晴不定。

我们到了陶尔米纳已是中午，在旅店门口吃了顿不错的午餐后，赶忙去墨西拿门附近的希腊－罗马剧场（The Greek-Roman Theatre）。

这个剧场是陶尔米纳最重要的历史遗迹，它建在城市东边的高地上，其直径约109米，表演舞台的面积为35平方米。

虽然这个剧场有幸保存了下来，但它在不同的建造时期经历的变化仍然等待着人们去研究、考察和分析，没人能够确定它具体建造于什么时期。与雅典和锡拉库萨的剧场一样，这座剧场朝南而建，要进入剧场，需要经过一个宽敞的阶梯。阶梯今天还在使用，叫作皇家阶梯，观众通过这里来到自己的座位。左边的一个阶梯是后来修建的，不完整也不平整，仅供女人使用，她们有单独的座位和入口。

皇家阶梯可以通向梯形阶梯的各个入口，入口使用的对象从下往上依次是地方法官、神父、贵族，然后是中产阶级和普通民众。

剧场应该建于古罗马时期（公元前3世纪前后），它可能叠压在先前的古希腊剧场之上，阶梯式座位上留下的刻痕和古罗马人扩建观众席时摧毁的一座小神庙的遗址都证实了这座剧场的古希腊根源。

陶尔米纳剧场的外观与内里的结构，与西西里其他古希腊罗马剧场颇为相似。我在前面说过，陶尔米纳剧场的胜出在于它的周边环境，在这里，我们能够对加拉布里亚海岸、西西里的爱奥尼亚海以及埃特纳火山的迷人景色进行全景式的扫描。这是西西里其他剧场不具备的，所以，我将陶尔米纳剧场排名第一，在这里流连忘返。

陶尔米纳的希腊 – 罗马剧场

五

这附近还有个据说是古罗马的"海战剧场"（The Naumachies）的遗址，但只有一段砖块建筑能展现残存的巨大蓄水池的轮廓。因此我记忆中当时也就一瞥，没想到它竟然是了不起的罗马建筑。

红砖建筑长122米，高5米。砖墙上有18个大壁龛，中间还夹杂着一些长方形壁龛。

关于建筑的用途，现在仍存在一些争议，有些历史学家支持那种不太令人信服的说法，即认为这个地方是为举办表演而设置的。海战表演是在特殊的表演场地举行的，那里会使用复杂的管道系统抽满水，以便使舞台上能够上演逼真的海战节目。

这种娱乐项目是罗马人在公元前1世纪发明的，其他历史学家认为这个建筑物是体育馆或裸身运动的表演场地，有人说这里是老少争辩和交谈的场所。

希腊–罗马剧场遗址

六

靠近墨西拿大门的恩贝托大街上的科瓦雅宫（The Corvaia Palace）是以尊贵的科瓦依家族（Corvai family）的名字命名的，该家族是宫殿的最后一任主人。

这座宫殿的主人可谓数不胜数。自1372年宫殿建成以来，它的历任主人都会在宫殿原有的基础上留下一些饰带或通过改建、叠加、增减的方式留下一些自己的印迹。

这座宫殿最初是供私人使用的，后期才供市民使用。这座宫殿的重要性在于它是第一届西西里议会的所在地。

雄踞在广场上的正门被一块横带分隔开来，这块横带由两条点缀着小白方块的黑石带构成的框架组成，上面还刻有拉丁文字。这个框架上是包含了4个大窗的尖拱样的门廊，门廊中间有纤细的石柱作为支撑。

上方的垛口让人们认为宫殿始建于中世纪。虽然庭院里的房间显得十分庄重，但引导人们进入庭院的大门才是美感之所在，这里真实体现了建筑的简朴之风。

我们在陶尔米纳的时候，科瓦雅宫里正在举办七位当代艺术家的联展，对我们来说，至少避免了宫殿内空空如也的尴尬，后者几乎是好多老大宅子的命运。

七

我们住的卡塔尼亚门附近的民宿后面就是斯普切斯宫（Spuches Palace），它是由西班牙占领时期的一位叫威廉·斯普切斯建造的，这是混合建筑艺术的杰作，完美地融合了拜占庭、阿拉伯和诺曼三种不同的建筑风格。在北面大门的二楼窗户上方，我们可以看到一些从毁坏的罗马遗迹中取来的罗马式马赛克图案，燕尾式的雉堞是哥特式-西西里建筑的稀有代表。

可惜的是，我们去的时候，斯普切斯宫大门紧闭着。

我们民宿的门前有一条狭窄的车道，连接着山上和山下，车辆不少，开始时我们颇不习惯。但恩贝托大街的许多条通往山上的小道是仅供行人步行的台阶路。沿着这些小道，人们可以去圣多米尼克酒店（Hotel San Domenico）和塞萨罗别墅（Cesarò Villa）。

八

圣多米尼克酒店是由修道院改造的，从1895年起，它就在这个风景优美的旅游地被当作奢华的酒店使用了。游客在里面可以欣赏到著名的圣多米尼克修道院回廊，至今仍然可以感受到修道院迷人而宁静的气息。

从外观看，圣多米尼克酒店是俯瞰陶尔米纳海湾与观赏埃特纳火山的绝佳所在。

我记得当时已准备预订这家酒店，但被人抢先一步。如果我志在必得，以后的日子还是有可能订到的。可我去之前不知道圣多米尼克酒店是多么历史悠久和迷人啊。

我们决定去圣多米尼克酒店喝杯下午茶，弥补一下遗憾。可是，绕着圣多米尼克酒店外面走了一大圈，却找不到入口。

我们不甘心，第二天又去寻找，和昨天一样，除了一路上都是猫咪，根本没有人影。我们这次看仔细了，终于明白这家酒店独具一格，大门紧闭，他们不欢迎非酒店的旅客进入，哪怕是喝茶也不行。

我们在大门口，通过对讲机与里面的前台叽里呱啦地进行了一通根本无法理解的对话后，只得失望而归。

好在我们在酒店旁边的饭店吃过一顿午餐和晚餐，从大玻璃窗户望出去的景致应该有相似性吧。

九

塞萨罗别墅其实是公共花园，坐落在巴尼奥利－科洛奇大街（via Bagnoli Croci）上。据说，这里是小城中景色最全，也是最漂亮的地方之一。

它是陶尔米纳的园林绿地，可以看到众多植物和花卉，有郁郁葱葱的棕榈树、仙人掌和鲜花等，植物和鲜花在不同的季节点缀着这个爱奥尼亚式的乐园，炎炎夏日也能给人带来一处阴凉。

沿着园中小道走下去，会看到一些活泼有趣的维多利亚装饰建筑，它们都是在19世纪建造的。

不过，我的看法是，这个花园并非陶尔米纳之精华，可看可不看。

十

我认为，陶尔米纳的精华在于希腊－罗马剧场和恩贝托主街，恩贝托街的精华则是四月九日广场（IX April Square）。

作为陶尔米纳第一批居民建筑的高塔据点就位于广场上，钟塔是用坚硬的砂岩方石块在巨大的地基上建造的，其间它经历了多次毁坏和重建。这座高塔是陶尔米纳最古老的遗迹之一，也是一处极具考古学价值的建筑。

四月九日广场是恩贝托街上看海最适宜的所在，虽然我们在陶尔米纳期间天气一直不好，但时不时会乍现阳光和蓝天，此时大海气象万千的面貌就呈现在眼前。

四月九日广场

我在陶尔米纳希腊－罗马剧场看到了远处的埃特纳火山后，只是在一个大清早再次看到它。埃特纳火山很清晰地呈现在眼前，手机却拍不出来。但已经足矣。

四月九日广场本身也极漂亮，我们经常在恩贝托街上来来回回地经过，见过它白天黑夜、雨天晴天的各种姿态，也忍不住要拍几张照片。

在广场上是高处看海，总想到海边近处转转。我们从墨西拿门出发，想去汽车站坐车去海边，汽车没找到，却发现了在皮兰德娄大街（via Pirandello）上的空中索道，它是前往距城市5公里远的海滩马扎罗－利都（Mazzaro Lido）的。

可惜的是，空中索道现在关闭。

我们只能打车去伊索拉－贝拉（Isola Bella），它实际上是两个海湾，据说是陶尔米纳最漂亮的海湾。

也许是反季节的因素吧,我们在这里走走,找不到感觉,就回市区了。

十一

四月九日广场不远处就是圣尼古拉斯大教堂(The Cathedral of Saint Nicholas),教堂里美丽的多利亚花岗岩石柱是由一整块石块单独砌成的,传说这石块是从希腊-罗马剧场运出来的。它的外表看起来不像教堂,更像是一座中世纪的堡垒,因为它是用粗糙的石块建造的,上面还修建了雉堞一样的建筑物。

教堂广场上有座喷泉,上面饰有神话人物,最顶端的半人半马的两足怪兽是陶尔米纳的象征。

圣尼古拉斯大教堂

十二

不像我走过的西西里其他地方，陶尔米纳除了希腊-罗马剧场之外，其他的景点知道不知道也无所谓。

陶尔米纳本身是个非常休闲的地方，像恩贝托街，吃喝玩乐购物，应有尽有。以饮食为例，陶尔米纳的普遍水准要比巴勒莫高多了，无意间在这里还吃到了西西里的街头小吃炸鹰嘴豆泥饼。

从意大利回上海途经香港，买到一本台湾王嘉平写的《西西里飨宴》，书里就有炸鹰嘴豆泥饼的介绍：

在西西里，炸鹰嘴豆泥饼是最常见，也是最受欢迎的街头小吃之一，它咸香四溢、外酥内软，只要吃过，就会一口接一口，令人无法抗拒。炸鹰嘴豆泥饼的主要原料是鹰嘴豆磨成的鹰嘴豆粉，由于鹰嘴豆芽部的形状很像小鸡的尖嘴，所以又被称为鸡豆。

在《西西里飨宴》中，我还看到几款曾吃过的西西里菜肴，比如海鲜沙拉，意大利到处都有，做法很随意。西西里四面环海，盛产海鲜，单看当天捕捞了哪些鱼获，都可以随性将这些好料加入，"只要先将海鲜蒸熟或烫热，将带壳的海鲜去壳，其他的海鲜切块，接着拌入芹菜丁、小番茄、黑橄榄、切碎的巴西里叶、黑胡椒，淋上柠檬汁以及好的橄榄油，就大功告成了"。

十三

西西里岛的甜点也很有名。我小时候看见甜点也是不要命地吃，但那个时代，吃点奶油蛋糕都是极度奢侈的。成人后，发现自己的胃不能承受甜食，稍微尝试，胃里翻江倒海，不能自已。

当然，对我儿子来说，这简直是老鼠跌进米缸里。王嘉平介绍说："西西里甜点的特色之一，就是经常以猪油、瑞可达（Ricotta）起司和杏仁组合制作各种甜点。好比西西里起司卷，在加入了玛莎拉酒和可可粉的饼皮中拌入猪油，好让饼皮更为酥脆；内馅则是以羊奶制成的瑞可达起司，掺入糖和糖渍柳橙；至于两端封口，可依个人喜好撒上巧克力、开心果或糖渍水果碎片。最好，也是最重要的，是一定要即做即吃，别让含水量高的起司内馅软化了香脆外壳，美味可是不等人的！"

王嘉平还提醒我们，《教父》第一集中，教父的司机背叛了他，让他遭埋伏身中五枪。家族故意让司机去接杀手，杀手正要登车杀人，杀手的老婆却让他"别忘了西西里起司卷！"杀手索性让司机载他去买西西里起司卷，回来的路上还是杀了司机。杀手吩咐手下"把枪留下，起司卷带走"，将尸体和枪弃置车上。

西西里起司卷多次出现在《教父》中，原因是导演弗朗西斯·科波拉小时候，爸爸总会拎着装了西西里起司卷的白色小纸盒回家，让他很快乐。

我们在锡拉库萨说到过圣露西的故事，作为殉道者，她的眼睛被人弄瞎了，为此卡拉瓦乔还为她画了一幅名作。

我们在西西里几次尝到的S形面包，经王嘉平点拨，竟然是象征圣露西的眼睛，被称为"圣露西之眼面包"。

十四

在西西里岛的最后一个早晨，我们离开民宿，在卡塔尼亚门叫了辆出租车，去山下的火车站。

我们离开每个地方时，总是蓝天白云，今天也不例外。我们走进车站，被眼前静谧古典的气息给震慑住了：火车轨道、精美的铸铁车站牌、蓝天和大海……这是我来陶尔米纳之前想象的画面，最终还是让我见到了。

　　我拿起天天看了无数遍天气预报的手机，呵呵，接下来的西西里岛大多是晴天。

　　我祝福下面的旅客有这么好的运气。我们适逢冬日雨季的西西里，玩得不够尽兴，可已经很值得了。下面我们还要去那不勒斯、阿西西和蒂沃利，继续精神抖擞地走读吧。

参考书目

[1] Ampolo, Carmine and Parra, M. Cecilia and Von Gunten, Ruth. *Segesta*. Marsala: La Medusa Editrice, 2015.

[2] Bellafiore, Giuseppe. *Palermo: A Guide to the City and Its Surroundings*. Palermo: Susanna Bellafiore Editore, 2014.

[3] Bianco, Ludmilla. *Selinunte*. Marsala: La Medusa Editrice, 2002.

[4] Bianco, Ludmilla and Sammartano Antonio. *Selinus*. Marsala: La Medusa Editrice, 2012.

[5] Bussagli, Marco. *Antonello da Messina*. Florence: Giunti Editore, 2006.

[6] Cammarata, Enzo. *The Roman Villa of Casale: Historical Facts and Curiosities 'Morgantina'*. Messina: Avvenire, 2016.

[7] Catullo, Luciano. *The Ancient Roman Villa of Casale at Piazza Armerina: Past and Present 'Morgantina'*. Messina: Avvenire, 2003.

[8] Cavadi, Augusto. *Sicilians explained to tourists*. Trapani: Di Girolamo, 2016.

[9] Cave, Ferruccio Delle and Golin, Marta. *Agrigento: the Valley of the Temples and the Archaeological Museum*. Bozen: Folio, 2004.

[10] Chierichetti, Sandro. *The Cathedral of Monreale*. Milan: Co. Graf. Editrice, 1988.

[11] Cicala, Eduardo and Pontillo, Giuseppe and Brancato, Domenica. *The Cathedral and Its Treasures: Agriento*. Agrigento：Sikana Progetti d'Arte, 2015.

[12] Cicala, Eduardo. *Agrigento: Itineraries of art, culture, history and traditions*. Agrigento:

Edizioni Sikana Progetti d'Arte, 2013.

[13] Di Giovanni, Giuseppe. *Piazza Armerina: Roman civilization through the mosaics of the Villa del Casale*. Palermo: Presso la Tipolitigrafia Priulla, 1987.

[14] Di Giovanni, Giuseppe. *Piazza Armerina: La Villa Romana del Casale (Morgantina)*. Agrigento: Siculgrafica s.c., 2002.

[15] Di Giovanni, Giuseppe. *Agrigento: The head of the Valley and and city of Temples*. Agrigento: Siculgrafica s.c., 2016.

[16] Di Giovanni, Giuseppe. *Selinunte: The Fascination of the Greek and Cartaginian Civilisation*. San Giacommo: Salita, 1998.

[17] Dummett, Jeremy. *Syracuse, City of Legends: A Glory of Sicily*. London: I.B.Tauris, 2015.

[18] Giubelli, Giorgio. *Cefalu*. Milan: Co. Graf. Editrice, 1990.

[19] Iacono, Giuseppe. *Ragusa, Modica, Scicli. World Heritage Towns*. Messina: Editrice Affinità Elettive, 2003.

[20] OGB Srl ed. *Agrigento: The Valley of the Temples*. Bologna: OGB Officina Gradica Bolognese Srl, 2015.

[21] Paci, Carmelo. *Monreale. The Benedictine Cloister*. Palermo: Arnone, 1999.

[22] Pierini, Marco. *Pienza: Guide to the town and surroundings*. Siena: Nuova Immagine Editrice, 2007.

[23] Santoro, Rodo. *The Palatine Chapel and Royal Palace*. Palermo: Arnone Editore, 2010.

[24] Scifo, Antonino. *Baroque in Val di Noto. Florence*: Alma Editore, 2014.

[25] Scifo, Antonino. *Palazzo Nicolaci*. Florence: Alma Editore, 2015.

[26] Scifo, Antonino. *Tourtist Guide of Noto*. Florence: Alma Editore, 2015.

[27] Scifo, Antonino. *Tourtist Guide of Syracuse*. Florence: Alma Editore, 2013.

[28] Schiro, Giuseppe. *The Cathedral of Monreale: "City of the Golden Temple"*. Palermo: Misretta, 2011.

[29] Tornatore, Giuseppe. *Taormina: New Tourist Guide*. Messina: Editor Tornatore.

[30] Valdes, Giuliano. *Art and History of Sicily*. Florence: Casa Editrice Bonechi, 2014.

[31] Voza, Cettina. *A Guide to Syracuse*. Siracusa: Erre Produzioni, 2004.

[32] [英] 莱斯莉·阿德金斯、罗伊·阿德金斯：《古代希腊社会生活》，张强译，商务印书馆，2016年。

[33] 安新民：《西西里狂想曲：从希腊神话到巴洛克》，台北时报文化出版，2011年。

[34] 澳大利亚Lonely Planet公司编《意大利》，魏志敏等译，中国地图出版社，2015年。

[35] [古罗马] 奥维德：《爱的艺术》，戴望舒译，内蒙古大学出版社，2007年。

[36] [韩] 白尚贤：《最美最美的意大利小镇》，刘晓燕译，机械工业出版社，2014。

[37] [美] 拉尔斯·布朗沃思：《诺曼风云：从蛮族到王族的三个世纪》，胡毓堃译，中信出版集团，2016年。

[38] [法] 费尔南·布罗代尔：《地中海考古史前史和古代史》，蒋明炜、吕华等译，社会科学文献出版社，2005年。

[39] 陈喜辉：《这不是你想的希腊神话》，台北原点出版，2016年。

[40] 德国APA Publications出版社编《意大利》，梁宝恒译，中国水利水电出版

社，2002年。

[41] [德] 约阿希姆·费斯特：《在逆光中：意大利文化散步》，苑建华、张晓玲、于芳译，中央编译出版社，2011年。

[42] [英] N.G.L.哈蒙德：《希腊史》（上、下册），朱龙华译，商务印书馆，2016年。

[43] [美] 迈克尔·哈斯丘：《第二次世界大战之西西里和意大利战场》，李胜机、刘亚华、马东敏译，中国市场出版社，2016年。

[44] [美] 伊迪丝·汉弥尔敦：《希腊罗马神话：永恒的诸神、英雄、爱情与冒险故事》，余淑慧译，中信出版集团，2017年。

[45] 何恭上编《希腊罗马神话：爱情英雄篇》，台北艺术图书出版，2008年。

[46] 何新：《希腊伪史考》，北京日报出版社，2013年。

[47] 何新：《希腊伪史续考》，中国言实出版社，2015年。

[48] [荷兰] 约翰·赫伊津哈：《中世纪的秋天：14世纪和15世纪法国与荷兰的生活、思想与艺术》，何道宽译，广西师范大学出版社，2008年。

[49] [美] 约翰·黑尔：《海上霸主：雅典海军的壮丽史诗与民主的诞生》，史晓洁译，台北广场出版，2017年。

[50] [美] 蒂姆·杰普森：《意大利》，林晓琴译，辽宁教育出版社，2002年。

[51] [美] 罗伯特·B.柯布里克：《罗马人：地中海霸业的基石》，张楠、张元伟等译，世界图书出版公司，2014年。

[52] [美] 弗雷德·S.克莱纳、克里斯廷·J.马米亚：《加德纳艺术通史》，李建群等译，湖南美术出版社，2013年。

[53] [德] 利奇德：《古希腊风化史》，杜之、常鸣译，辽宁教育出版社，2000年。

[54] [法] 罗兰·马丁：《希腊建筑》，张似赞、张军英译，中国建筑工业出版

社，2015年。

[55] [英] 约翰·马拉姆：《古希腊神庙》，爱乐娃译，知识出版社，2015年。

[56] [英] 理查德·迈尔斯：《迦太基必须毁灭：古文明的兴衰》，孟驰译，社会科学文献出版社，2016年。

[57] 彭磊：《哲人与僭主：柏拉图书简研究》，华东师范大学出版社，2016年。

[58] [古希腊] 普鲁塔克：《希腊罗马名人传》，陆永庭、吴彭鹏译，商务印书馆，1999年。

[59] [古希腊] 普鲁塔克：《希腊罗马英豪列传》，席代岳译，台北聊经出版，2009年。

[60] [美] 弗朗辛·普罗斯：《卡拉瓦乔传》，郭红英译，译林出版社，2014年。

[61] [美] 弗朗辛·普罗斯：《西西里的传说》，陈余德译，河北教育出版社，2006年。

[62] 日本大宝石出版社编《意大利》，霍春梅、金松译，中国旅游出版社，2012年。

[63] 沈歆昕：《西西里：上帝的后花园》，重庆出版社，2015年。

[64] [德] 罗尔夫·托曼：《巴洛克艺术：人间剧场艺术品的世界》，李建群、赵晖译，北京美术摄影出版社，2013年。

[65] [德] 罗尔夫·托曼、贝德诺兹：《神圣艺术》，林瑞堂、黎茂全、杜文田译，北京美术摄影出版社，2016年。

[66] [德] 罗尔夫·托曼主编《意大利文艺复兴时期的艺术：建筑、雕塑、绘画、素描》，中铁二院工程集团有限责任公司译，中国铁道出版社，2012年。

[67] 王嘉平：《西西里飨宴》，远足文化，2013年。

[68] 啸声编《基督教神圣谱》，广西师范大学出版社，2016年。

[69] 啸声编《柱头上的〈圣经〉》，广西师范大学出版社，2013年。

[70] [古希腊] 修昔底德：《伯罗奔尼撒战争史》（上、下），谢德风译，商务印书馆，2016年。

[71] [日] 盐野七生：《罗马灭亡后的地中海世界》（上、下），田建国、田建华译，中信出版社，2014年。

[72] 詹幼鹏：《西西里的黑道政治》，作家出版社，2015年。

[73] 张心龙：《神话·绘画：希腊罗马神话与传说》，台北雄狮图书，2005年。

[74] 张志雄：《寻路英国》，九州出版社，2020年。

[75] [意] 斯特凡诺·祖菲：《图解欧洲艺术史：14世纪》，伍姝瑾译，北京联合出版公司，2016年。

[76] [意] 斯特凡诺·祖菲：《图解欧洲艺术史：15世纪》，王斌译，北京联合出版公司，2016年。

图书在版编目(CIP)数据

冬日西西里/张志雄著. — 上海：上海社会科学院出版社, 2023
（走读意大利）
ISBN 978-7-5520-3976-4

Ⅰ.①冬…　Ⅱ.①张…　Ⅲ.①游记—作品集—中国—当代　Ⅳ.①I267.4

中国版本图书馆CIP数据核字(2022)第187176号

冬日西西里

著　　者：张志雄
责任编辑：蓝　天　杨　潇
封面设计：黄婧昉
排　　版：马　壮
出版发行：上海社会科学院出版社
　　　　　上海顺昌路622号　邮编 200025
　　　　　电话总机 021-63315947　销售热线 021-53063735
　　　　　http://www.sassp.cn　E-mail: sassp@sassp.cn
印　　刷：上海万卷印刷股份有限公司
开　　本：720毫米×1000毫米 1/16
印　　张：20.75
字　　数：236千
版　　次：2023年1月第1版　2023年1月第1次印刷

ISBN 978-7-5520-3976-4/I·467　　　　　　　　　　定价：128.00元

版权所有　翻印必究